朱自清
古诗新义

ZHU ZI QING
GU SHI XIN YI

朱自清 著

当代世界出版社
THE CONTEMPORARY WORLD PRESS

图书在版编目（CIP）数据

朱自清：古诗新义 / 朱自清著． -- 北京：当代世界出版社，2017.1

（名家国学大观 / 黄懿煊主编）

ISBN 978-7-5090-1157-7

Ⅰ．①朱… Ⅱ．①朱… Ⅲ．①古典诗歌—诗歌研究—中国 Ⅳ．① I207.227

中国版本图书馆CIP数据核字（2016）第274388号

出版发行：当代世界出版社
地　　址：北京市复兴路4号（100860）
网　　址：http://www.worldpress.com.cn
编务电话：（010）83907332
发行电话：（010）83908409
　　　　　（010）83908455
　　　　　（010）83908377
　　　　　（010）83908423（邮购）
　　　　　（010）83908410（传真）
经　　销：全国新华书店
印　　刷：三河市兴国印务有限公司
开　　本：620毫米×889毫米　1/16
印　　张：15
字　　数：230千字
版　　次：2017年1月第1版
印　　次：2017年1月第1次
书　　号：ISBN 978-7-5090-1157-7
定　　价：42元

如发现印装质量问题，请与承印厂联系调换。
版权所有，翻版必究；未经许可，不得转载！

目录

经典学术研究

001- 序
003- 《说文解字》第一
010- 《周易》第二
015- 《尚书》第三
021- 《诗经》第四
027- 三《礼》第五
031- 《春秋》三传第六（《国语》附）
035- "四书"第七
040- 辞赋第八
046- 诗第九
056- 文第十

古诗鉴赏精选

075- 古诗十九首释
113- 十四家诗钞
119- 阮籍十五首
129- 陶潜十五首

135- 谢灵运十五首
150- 鲍照十首
156- 谢朓十首
163- 李白十六首
177- 杜甫二十首
188- 王维十首
192- 孟浩然十首
195- 韩愈七首
210- 白居易十首
219- 李商隐十六首
225- 杜牧十四首

经典学术研究

序

朱自清

在中等以上的教育里，经典训练应该是一个必要的项目。经典训练的价值不在实用，而在文化。有一位外国教授说过，阅读经典的用处，就在教人见识经典一番。这是很明达的议论。再说做一个有相当教育的国民，至少对于本国的经典，也有接触的义务。

本书所谓经典是广义的用法，包括群经、先秦诸子、几种史书、一些集部；要读懂这些书，特别是经、子，得懂"小学"，就是文字学，所以《说文解字》等书也是经典的一部分。我国旧日的教育，可以说整个儿是读经的教育。经典训练成为教育的唯一的项目，自然偏枯失调；况且从幼童时代就开始，学生食而不化，也徒然摧残了他们的精力和兴趣。新式教育施行以后，读经渐渐废止。民国以来虽然还有一两回中小学读经运动，可是都失败了，大家认为是开倒车。另一方面，教育部制定的初中国文课程标准里却有"使学生从本国语言文字上了解固有文化"的话，高中的标准里更有"培养学生读解古书，欣赏中国文学名著之能力"的话。初、高中的国文教材，从经典选录的也不少。可见读经的废止并不就是经典训练的废止，经典训练不但没有废止，而且扩大了范围，不以经为限，又按着学生程度选材，可以免掉他们囫囵吞枣的弊病。这实在是一种进步。

我国经典，未经整理，读起来特别难，一般人往往望而生畏，结果是敬而远之。朱子似乎见到了这个，他注"四书"，一种作用就是使"四书"普及于一般人。他是成功的，他的"四书"注后来成了小学教科书。又如清初人选注的《史记菁华录》，价值和影响虽然远在"四书"注之下，可是也风行了几百年，帮助初学不少。但到了现在这时代，这些书都不适用了。我们知道清代"汉学家"对于经典的校勘和训诂贡献极大。我们理想中一般人的经典读本——有些该是全书，有些只该是选本、节本——应该尽可能的采取他们的结论：一面将本文分段，仔细的标点，并用白话文作简要的注释。每种读本还得有一篇切实而浅明的白话文导言。这需要见解、学力和经验，不是一个人一个时期所能成就的。商务印书馆编印的一些《学生国学丛书》，似乎就是这番用意，但离我们理想的标准还远着呢。理想的经典读本既然一时不容易出现，有些人便想着先从治标下手。顾颉刚先生用浅明的白话文译《尚书》，又用同样的文体写《汉代学术史略》，用意便在这里。这样办虽然不能教一般人直接亲近经典，却能启发他们的兴趣，引他们到经典的大路上去。这部小书也只是向这方面努力的工作。如果读者能把它当作一只船，航到经典的海里去，编撰者将自己庆幸，在经典训练上，尽了他做尖兵的一份儿。可是如果读者念了这部书，便以为已经受到了经典训练，不再想去见识经典，那就是以筌为鱼，未免辜负编撰者的本心了。

《说文解字》第一

中国文字相传是黄帝的史官叫仓颉的造的。这仓颉据说有四只眼睛,他看见了地上的兽蹄儿、鸟爪儿印着的痕迹,灵感涌上心头,便造起文字来。文字的作用太伟大了,太奇妙了,造字真是一件神圣的工作。但是文字可以增进人的能力,也可以增进人的巧诈。仓颉泄漏了天机,却将人教坏了。所以他造字的时候,"天雨粟,鬼夜哭"。人有了文字,会变机灵了,会争着去做那容易赚钱的商人,辛辛苦苦去种地的便少了。天怕人不够吃的,所以降下米来让他们存着救急。鬼也怕这些机灵人用文字来制他们,所以夜里嚎哭;文字原是有巫术的作用的。但仓颉造字的传说,战国末期才有,那时人并不都相信,如《易·系辞》里就只说文字是"后世圣人"造出来的。这"后世圣人"不止一人,是许多人。我们知道,文字不断的在演变着;说是一人独创,是不可能的。《系辞》的话自然合理得多。

"仓颉造字说"也不是凭空起来的。秦以前是文字发生与演化的时代,字体因世、因国而不同,官书虽是系统相承,民间书却极为庞杂。到了战国末期,政治方面,学术方面,都感到统一的需要了,鼓吹的也有人了,文字统一的需要,自然也在一般意识之中。这时候抬出一个造字的圣人,实在是统一文字的预备工夫,好教人知道"一个"圣人造的字当然是该一致的。《荀子·解蔽》篇说,"好书者众矣,而仓颉独传者,一也。""一"是"专一"的意思，这儿只说仓颉是个整理文字的专家，并不曾说他是造字的人，可见得那时"仓颉造字说"还没凝成定型。但是，仓颉究竟是什么人呢？照近人的解释，"仓颉"的字音近于"商契"，造字的也许指的是商契。商契是商民族的祖宗。"契"有"刀刻"的义；古代用刀笔刻字，文字有"书契"的名称。可能因为这点联系，商契便传为造字的圣人。事实上商契也许和造字全然无涉，但这个传说却暗示着文字起于夏、商之间。这个暗示也许是值得相信的。至于仓颉是黄帝的史官，始见于《说文序》。"仓颉造字说"大概凝定于汉初，那时还没有定出他是那一代的人；《说文序》所称，显然是后来加添的枝叶了。

识字是教育的初步。《周礼·保氏》说贵族子弟八岁入小学，先生教给他们识字。秦以前字体非常庞杂，贵族子弟所学的，大约只是官书罢了。秦始皇统一了天下，他也统一了文字；小篆成了国书，别体渐归淘汰，识字便简易多了。这时候贵族阶级已经没有了，所以渐渐注重一般的识字教育。到了汉代，考试史、尚书史（书记秘书）等官儿，都只凭识字的程度；识字教育更注重了。识字需要字书。相传最古的字书是《史籀》篇，是周宣王的太史籀作的。这部书已经佚去，但许慎《说文解字》里收了好些"籀文"，又称为"大篆"，字体和小篆差不多，和始皇以前三百年的碑碣器物上的秦篆简直一样。所以现在相信这只是始皇以前秦国的字书。"史籀"是"书记必读"的意思，只是书名，不是人名。

始皇为了统一文字，教李斯作了《仓颉》篇七章，赵高作了《爰历》篇六章，胡母敬作了《博学》篇七章。所选的字，大部分还是《史籀》篇里的，但字体以当时通用的小篆为准，便与"籀文"略有不同。这些是当时官定的标准字书。有了标准字书，文字统一就容易进行了。汉初，教书先生将这三篇合为一书，单称为《仓颉》篇。秦代那三种字书都不传了，汉代这个《仓颉》篇，现在残存着一部分。西汉时期还有些人作了些字书，所选的字大致和这个《仓颉》篇差不多。就中只有史游的《急就》篇还存留着。《仓颉》残篇四字一句，两句一韵。《急就》篇不分章而分部，前半三字一句，后半七字一句，两句一韵；所收的都是名姓、器物、官名等日常用字，没有说解。这些书和后世"日用杂字"相似，按事类收字——所谓分章或分部，都据事类而言。这些一面供教授学童用，一面供民众检阅用，所收约三千三百字，是通俗的字书。

东汉和帝时，有个许慎，作了一部《说文解字》。这是一部划时代的字书。经典和别的字书里的字，他都搜罗在他的书里，所以有九千字。而且小篆之外，兼收籀文"古文"，"古文"是鲁恭王所得孔子宅"壁中书"及张仓所献《春秋左氏传》的字体，大概是晚周民间的别体字。许氏又分析偏旁，定出部首，将九千字分属五百四十部首。书中每字都有说解，用晚周人作的《尔雅》，扬雄的《方言》，以及经典的注文的体例。这部书意在帮助人通读古书，并非只供通俗之用，和秦代及西汉的字书是大不相同的。它保存了小篆和一些晚周文字，让后人可以溯源沿流；现在我们要认识商、周文字，探寻汉以来字体演变的轨迹，都得凭这部书。而且不但研究字形得靠它，研究字音、字义也得靠它。研究文字的形、音、义的，以前叫"小学"，现在叫文字学。从前学问限于经典，所以说研究学问必须从小学入手，现在学问的范围是广了，但要研究古典、古史、古文化，也还得从文字学入手。《说文解字》是文字学的古典，又是一切古典的工具或门径。

《说文序》提起出土的古器物，说是书里也搜罗了古器物铭的文字，便是"古文"的一部分。但是汉代出土的古器物很少，而拓墨的法子到南北朝才有，当时也不会有拓本；那些铭文，许慎能见到的怕是更少。所以他的书里还只有秦篆和一些晚周民间书，再古的可以说是没有。到了宋代，古器物出土的多了，拓本也流行了，那时有了好些金石、图录考释的书。"金"是铜器，铜器的铭文称为金文。铜器里钟鼎最是重器，所以也称为钟鼎文。这些铭文都是记事的。而宋以来发现的铜器大都是周代所作，所以金文多是两周的文字。清代古器物出土的更多，而光绪二十五年（西元一八八九）河南安阳发现了商代的甲骨，尤其是划时代的。甲是龟的腹甲，骨是牛胛骨。商人钻灼甲骨，以卜吉凶，卜完了就在上面刻字纪录。这称为甲骨文，又称为卜辞，是盘庚（约西元前一三〇〇）以后的商代文字。这大概是最古的文字了。甲骨文，金文，以及《说文》里所谓"古文"，还有籀文，现在统统算作古文字，这些大部分是文字统一以前的官书。甲骨文是"契"的，金文是"铸"的。铸是先在模子上刻字，再倒铜。古代书写文字的方法，除"契"和"铸"外，还有"书"和"印"，因用的材料而异。"书"用笔，竹、木简以及帛和纸上用"书"。"印"是在模子上刻字，印在陶器或封泥上。古代用竹、木简最多，战国才有帛，纸是汉代才有的。笔出现于商代，却只用竹木削成。竹木简、帛、纸，都容易坏，汉以前的，已经荡然无存了。

造字和用字有六个条例，称为"六书"。"六书"这个总名初见于《周礼》，但六书的各个的名字到汉人的书里才见。一是"象形"，象物形的大概，如"日"、"月"等字。二是"指事"，用抽象的符号，指示那无形的事类，如"二"（上）"二"（下）两个字，短画和长画都是抽象的符号，各代表着一个物类。"二"指示甲物在乙物之上,"二"指示甲物在乙物之下。这"上"和"下"两种关系便是无形的事类。又如"刃"字,在"刀"形上加一点,指示刃之所在,也是的。三是"会意",会合两个或两个以上的字为一个字,这一个字的意义是那几个字的意义积成的,如"止""戈"为"武","人""言"为"信"等。四是"形声",也是两个字合成一个字,但一个字是形,一个字是声;形是意符,声是音标。如"江"、"河"两字,"氵(水)是形,"工""可"是声。但声也有兼义的。如"浅"、"钱"、"贱"三字,"水"、"金"、"贝"是形,同以"戋"为声;但水小为"浅",金小为"钱",贝小为"贱",三字共有的这个"小"的意义,正是从"戋"字来的。象形、指事、会意、形声,都是造字的条例;形声最便,用处最大,所以我们的形声字最多。

　　五是"转注",就是互训。两个字或两个以上的字,意义全部相同或一部相同,可以互相解释的,便是转注字,也可以叫做同义字。如"考"、"老"等字,又如"初"、"哉"、"首""基"等字;前者同形同部,后者不同形不同部,却都可以"转注"。同义字的孳生,大概是各地方言不同和古今语言演变的缘故。六是"假借",语言里有许多有音无形的字,借了别的同音的字,当作那个意义用。如代名词,"予""汝""彼"等,形况字"犹豫"、"孟浪"、"关关""突如"等;虚助字"于""以""与"、"而"、"则"、"然"、"也"、"乎"、"哉"等,都是假借字。又如"令",本义是"发号",借为县令的"令长"本义是"久远",借为县长的"长"。"县令"、"县长"是"令"、"长"的引申义。假借本因有音无字,但以后本来有字的也借用别的字。所以我们现在所用的字,本义的少,引申义的多,一字数义,便是这样来的。这可见假借的用处也很广大。但一字借成数义,颇不容易分别。晋以来通行了四声,这才将同一字分读几个音,让意义分得开些。如"久远"的"长"平声,"县长"的"长"读上声之类。这样,一个字便变成几个字了。转注、假借都是用字的条例。

象形字本于图画。初民常以画记名,以画记事,这便是象形的源头。但文字本于语言,语言发于声音,以某声命物,某声便是那物的名字,这是"名";"名"该只指声音而言。画出那物形的大概,是象形字。"文字"与"字"都是通称：分析的说,象形的字该叫做"文","文"是"错画"的意思。"文"本于"名",如先有"日"名,才会有"日"这个"文","名"就是"文"的声音。但物类无穷,不能一一造"文",便只得用假借字。假借字以声为主,也可以叫做"名"。一字借为数字,后世用四声分别,古代却用偏旁分别,这便是形声字。如"⊠"本象箕形,是"文",它的"名"是"丩"。而日期的"期",旗帜的"旗",麒麟的"麒"等,在语言中与"⊠"同声,却无专字,便都借用"⊠"字。后来才加"月"为"期",加"扩"为"旗",加"鹿"为"麒",一个字变成了几个字。严格的说,形声字才该叫做"字","字"是"孳乳而浸多"的意思。象形有抽象作用,如一画可以代表任何一物,"二"(上)、"二"(下)、"一"、"二"、"三"其实都可以说是象形。象形又有指示作用,如"刀"字上加一点,表明刃在那里。这样,旧时所谓指事字其实都可以归入象形字。象形还有会合作用,会合两个或两个以上的分子,表示一个意义;那么,旧时所谓会意字其实也可以归入象形字。但会合成功的不是"文",也该是"字"。象形字、假借字、形声字,是文字发展的逻辑的程序,但甲骨文里三种字都已经有了。这里所说的程序,是近人新说,和"六书说"颇有出入。六书说原有些不完备、不清楚的地方,新说加以补充修正，似乎更可信些。

秦以后只是书体演变的时代。演变的主因是应用，演变的方向是简易。始皇用小篆统一了文字，不久便又有了"隶书"。当时公事忙，文书多，书记虽遵用小篆，有些下行文书，却不免写得草率些。日子长了，这样写的人多了，便自然而然成了一体，称为"隶书"；因为是给徒隶等下级办公人看的。这种字体究竟和小篆差不多。到了汉末，才渐渐变了，椭圆的变为扁方的，"敛笔"变为"挑笔"。这是所谓汉隶，是隶书的标准。晋、唐之间，又称为"八分书"。汉初还有草书，从隶书变化，更为简便。这从清末以来在新疆和敦煌发现的汉、晋间的木简里最能见出。这种草书，各字分开，还带着挑笔，称为"章草"。魏、晋之际，又嫌挑笔费事，改为敛笔，字字连书，以一行或一节为单位。这称为"今草"。隶书方整，去了挑笔，又变为"正书"。这起于魏代。晋、唐之间，却称为"隶书"，而称汉隶为"八分书"。晋代也称为"楷书"。宋代又改称为"真书"。正书本也是扁方的，到陈、隋的时候，渐渐变方了。到了唐代，又渐渐变长了。这是为了好看。正书简化，便成"行书"，起于晋代。大概正书不免于拘，草书不免于放，行书介乎两者之间，最为适用。但现在还通用着正书，而辅以行、草。一方面却提倡民间的"简笔字"，将正书、行书再行简化；这也还是求应用便利的缘故。

《周易》第二

在人家门头上，在小孩的帽饰上，我们常见到八卦那种东西。八卦是圣物，放在门头上，放在帽饰里，是可以辟邪的。辟邪还只是它的小神通，它的大神通在能够因往知来，预言吉凶。算命的，看相的，卜课的，都用得着它。他们普通只用五行生克的道理就够了，但要详细推算，就得用阴阳和八卦的道理。八卦及阴阳五行和我们非常熟习，这些道理直到现在还是我们大部分人的信仰，我们大部分人的日常生活不知不觉之中教这些道理支配着。行人不至，谋事未成，财运欠通，婚姻待决，子息不旺，乃至种种疾病疑难，许多人都会去求签问卜，算命看相，可见影响之大。讲五行的经典，现在有《尚书·洪范》，讲八卦的便是《周易》。

八卦相传是伏羲氏画的。另一个传说却说不是他自出心裁画的。那时候有匹龙马从黄河里出来，背着一幅图，上面便是八卦，伏羲只照着描下来罢了。但这因为伏羲是圣人，那时代是圣世，天才派了龙马赐给他这件圣物。所谓"河图"，便是这个。那讲五行的《洪范》，据说也是大禹治水时在洛水中从一只神龟背上得着的，也出于天赐。所谓"洛书"，便是那个。但这些神怪的故事，显然是八卦和五行的宣传家造出来抬高这两种学说的地位。伏羲氏恐怕压根儿就没有这个人，他只是秦、汉间儒家假托的圣王。至于八卦，大概是有了筮法以后才有的。商民族是用龟的腹甲或牛的胛骨卜吉凶，他们先在甲骨上钻一下，再用火灼；甲骨经火，有裂痕，便是兆象，卜官细看兆象，断定吉凶，然后便将卜的人、卜的日子、卜的问句等用刀笔刻在甲骨上，这便是卜辞。卜辞里并没有阴阳的观念，也没有八卦的痕迹。

卜法用牛骨最多，用龟甲是很少的。商代农业刚起头，游猎和畜牧还是主要的生活方式，那时牛骨头不缺少，到了周代，渐渐脱离游牧时代，进到农业社会了，牛骨头便没有那么容易得了。这时候却有了筮法，作为卜法的辅助。筮法只用些蓍草，那是不难得的。蓍草是一种长寿草，古人觉得这草和老年人一样，阅历多了，知道的也就多了，所以用它来占吉凶。筮的时候用它的杆子，方法已不能详知，大概是数的。取一把蓍草，数一下看是什么数目，看是奇数还是偶数，也许这便可以断定吉凶。古代人看见数目整齐而又有变化，认为是神秘的东西。数目的连续、循环以及奇偶，都引起人们的惊奇。那时候相信数目是有魔力的，所以巫术里用得着它。——我们一般人直到现在，还嫌恶奇数，喜欢偶数，该是那些巫术的遗迹。那时候又相信数目足存道理的，所以哲学里用得着它。我们现在还说，凡事都有定数，这就是前定的意思；这是很古的信仰了。人生有数，世界也有数，数是算好了的一笔账；用现在的话说，便是机械的。数又是宇宙的架子，如说太极生两仪，两仪生四象，就是一生二、二生四的意思。筮法可以说是一种巫术，是靠了数目来判断吉凶的。

八卦的基础便是一、二、三的数目。整画"━"是一；断画是"╌ ╌"；三画叠而成卦是☰。这样配出八个卦，便是☰ ☱ ☲ ☳ ☴ ☵ ☶ ☷；乾、兑、离、震、艮、坎、巽、坤，是这些卦的名字。那整画、断画的排列，也许是在排列着蓍草时触悟出来的。八卦到底太简单了，后来便将这些卦重起来，两卦重作一个，按照算学里错列与组合的必然，成了六十四卦，就是《周易》里的卦数。蓍草的应用，也许起于民间；但八卦的创制，六十四卦的推演，巫与卜官大约是重要的脚色。古代巫与卜官同时也就是史官，一切的记载，一切的档案，都掌管在他们手里。他们是当时知识的权威，参加创卦或重卦的工作是可能的。筮法比卜法简便得多，但起初人们并不十分信任它。直到《春秋》时候，还有"筮短龟长"的话。那些时代，大概小事才用筮，大事还得用卜的。

筮法袭用卜法的地方不少。卜法里的兆象，据说有一百二十体，每一体都有十条断定吉凶的"颂"辞。这些是现成的辞。但兆象是自然的灼出来的，有时不能凑合到那一百二十体里去，便得另造新辞。筮法里的六十四卦，就相当于一百二十体的兆象。那断定吉凶的辞，原叫作繇辞，"繇"是抽出来的意思。《周易》里一卦有六画，每画叫作一爻——六爻的次序，是由下向上数的。繇辞有属于卦的总体的，有属于各爻的；所以后来分称为卦辞和爻辞。这种卦、爻辞也是卜筮官的占筮纪录，但和甲骨卜辞的性质不一样。

从卦、爻辞里的历史故事和风俗制度看，我们知道这些是西周初叶的纪录，纪录里好些是不联贯的，大概是几次筮辞并列在一起的缘故。那时卜筮官将这些卦、爻辞按着卦、爻的顺序编辑起来，便成了《周易》这部书。"易"是"简易"的意思，是说筮法比卜法简易的意思。本来呢，卦数既然是一定的，每卦每爻的辞又是一定的，检查起来，引申推论起来，自然就"简易"了。不过这只在当时的卜筮官如此。他们熟习当时的背景，卦、爻辞虽"简"，他们却觉得"易"。到了后世就不然了，筮法久已失传，有些卦、爻辞简直就看不懂了。《周易》原只是当时一部切用的筮书。

《周易》现在已经变成了儒家经典的第一部，但早期的儒家还没注意这部书。孔子是不讲怪、力、乱、神的。《论语》里虽有"五十以学《易》，可以无大过矣"的话，但另一个本子作"五十以学，亦可以无大过矣"，所以这句话是很可疑的。孔子只教学生读《诗》、《书》和《春秋》，确没有教读《周易》。《孟子》称引《诗》、《书》，也没说到《周易》。《周易》变成儒家的经典，是在战国末期。那时候阴阳家的学说盛行，儒家大约受了他们的影响，才研究起这部书来。那时候道家的学说也盛行，也从另一面影响了儒家。儒家就在这两家学说的影响之下，给《周易》的卦、爻辞作了种种新解释。这些新解释并非在忠实的、确切的解释卦、爻辞，其实倒是借着卦、爻辞发挥他们的哲学。这种新解释存下来的，便是所谓《易传》。

《易传》中间较有系统的是彖辞和象辞。彖辞断定一卦的涵义——"彖"；就是"断"的意思。象辞推演卦和爻的象，这个"象"字相当于现在所谓"观念"。这个字后来成为解释《周易》的专门名词。但彖辞断定的涵义，象辞推演的观念，其实不是真正从卦、爻里探究出来的；那些只是作传人傅会在卦、爻上面的。这里面包含着多量的儒家伦理思想和政治哲学，象辞的话更有许多和《论语》相近的。但说到"天"的时候，不当作有人格的上帝，而只当作自然的道，却是道家的色彩了。这两种传似乎是编纂起来的，并非一人所作。此外有《文言》和《系辞》。《文言》解释乾坤两卦；《系辞》发挥宇宙观、人生观，偶然也有分别解释卦、爻的话。这些似乎都是抱残守阙，汇集众说而成。到了汉代，又新发现了《说卦》、《序卦》、《杂卦》三种传。《说卦》推演卦象，说明某卦的观念象征着自然界和人世间的某些事物，譬如乾卦象征着天，又象征着父之类。《序卦》说明六十四卦排列先后的道理。《杂卦》比较各卦意义的同异之处。这三种传据说是河内一个女子在什么地方找着的，后来称为《逸易》；其实也许就是汉代人作的。

八卦原只是数目的巫术，这时候却变成数目的哲学了。那整画"—"是奇数，代表天，那断画"--"是偶数，代表地。奇数是阳数，偶数是阴数，阴阳的观念是从男女来的。有天地，不能没有万物，正和有男女就有子息一样，所以三画才能成一卦。卦是表示阴阳变化的，《周易》的"易"，也便是变化的意思。为什么要八个卦呢？这原是算学里错列与组合的必然，但这时候却想着是万象的分类。乾是天，是父等；坤是地，是母等；震是雷，是长子等；巽是风，是长女等；坎是水，是心病等；离是火，是中女等；艮是山，是太监等，兑是泽，是少女等。这样，八卦便象征着也支配着整个的大自然，整个的人间世了。八卦重为六十四卦，卦是复合的，卦象也是复合的，作用便更复杂、更具体了。据说伏羲、神农、黄帝、尧、舜一班圣人看了六十四卦的象，悟出了种种道理，这才制造了器物，建立了制度、耒耜以及文字等等东西，"日中为市"等等制度，都是他们从六十四卦推演出来的。

这个观象制器的故事，见于《系辞》。《系辞》是最重要的一部《易传》。这传里借着八卦和卦、爻辞发挥着融合儒、道的哲学，和观象制器的故事，都大大的增加了《周易》的价值，抬高了它的地位。《周易》的地位抬高了，关于它的传说也就多了。《系辞》里只说伏羲作八卦；后来的传说却将重卦的，作卦、爻辞的，作《易传》的人，都补出来了。但这些传说都比较晚，所以有些参差，不尽能像"伏羲画卦说"那样成为定论。重卦的人，有说是伏羲的，有说是神农的，有说是文王的。卦、爻辞有说全是文王作的，有说爻辞是周公作的；有说全是孔子作的。《易传》却都说是孔子作的。这些都是圣人。《周易》的经传都出于圣人之手，所以和儒家所谓道统，关系特别深切；这成了他们一部传道的书。所以到了汉代，便已跳到六经之首了。但另一面阴阳八卦与五行结合起来，三位一体的演变出后来医卜、星相种种迷信，种种花样，支配着一般民众，势力也非常雄厚。这里面儒家的影响却很少了，大部分还是《周易》原来的卜筮传统的力量。儒家的《周易》是哲学化了的，民众的《周易》倒是巫术的本来面目。

《尚书》第三

《尚书》是中国最古的记言的历史。所谓记言，其实也是记事，不过是一种特别的方式罢了。记事比较的是间接的，记言比较的是直接的。记言大部分照说的话写下来，虽然也须略加剪裁，但是尽可以不必多费心思。记事需要化自称为他称，剪裁也难，费的心思自然要多得多。

中国的记言文是在记事文之先发展的。商代甲骨卜辞大部分是些问句，记事的话不多见。两周金文也还多以记言为主。直到战国时代，记事文才有了长足的进展。古代言文大概是合一的，说出的、写下的都可以叫作"辞"。卜辞我们称为"辞"，《尚书》的大部分其实也是"辞"。我们相信这些辞都是当时的"雅言"，就是当时的官话或普通话。但传到后世，这种官话或普通话却变成诘屈聱牙的古语了。

《尚书》包括虞、夏、商、周四代，大部分是号令，就是向大众宣布的话，小部分是君臣相告的话。也有记事的，可是照近人的说法，那记事的几篇，大都是战国末年人的制作，应该分别的看。那些号令多称为"誓"或"诰"，后人便用"誓"、"诰"的名字来代表这一类。平时的号令叫"诰"，有关军事的叫"誓"。君告臣的话多称为"命"，臣告君的话却似乎并无定名，偶然有称为"谟"的。这些辞有的是当代史官所记，有的是后代史官追记；当代史官也许根据亲闻，后代史官便只能根据传闻了。这些辞原来似乎只是说的话，并非写出的文告；史官纪录，意在存作档案，备后来查考之用。这种古代的档案，想来很多，留下来的却很少。汉代传有《书序》，来历不详，也许是周、秦间人所作。有人说，孔子删《书》为百篇，每篇有序，说明作意。这却缺乏可信的证据。孔子教学生的典籍里有《书》，倒是真的。那时代的《书》是个什么样子，已经无从知道。"书"原是纪录的意思；大约那所谓"书"只是指当时留存着的一些古代的档案而言；那些档案恐怕还是一件件的，并未结集成书。成书也许是在汉人手里。那时候这些档案留存着的更少了，也更古了，更稀罕了；汉人便将它们编辑起来，改称《尚书》。"尚"，"上"也；《尚书》据说就是"上古帝王的书"。"书"上加一"尚"字，无疑的是表示着尊信的意味。至于《书》称为"经"，始于《荀子》；不过也是到汉代才普遍罢了。

儒家所传的"五经"中，《尚书》残缺最多，因而问题也最多。秦始皇烧天下诗书及诸侯史记，并禁止民间私藏一切书。到汉惠帝时，才开了书禁；文帝接着更鼓励人民献书。书才渐渐见得着了。那时传《尚书》的只有一个济南伏生。伏生本是秦博士。始皇下诏烧诗书的时候，他将《书》藏在墙壁里。后来兵乱，他流亡在外。汉定天下，才回家；检查所藏的《书》，已失去数十篇，剩下的只二十九篇了。他就守着这一些，私自教授于齐、鲁之间。文帝知道了他的名字，想召他入朝。那时他已九十多岁，不能远行到京师去。文帝便派掌故官晁错来从他学。伏生私人的教授，加上朝廷的提倡，使《尚书》流传开去。伏生所藏的本子是用"古文"写的，还是用秦篆写的，不得而知；他的学生却只用当时的隶书抄录流布。这就是东汉以来所谓《今尚书》或《今文尚书》。汉武帝提倡儒学，立"五经"博士，宣帝时每经又都分家数立官，共立了十四博士。每一博士各有弟子员若干人。每家有所谓"师法"或"家法"，从学者必须严守。这时候经学已成利禄的途径，治经学的自然就多起来了。《尚书》也立下欧阳（和伯）、大小夏侯（夏侯胜、夏侯建）三博士，却都是伏生一派分出来的。当时去伏生已久，传经的儒者为使人尊信的缘故，竟有硬说《尚书》完整无缺的。他们说，二十九篇是取法天象的，一座北斗星加上二十八宿，不正是二十九吗！这二十九篇，东汉经学大师马融、郑玄都给作过注；可是那些注现在差不多亡失干净了。

汉景帝时，鲁恭王为了扩展自己的宫殿，去拆毁孔子的旧宅。在墙壁里得着"古文"经传数十篇，其中有《书》。这些经传都是用"古文"写的；所谓"古文"，其实只是晚周民间别体字。那时恭王肃然起敬，不敢再拆房子，并且将这些书都交还孔家的主人、孔子的后人叫孔安国的。安国加以整理，发见其中的《书》比通行本多出十六篇；这称为《古文尚书》。武帝时，安国将这部书献上去。因为语言和字体的两重困难，一时竟无人能通读那些"逸书"，所以便一直压在皇家图书馆里。成帝时，刘向、刘歆父子先后领校皇家藏书。刘向开始用《古文尚书》校勘今文本子，校出今文脱简及异文各若干。哀帝时，刘歆想将《左氏春秋》、《毛诗》、《逸礼》及《古文尚书》立博士；这些都是所谓"古文"经典。当时的"五经"博士不以为然，刘歆写了长信和他们争辩。这便是后来所谓今古文之争。

今古文之争是西汉经学一大史迹。所争的虽然只在几种经书，他们却以为关系孔子之道即古代圣帝明王之道甚大。"道"其实也是幌子，骨子里所争的还在禄位与声势；当时今古文派在这一点上是一致的。不过两派的学风确也有不同处。大致今文派继承先秦诸子的风气，"思以其道易天下"，所以主张通经致用。他们解经，只重微言大义；而所谓微言大义，其实只是他们自己的历史哲学和政治哲学。古文派不重哲学而重历史，他们要负起保存和传布文献的责任；所留心的是在章句、训诂、典礼、名物之间。他们各得了孔子的一端，各有偏畸的地方。到了东汉，书籍流传渐多，民间私学日盛。私学压倒了官学，古文经学压倒了今文经学；学者也以兼通为贵，不再专主一家。但是这时候"古文"经典中《逸礼》即《礼古经》已经亡佚，《尚书》之学，也不昌盛。

东汉初，杜林曾在西州（今新疆境）得漆书《古文尚书》一卷，非常宝爱，流离兵乱中，老是随身带着。他是怕"《古文尚书》学"会绝传，所以这般珍惜。当时经师贾逵、马融、郑玄都给那一卷《古文尚书》作注，从此《古文尚书》才显于世。原来"《古文尚书》学"直到贾逵才真正开始，从前是没有什么师说的。而杜林所得只一卷，决不如孔壁所出的多。学者竟爱重到那般地步。大约孔安国献的那部《古文尚书》，一直埋没在皇家图书馆里，民间也始终没有盛行，经过两汉末年的兵乱，便无声无息的亡失了罢。杜林的那一卷，虽经诸大师作注，却也没传到后世，这许又是三国兵乱的缘故。

《古文尚书》的运气真够坏的,不但没有能够露头角,还一而再的遭到了些冒名顶替的事儿。这在两汉就有。汉成帝时,因孔安国所献的《古文尚书》无人通晓,下诏征求能够通晓的人。东莱有个张霸,不知孔壁的书还在,便根据《书序》,将伏生二十九篇分为数十,作为中段,又采《左氏传》及《书序》所说,补作首尾,共成《古文尚书百二篇》。每篇都很简短,文意又浅陋。他将这伪书献上去。成帝教用皇家图书馆藏着的孔壁《尚书》对看,满不是的。成帝便将张霸下在狱里,但却还存着他的书,并且听它流传世间。后来张霸的再传弟子樊并谋反,朝廷才将那书毁废;这第一部伪《古文尚书》就从此失传了。

到了三国末年,魏国出了个王肃,是个博学而有野心的人。他伪作了《孔子家语》、《孔丛子》,又伪作了一部孔安国的《古文尚书》,还带着孔安国的传。他是个聪明人,伪造这部《古文尚书》孔传,是很费了心思的。他采辑群籍中所引"逸书",以及历代嘉言,改头换面,巧为联缀,成功了这部书。他是参照汉儒的成法,先将伏生二十九篇分割为三十三篇,另增多二十五篇,共五十八篇,以合于东汉儒者如桓谭、班固所记的《古文尚书》篇数。所增各篇,用力阐明儒家的"德治主义",满纸都是仁义道德的格言。这是汉武帝罢黜百家,专崇儒学以来的正统思想,所谓大经、大法,足以取信于人。只看宋以来儒者所口诵心维的"十六字心传",正在他伪作的《大禹谟》里,便见出这部伪书影响之大。其实《尚书》里的主要思想,该是"鬼治主义",像《盘庚》等篇所表现的。"原来西周以前,君主即教主,可以唯所欲为,不受什么政治道德的拘束。逢到臣民不听话的时候,只要抬出上帝和先祖来,自然一切解决。"这叫作"鬼治主义"。"西周以后,因疆域的开拓,交通的便利，富力的增加，文化大开。自孔子以至荀卿、韩非，他们的政治学说都建筑在人性上面。尤其是儒家，把人性扩张得极大。他们觉得政治的良好只在诚信的感应；只要君主的道德好，臣民自然风从，用不到威力和鬼神的压迫。"这叫作"德治主义"。看古代的档案，包含着"鬼治主义"思想的，自然比包含着"德治主义"思想的可信得多。但是王肃的时代早已是"德治主义"的时代，他的伪书所以专从这里下手，他果然成功了。只是词旨坦明，毫无诘屈聱牙之处，却不免露出了马脚。

晋武帝时候，孔安国的《古文尚书》曾立过博士；这《古文尚书》大概就是王肃伪造的。王肃是武帝的外祖父，当时即使有怀疑的人，也不敢说话。可是后来经过怀帝永嘉之乱，这部伪书也散失了，知道的人很少。东晋元帝时，豫章内史梅赜发见了它，便拿来献到朝廷上去。这时候伪《古文尚书》孔传便和马、郑注的尚书并行起来了。大约北方的学者还是信马、郑的多，南方的学者才是信伪孔的多。等到隋统一了天下，南学压倒了北学，马、郑《尚书》，习者渐少。唐太宗时，因章句繁杂，诏令孔颖达等编撰《五经正义》；高宗永徽四年（西元六五三），颁行天下，考试必用此本。《正义》成了标准的官书，经学从此大统一。那《尚书正义》便用的伪《古文尚书》孔传。伪孔定于尊，马、郑便更没人理睬了；日子一久，自然就残缺了，宋以来差不多就算亡了。伪《古文尚书》孔传，如此这般冒名顶替了一千年，直到清初的时候。

这一千年中间，却也有怀疑伪《古文尚书》孔传的人。南宋的吴棫首先发难。他有《书稗传》十三卷，可惜不传了。朱子因孔安国的"古文"字句皆完整，又平顺易读，也觉得可疑。但是他们似乎都还没有去找出确切的证据。至少朱子还不免疑信参半；

他还采取伪《大禹谟》里"人心"、"道心"的话解释"四书",建立道统呢。元代的吴澄才断然的将伏生今文从伪古文分出；他的《尚书纂言》只注解今文,将伪古文除外。明代梅鷟著《尚书考异》,更力排伪孔,并找出了相当的证据。但是严密钩稽决疑定谳的人,还得等待清代的学者。这里该提出三个可尊敬的名字：第一是清初的阎若璩,著《古文尚书疏证》；第二是惠栋,著《古文尚书考》。两书辨析详明,证据确凿,教伪孔体无完肤,真相毕露,但将作伪的罪名加在梅赜头上,还不免未达一间。第三是清中叶的丁晏,著《尚书余论》,才将真正的罪人王肃指出；千年公案,从此可以定论。这以后等着动手的,便是搜辑汉人的伏生《尚书》说和马、郑注。这方面努力的不少,成绩也斐然可观；不过所能作到的,也只是抱残守缺的工作罢了。伏生《尚书》从千年迷雾中重露出真面目,清代诸大师的劳绩是不朽的。但二十九篇固是真本,其中也还该分别的看。照近人的意见,《周书》大都是当时史官所记,只有一二篇像是战国时人托古之作。《商书》究竟是当时史官所记,还是周史官追记,尚在然疑之间。《虞、夏书》大约多是战国末年人托古之作,只《甘誓》那一篇许是后代史官追记的。这么着,《今文尚书》里便也有了真伪之分了。

《诗经》第四

诗的源头是歌谣。上古时候,没有文字,只有唱的歌谣,没有写的诗。一个人高兴的时候或悲哀的时候,常愿意将自己的心情诉说出来，给别人或自己听。日常的言语不够劲儿，便用歌唱；一唱三叹的叫别人回肠荡气。唱叹再不够的话，便手也舞起来了，脚也蹈起来了，反正要将劲儿使到了家。碰到节日，大家聚在一起酬神作乐，唱歌的机会更多。或一唱众和，或彼此竞胜。传说葛天氏的乐八章，三个人唱，拿着牛尾，踏着脚，似乎就是描写这种光景的。歌谣越唱越多，虽没有书，却存在人的记忆里。有了现成的歌儿，就可借他人酒杯，浇自己块垒；随时拣一支合式的唱唱，也足可消愁解闷。若没有完全合式的，尽可删一些、改一些，到称意为止。流行的歌谣中往往不同的词句并行不悖，就是为此。可也有经过众人修饰，作为定本的。歌谣真可说是"一人的机锋，多人的智慧"了。

歌谣可分为徒歌和乐歌。徒歌是随口唱，乐歌是随着乐器唱。徒歌也有节奏，手舞脚蹈便是帮助节奏的，可是乐歌的节奏更规律化些。乐器在中国似乎早就有了，《礼记》里说的土鼓土槌儿、芦管儿，也许是我们乐器的老祖宗。到了《诗经》时代，有了琴瑟钟鼓，已是洋洋大观了。歌谣的节奏，最主要的靠重叠或叫复沓；本来歌谣以表情为主，只要翻来覆去将情表到了家就成，用不着费话。重叠可以说原是歌谣的生命，节奏也便建立在这上头。字数的均齐，韵脚的调协，似乎是后来发展出来的。有了这些，重叠才在诗歌里失去主要的地位。

有了文字以后，才有人将那些歌谣记录下来，便是最初的写的诗了。但记录的人似乎并不是因为欣赏的缘故，更不是因为研究的缘故。他们大概是些乐工，乐工的职务是奏乐和唱歌；唱歌得有词儿，一面是口头传授，一面也就有了唱本儿。歌谣便是这么写下来的。我们知道春秋时的乐工就和后世阔人家的戏班子一样,老板叫做太师。那时各国都养着一班乐工,各国使臣来往,宴会时都得奏乐唱歌。太师们不但得搜集本国乐歌,还得搜集别国乐歌。不但搜集乐词,还得搜集乐谱。那时的社会有贵族与平民两级。太师们是伺候贵族的,所搜集的歌儿自然得合贵族们的口味,平民的作品是不会入选的。他们搜得的歌谣,有些是乐歌,有些是徒歌。徒歌得合乐才好用。合乐的时候,往往得增加重叠的字句或章节,便不能保存歌词的原来样子。除了这种搜集的歌谣以外,太师们所保存的还有贵族们为了特种事情,如祭祖、宴客、房屋落成、出兵、打猎等等作的诗。这些可以说是典礼的诗。又有讽谏、颂美等等的献诗,献诗是臣下作了献给君上,准备让乐工唱给君上听的,可以说是政治的诗。太师们保存下这些唱本儿,带着乐谱;唱词儿共有三百多篇,当时通称作"诗三百"。到了战国时代,贵族渐渐衰落,平民渐渐抬头,新乐代替了古乐,职业的乐工纷纷散走。乐谱就此亡失,但是还有三百来篇唱词儿流传下来,便是后来的《诗经》了。

"诗言志"是一句古话:"诗"(詘)这个字就是"言"、"志"两个字合成的。但古代所谓"言志"和现在所谓"抒情"并不一样,那"志"总是关联着政治或教化的。春秋时通行赋诗。在外交的宴会里,各国使臣往往得点一篇诗或几篇诗叫乐工唱。这很像现在的请客点戏,不同处是所点的诗句必加上政治的意味。这可以表示这国对那国或这人对那人的愿望、感谢、责难等等,都从诗篇里断章取义。断章取义是不管上下文的意义,只将一章中一两句拉出来,就当前的环境,作政治的暗示。如《左传》襄公二十七年,郑伯宴晋使赵孟于垂陇,赵孟请大家赋诗,他想看看大家的"志"。子太叔赋的是《野有蔓草》。原诗首章云:"野有蔓草,零露浼兮,有美一人,清扬婉兮。邂逅相遇,适我愿兮。"子太叔只取末两句,借以表示郑国欢迎赵孟的意思;上文他就不管。全诗原是男女私情之作,他更不管了。可是这样办正是"诗言志";在那回宴会里,赵孟就和子太叔说了"诗以言志"这句话。

到了孔子时代,赋诗的事已经不行了,孔子却采取了断章取义的办法,用诗来讨论做学问做人的道理。"如切如磋,如琢如磨",本来说的是治玉;他却将玉比人,用来教训学生做学问的工夫。"巧笑倩兮,美目盼兮,素以为绚兮",本来说的是美人,所谓天生丽质。他却拉出末句来比方作画,说先有白底子,才会有画,是一步步进展的,作画还是比方,他说的是文化,人先是朴野的,后来才进展了文化——文化必须修养而得,并不是与生俱来的。他如此解诗,所以说"思无邪"一句话可以包括"诗三百"的道理;又说诗可以鼓舞人,联合人,增加阅历,发泄牢骚,事父事君的道理都在里面。孔子以后,"诗三百"成为儒家的六经之一,《庄子》和《荀子》里都说到"诗言志",那个"志"便指教化而言。

但春秋时列国的赋诗只是用诗,并非解诗;那时诗的主要作用还在乐歌,因乐歌而加以借用,不过是一种方便罢了。至于诗篇本来的意义,那时原很明白,用不着讨论。到了孔子时代,诗已经不常歌唱了,诗篇本来的意义,经过了多年的借用,也渐渐含糊了。他就按着借用的办法,根据他教授学生的需要,断章取义的来解释那些诗篇。后来解释《诗经》的儒生都跟着他的脚步走。最有权威的毛氏《诗传》和郑玄《诗笺》,差不多全是断章取义,甚至断句取义——断句取义是在一句、两句里拉出一个两个字来发挥,比起断章取义,真是变本加厉了。

毛氏有两个人:一个毛亨,汉时鲁国人,人称为大毛公,一个毛苌，赵国人，人称为小毛公。是大毛公创始《诗经》的注解，传给小毛公，在小毛公手里完成的。郑玄是东汉人，他是专给毛《传》作《笺》的，有时也采取别家的解说；不过别家的解说在原则上也还和毛氏一鼻孔出气，他们都是以史证诗。他们接受了孔子"无邪"的见解，又摘取了孟子的"知人论世"的见解，以为用孔子的诗的哲学，别裁古代的史说，拿来证明那些诗篇是什么时代作的，为什么事作的，便是孟子所谓"以意逆志"。其实孟子所谓"以意逆志"倒是说要看全篇大意，不可拘泥在字句上，与他们不同。他们这样猜出来的作诗人的志，自然不会与作诗人相合；但那种志倒是关联着政治教化而与"诗言志"一语相合的。这样的以史证诗的思想，最先具体的表现在《诗序》里。

《诗序》有《大序》、《小序》。《大序》好像总论，托名子夏，说不定是谁作的。《小序》每篇一条，大约是大、小毛公作的。以史证诗，似乎是《小序》的专门任务；传里虽也偶然提及，却总以训诂为主，不过所选取的字义，意在助成序说，无形中有个一定方向罢了。可是《小序》也还是泛说的多，确指的少。到了郑玄，才更详密的发展了这个条理。他按着《诗经》中的国别和篇次，系统的附合史料，编成了《诗谱》，差不多给每篇诗确定了时代；《笺》中也更多的发挥了作为各篇诗的背景的历史。以史证诗，在他手里算是集大成了。

《大序》说明诗的教化作用；这种作用似乎建立在风、雅、颂、赋、比、兴所谓"六义"上。《大序》只解释了风、雅、颂。说风是风化（感化）、风刺的意思，雅是正的意思，颂是形容盛德的意思。这都是按着教化作用解释的。照近人的研究，这三个字大概都从音乐得名。风是各地方的乐调，《国风》便是各国土乐的意思。

雅就是"乌"字,似乎描写这种乐的呜呜之音。雅也就是"夏"字,古代乐章叫做"夏"的很多,也许原是地名或族名。雅又分《大雅》、《小雅》,大约也是乐调不同的缘故。颂就是"容"字,容就是"样子";这种乐连歌带舞,舞就有种种样子了。风、雅、颂之外,其实还该有个"南"。南是南音或南调,《诗经》中《周南》、《召南》的诗,原是相当于现在河南、湖北一带地方的歌谣。《国风》旧有十五,分出二南,还剩十三,而其中邶、鄘两国的诗,现经考定,都是卫诗,那么只有十一《国风》了。颂有《周颂》、《鲁颂》、《商颂》,《商颂》经考定实是《宋颂》。至于搜集的歌谣,大概是在二南、《国风》和《小雅》里。

赋、比、兴的意义,说法最多。大约这三个名字原都含有政治和教化的意味。赋本是唱诗给人听,但在《大序》里,也许是"直铺陈今之政教善恶"的意思。比、兴都是《大序》所谓"主文而谲谏",不直陈而用譬喻叫"主文",委婉讽刺叫"谲谏"。说的人无罪,听的人却可警戒自己。《诗经》里许多譬喻就在比兴的看法下,断章断句的硬派作政教的意义了。比、兴都是政教的譬喻,但在诗篇发端的叫做兴。《毛传》只在有兴的地方标出,不标赋、比;想来赋义是易见的,比、兴虽都是曲折成义,但兴在发端,往往关系全诗,比较更重要些,所以便特别标出了。《毛传》标出的兴诗,共一百十六篇,《国风》中最多,《小雅》第二,按现在说,这两部分搜集的歌谣多,所以譬喻的句子也便多了。

三《礼》第五

许多人家的中堂里，供奉着"天地君亲师"的大牌位。天地代表生命的本源。亲是祖先的意思，祖先是家族的本源。君师是政教的本源。人情不能忘本，所以供奉着这些。荀子只称这些为礼的三本；大概是到了后世才宗教化了的。荀子是儒家大师。儒家所称道的礼，包括政治制度、宗教仪式、社会风俗习惯等等，却都加以合理的说明。从那"三本说"，可以知道儒家有拿礼来包罗万象的野心，他们认礼为治乱的根本；这种思想可以叫做礼治主义。

怎样叫做礼治呢？儒家说初有人的时候，各人有各人的欲望，各人都要满足自己的欲望，没有界限，没有分际，大家就争起来了。你争我争，社会就乱起来了。那时的君师们看了这种情形，就渐渐给定出礼来，让大家按着贵贱的等级，长幼的次序，各人得着自己该得的一份儿吃的、喝的、穿的、住的，各人也做着自己该做的一份儿工作。各等人有各等人的界限和分际，若是只顾自己，不管别人，任性儿贪多务得，偷懒图快活，这种人就得受严厉的制裁，有时候保不住性命。这种礼，教人节制，教人和平，建立起社会的秩序，可以说是政治制度。

天生万物，是个很古的信仰。这个天是个能视能听的上帝，管生杀，管赏罚。在地上的代表，便是天子。天子祭天，和子孙祭祖先一样。地生万物是个事实。人都靠着地里长的活着,地里长的不够了,便闹饥荒,地的力量自然也引起了信仰。天子诸侯祭社稷,祭山川,都是这个来由。最普遍的还是祖先的信仰。直到我们的时代,这个信仰还是很有力的。按儒家说,这些信仰都是"报本返始"的意思。报本返始是庆幸生命的延续,追念本源,感恩怀德,勉力去报答的意思。但是这里面怕不单是怀德,还有畏威的成分。感谢和恐惧产生了种种祭典。儒家却只从感恩一面加以说明,看作礼的一部分。但这种礼教人恭敬,恭敬便是畏威的遗迹了。儒家的丧礼,最主要的如三年之丧,也建立在感恩的意味上;却因恩谊的亲疏,又定出等等差别来。这种礼,大部分可以说是宗教仪式。

居丧一面是宗教仪式,一面是普通人事。普通人事包括一切日常生活而言,日常生活都需要秩序和规矩。居丧以外,如婚姻、宴会等大事,也各有一套程序,不能随便马虎过去;这样是表示郑重,也便是表示敬意和诚心。至于对人,事君,事父母,待兄弟、姊妹,待子女,以及夫妇、朋友之间,也都自有一番道理。按着尊卑的分际,各守各的道理,君仁臣忠,父慈子孝,兄友弟恭,夫妇朋友互相敬爱,才算能做人;人人能做人,天下便治了。就是一个人饮食言动,也都该有个规矩,别叫旁人难过,更别侵犯着旁人,反正诸事都记得着自己的份儿。这些个规矩也是礼的一部分;有些固然含着宗教意味,但大部分可以说是风俗习惯。这些风俗习惯有一些也可以说是生活的艺术。

王道不外乎人情,礼是王道的一部分,按儒家说是通乎人情的。既通乎人情,自然该诚而不伪了。但儒家所称道的礼,并不全是实际施行的。有许多只是他们的理想,这种就不一定通乎人情了。

就按那些实际施行的说，每一个制度、仪式或规矩，固然都有它的需要和意义。但是社会情形变了，人的生活跟着变，人的喜、怒、爱、恶，虽然还是喜、怒、爱、恶，可是对象变了。那些礼的惰性却很大，并不跟着变。这就留下了许许多多遗形物，没有了需要，没有了意义，不近人情的伪礼，只会束缚人。《老子》里攻击礼，说"有了礼，忠信就差了"；后世有些人攻击礼，说"礼不是为我们定的"；近来大家攻击礼教，说"礼教是吃人的"。这都是指着那些个伪礼说的。

从来礼乐并称，但乐实在是礼的一部分；乐附属于礼，用来补助仪文的不足。乐包括歌和舞，是"人情之所必不免"的。不但是"人情之所必不免"，而且乐声的绵延和融合也象征着天地万物的"流而不息，合同而化"。这便是乐本。乐教人平心静气，互相和爱；教人联合起来，成为一整个儿。人人能够平心静气，互相和爱，自然没有贪欲、捣乱、欺诈等事，天下就治了。乐有改善人心、移风易俗的功用，所以与政治是相通的。按儒家说，礼、乐、刑、政，到头来只是一个道理；这四件都顺理成章了，便是王道。这四件是互为因果的。礼坏乐崩，政治一定不成；所以审乐可以知政。"治世之音安以乐，其政和；乱世之音怨以怒，其政乖，亡国之音哀以思，其民困。"吴公子季札到鲁国观乐，乐工奏那一国的乐，他就知道是那一国的；他是从乐歌里所表现的政治气象而知道的。歌词就是诗，诗与礼乐也是分不开的。孔子教学生要"兴于诗，立于礼，成于乐"；那时要养成一个人才，必须学习这些。这些诗、礼、乐，在那时代都是贵族社会所专有，与平民是无干的。到了战国，新声兴起，古乐衰废，听者只求悦耳，就无所谓这一套乐意。汉以来胡乐大行，那就更说不到了。

古代似乎没有关于乐的经典；只有《礼记》里的《乐记》，是抄录儒家的《公孙尼子》等书而成，原本已经是战国时代的东西了。关于礼，汉代学者所传习的有三种经和无数的"记"。那三种经是《仪礼》、《礼古经》、《周礼》。《礼古经》已亡佚，《仪礼》和《周礼》相传都是周公作的。但据近来的研究，这两部书实在是战国时代的产物。《仪礼》大约是当时实施的礼制，但多半只是士的礼。那些礼是很繁琐的，踵事增华的多，表示诚意的少，已经不全是通乎人情的了。《仪礼》可以说是宗教仪式和风俗习惯的混合物；《周礼》却是一套理想的政治制度。那些制度的背景可以看出是战国时代，但组成了整齐的系统，便是著书人的理想了。

"记"是儒家杂述礼制、礼制变迁的历史，或礼论之作，所述的礼制有实施的，也有理想的。又叫作《礼记》；这《礼记》是一个广泛的名称。这些"记"里包含着《礼古经》的一部分。汉代所见的"记"很多，但流传到现在的只有三十八篇《大戴记》和四十九篇《小戴记》。后世所称《礼记》，多半专指《小戴记》说。大戴是戴德，小戴是戴圣，戴德的侄儿。相传他们是这两部书的编辑人。但二戴都是西汉的《仪》、《礼》专家。汉代有"五经"博士；凡是一家一派的经学影响大的，都可以立博士。大戴仪礼学后来立了博士，小戴本人就是博士。汉代经师的家法最严，一家的学说里绝不能掺杂别家。但现存的两部"记"里都各掺杂着非二戴的学说。所以有人说这两部书是别人假托二戴的名字纂辑的；至少是二戴原书多半亡佚，由别人拉杂凑成的，——可是成书也还在汉代。这两部书里，《小戴记》容易些，后世诵习的人比较多些；所以差不多专占了《礼记》的名字。

《春秋》三传第六 (《国语》附)

"春秋"是古代记事史书的通称。古代朝廷大事，多在春、秋二季举行，所以记事的书用这个名字。各国有各国的春秋，但是后世都不传了。传下的只有一部《鲁春秋》，《春秋》成了它的专名，便是《春秋经》了。传说这部《春秋》是孔子作的，至少是他编的。鲁哀公十四年，鲁西有猎户打着一只从没有见过的独角怪兽，想着定是个不祥的东西，将它扔了。这个新闻传到了孔子那里，他便去看。他一看，就说，"这是麟啊。为谁来的呢！干什么来的呢！唉唉！我的道不行了！"说着流下泪来，赶忙将袖子去擦，泪点儿却已滴到衣襟上。原来麟是个仁兽，是个祥瑞的东西，圣帝、明王在位，天下太平，它才会来，不然是不会来的。可是那时代那有圣帝、明王？天下正乱纷纷的，麟来得真不是时候，所以让猎户打死；它算是倒了运了。

孔子这时已经年老，也常常觉着生的不是时候，不能行道；他为周朝伤心，也为自己伤心。看了这只死麟，一面同情它，一面也引起自己的无限感慨。他觉着生平说了许多教；当世的人君总不信他，可见空话不能打动人。他发愿修一部《春秋》，要让人从具体的事例里，得到善恶的教训，他相信这样得来的教训，比抽象的议论深切著明得多。他觉得修成了这部《春秋》，虽然不能行道，也算不白活一辈子。这便动起手来，九个月书就成功了。

书起于鲁隐公，终于获麟；因获麟有感而作，所以叙到获麟绝笔，是纪念的意思。但是《左传》里所载的《春秋经》，获麟后还有，而且记了"孔子卒"的哀公十六年后还有：据说那却是他的弟子们续修的了。

这个故事虽然够感伤的，但我们从种种方面知道，它却不是真的。《春秋》只是鲁国史官的旧文，孔子不曾掺进手去。《春秋》可是一部信史，里面所记的鲁国日食，有三十次和西方科学家所推算的相合，这绝不是偶然的。不过书中残阙、零乱和后人增改的地方，都很不少。书起于隐公元年，到哀公十四年止，共二百四十二年（西元前七二二——前四八一）；后世称这二百四十二年为春秋时代。书中纪事按年月日，这叫做编年。编年在史学上是个大发明；这教历史系统化，并增加了它的确实性。《春秋》是我国现存的第一部编年史。书中虽用鲁国纪元，所记的却是各国的事，所以也是我们第一部通史。所记的齐桓公、晋文公的霸迹最多；后来说"尊王攘夷"是《春秋》大义，便是从这里着眼。

古代史官记事，有两种目的：一是征实，二是劝惩。像晋国董狐不怕权势，记"赵盾弑其君"，齐国太史记"崔抒弑其君"，虽杀身不悔，都为的是征实和惩恶，作后世的鉴戒。但是史文简略，劝惩的意思有时不容易看出来，因此便需要解说的人。《国语》记楚国申叔时论教太子的科目，有"春秋"一项，说"春秋"有奖善、惩恶的作用，可以戒劝太子的心。孔子是第一个开门授徒，拿经典教给平民的人，《鲁春秋》也该是他的一种科目。关于劝惩的所在，他大约有许多口义传给弟子们。他死后，弟子们散在四方，就所能记忆的又教授开去。《左传》、《公羊传》、《穀梁传》，所谓《春秋》三传里，所引孔子解释和评论的话，大概就是捡的这一些。

三传特别注重《春秋》的劝惩作用，征实与否，倒在其次。按三传的看法，《春秋》大义可以从两方面说：明辨是非，分别善恶，提倡德义，从成败里见教训，这是一；夸扬霸业，推尊周室，亲爱中国，排斥夷狄，实现民族大一统的理想，这是二。前者是人君的明鉴，后者是拨乱反正的程序。这都是王道。而敬天事鬼，也包括在王道里。《春秋》里记灾；表示天罚；记鬼，表示恩仇，也还是劝惩的意思。古代记事的书常夹杂着好多的迷信和理想，《春秋》也不免如此；三传的看法，大体上是对的。但在解释经文的时候，却往往一个字一个字地咬嚼，这一咬嚼，便不顾上下文穿凿附会起来了。《公羊》、《穀梁》，尤其如此。

　　这样咬嚼出来的意义就是所谓"书法"，所谓"褒贬"，也就是所谓"微言"。后世最看重这个。他们说孔子修《春秋》，"笔则笔，削则削"，"笔"是书，"削"是不书，都有大道理在内。又说一字之褒，比教你作王公还荣耀；一字之贬，比将你作罪人杀了还耻辱。本来孟子说过，"孔子成《春秋》而乱臣贼子惧"，那似乎只指概括的劝惩作用而言。等到褒贬说发展，孟子这句话倒像更坐实了。而孔子和《春秋》的权威也就更大了。后世史家推尊孔子，也推尊《春秋》，承认这种书法是天经地义；但实际上他们却并不照三传所咬嚼出来的那么穿凿附会的办。这正和后世诗人尽管推尊《毛诗传笺》里比兴的解释，实际上却不那样穿凿附会的作诗一样。三传，特别是《公羊传》和《穀梁传》，和《毛诗传笺》，在穿凿解经这件事上是一致的。

　　三传之中，公羊、穀梁两家全以解经为主，左氏却以叙事为主。公、穀以解经为主，所以咬嚼得更利害些。战国末期，专门解释《春秋》的有许多家，公、穀较晚出而仅存。这两家固然有许多彼此相异之处,但渊源似乎是相同的;他们所引别家的解说也有些是一样的。这两种《春秋经传》经过秦火,多有残阙的地方;到汉景帝、武帝时候,才有经师重加整理,传授给人。公羊、穀梁只是家派的名称,仅存姓氏,名字已不可知。至于他们解经的宗旨,已见上文;《春秋》本是儒家传授的经典,解说的人,自然也离不了儒家,在这一点上,三传是大同小异的。

《左传》这部书,汉代传为鲁国左丘明所作。这个左丘明,有的说是"鲁君子",有的说是孔子的朋友;后世又有说是鲁国的史官的。这部书历来讨论的最多。汉时有"五经"博士。凡解说"五经"自成一家之学的,都可立为博士。立了博士,便是官学;那派经师便可做官受禄。当时《春秋》立了公、穀二传的博士。《左传》流传得晚些,古文派经师也给它争立博士。今文派却说这部书不得孔子《春秋》的真传,不如公、穀两家。后来虽一度立了博士,可是不久还是废了。倒是民间传习的渐多,终于大行!原来公、穀不免空谈,《左传》却是一部仅存的古代编年通史(残缺又少),用处自然大得多。《左传》以外,还有一部分国记载的《国语》,汉代也认为左丘明所作,称为《春秋外传》。后世学者怀疑这一说的很多。据近人的研究,《国语》重在"语",记事颇简略,大约出于另一著者的手,而为《左传》著者的重要史料之一。这书的说教,也不外尚德、尊天、敬神、爱民,和《左传》是很相近的。只不知著者是谁。其实《左传》著者我们也不知道。说是左丘明,但矛盾太多,不能教人相信。《左传》成书的时代大概在战国,比《公》、《穀》二传早些。

《左传》这部书大体依《春秋》而作;参考群籍,详述史事,征引孔子和别的"君子"解经评史的言论,吟味书法,自成一家言。

但迷信卜筮，所记祸福的预言，几乎无不应验；这却大大违背了征实的精神，而和儒家的宗旨也不合了。晋范宁作《穀梁传序》说："左氏艳而富，其失也巫。""艳"是文章美，"富"是材料多；"巫"是多叙鬼神，预言祸福。这是句公平话。注《左传》的，汉代就不少，但那些许多已散失，现存的只有晋杜预注，算是最古了。

杜预作《春秋序》，论到《左传》，说"其文缓，其旨远"，"缓"是委婉，"远"是含蓄。这不但是好史笔，也是好文笔。所以《左传》不但是史学的权威，也是文学的权威。《左传》的文学本领，表现在记述辞令和描写战争上。春秋列国，盟会颇繁，使臣会说话不会说话，不但关系荣辱，并且关系利害，出入很大，所以极重辞令。《左传》所记当时君臣的话，从容委曲，意味深长。只是平心静气的说，紧要关头却不放松一步，真所谓恰到好处。这固然是当时风气如此，但不经《左传》著者的润饰工夫，也绝不会那样在纸上活跃的。战争是个复杂的程序，叙得头头是道，已经不易，叙得有声有色，更难；这差不多全靠忙中有闲，透着优游不迫神儿才成。这却正是《左传》著者所擅长的。

"四书"第七

"四书""五经"到现在还是我们口头上一句熟语。"五经"是《易》、《书》、《诗》、《礼》、《春秋》；"四书"按照普通的顺序是《大学》、《中庸》、《论语》、《孟子》，前二者又简称《学》、《庸》，后二者又简称《论》、《孟》；有了简称，可见这些书是用得很熟的。本来呢，从前私塾里，学生入学，是从"四书"读起的。这是那些时代的小学教科书，而且是统一的标准的小学教科书，因为没有不用的。那时先生不讲解，只让学生背诵，不但得背正文，而且得背朱熹的小注。只要囫囵吞枣地念，囫囵吞枣地背，不懂不要紧，将来用得着，自然会懂的。怎么说将来用得着？那些时候行科举制度。科举是一种竞争的考试制度，考试的主要科目是八股文，题目都出在"四书"里，而且是朱注的"四书"里。科举分几级，考中的得着种种出身或资格，凭着这种资格可以建功立业，也可以升官发财；作好作歹，都得先弄个资格到手。科举几乎是当时读书人唯一的出路。每个学生都先读"四书"，而且读的是朱注，便是这个缘故。

将朱注"四书"定为科举用书，是从元仁宗皇庆二年（西元一三一三）起的。规定这四种书，自然因为这些书本身重要，有人人必读的价值；规定朱注，也因为朱注发明书义比旧注好些，切用些。这四种书原来并不在一起，《学》、《庸》都在《礼记》里，《论》、《孟》是单行的。这些书原来只算是诸子书，朱子原来也只称为"四子"；但《礼记》、《论》、《孟》在汉代都立过博士，已经都升到经里去了。后来唐代的"九经"里虽然只有《礼记》,宋代的"十三经"却又将《论》、《孟》收了进去。《中庸》很早就被人单独注意，汉代已有关于《中庸》的著作，六朝时也有，可惜都不传了。关于《大学》的著作，却直到司马光的《大学通义》才开始，这部书也不传了。这些著作并不曾教《学》、《庸》普及，教《学》、《庸》和《论》、《孟》同样普及的是朱子的注，"四书"也是他编在一起的，"四书"的名字也因他而有。

但最初用力提倡这几种书的是程颢、程颐兄弟。他们说："《大学》是孔门的遗书,是初学者入德的门径。只有从这部书里,还可以知道古人做学问的程序。从《论》、《孟》里虽也可看出一些,但不如这部书的分明易晓。学者必须从这部书入手,才不会走错了路。"这里没提到《中庸》。可是他们是很推尊《中庸》的。他们在另一处说:"'不偏'叫做'中','不易'叫做'庸';'中'是天下的正道,'庸'是天下的定理。《中庸》是孔门传授心法的书,是子思记下来传给孟子的。书中所述的人生哲理,意味深长;会读书的细加玩赏,自然能心领神悟,终身受用不尽。"这四种书到了朱子手里才打成一片。他接受二程的见解,加以系统的说明,四种书便贯串起来了。

他说,古来有小学大学。小学里教洒扫进退的规矩,和礼、乐、射、御、书、数,所谓"六艺"的。大学里教穷理、正心、修己、治人的道理。所教的都切于民生日用,都是实学。《大学》这部书便是古来大学里教学生的方法,规模大,节目详;而所谓"格物、致知、诚意、正心、修身、齐家、治国、平天下",是循序渐进的。程子说是"初学者入德的门径",就是为此。这部书里的道理,并不是为一时一事说的,是为天下后世说的。这是"垂世立教的大典",所以程子举为初学者的第一部书。《论》、《孟》虽然也切实,却是"应机接物的微言",问的不是一个人,记的也不是一个人。浅深先后,次序既不分明,抑扬可否,用意也不一样,初学者领会较难。所以程子放在第二步。至于《中庸》,是孔门的心法,初学者领会更难,程子所以另论。

但朱子的意思,有了《大学》的提纲挈领,便能领会《论》、《孟》里精微的分别去处;融贯了《论》、《孟》的旨趣,也便能领会《中庸》里的心法。人有人心和道心,人心是私欲,道心是天理。人该修养道心，克制人心，这是心法。朱子的意思，不领会《中庸》里的心法，是不能从大处着眼，读天下的书，论天下的事的。他所以将《中庸》放在第三步，和《大学》、《论》、《孟》合为"四书"，作为初学者的基础教本。后来规定"四书"为科举用书，原也根据这番意思。不过朱子教人读"四书"，为的成人；后来人读"四书"，却重在猎取功名；这是不合于他提倡的本心的。至于顺序变为《学》、《庸》、《论》、《孟》，那是书贾因为《学》、《庸》篇页不多，合为一本的缘故，通行既久，居然约定俗成了。

《礼记》里的《大学》，本是一篇东西，朱子给分成经一章，传十章；传是解释经的。因为要使传合经，他又颠倒了原文的次序，并补上一段儿。他注《中庸》时，虽没有这样大的改变，可是所分的章节，也与郑玄注的不同。所以这两部书的注，称为《大学章句》、《中庸章句》。《论》、《孟》的注，却是融合各家而成，所以称为《论语集注》、《孟子集注》。《大学》的经一章，朱子想着是曾子追述孔子的话；传十章，他相信是曾子的意思，由弟子们记下的。《中庸》的著者，朱子和程子一样，都接受《史记》的记载，认为是子思。但关于书名的解释，他修正了一些。他说，"中"除"不偏"外，还有"无过无不及"的意思；"庸"解作"不易"，不如解作"平常"的好。照近人的研究，《大学》的思想和文字，很有和荀子相同的地方，大概是荀子学派的著作。《中庸》，首尾和中段思想不一贯，从前就有人疑心。照近来的看法，这部书的中段也许是子思原著的一部分，发扬孔子的学说，如"时中""忠恕""知仁勇""五伦"等。首尾呢，怕是另一关于《中庸》的著作，经后人混合起来的；这里发扬的是孟子的天人相通的哲理，所谓"至诚""尽性"，都是的。著者大约是一个孟子学派。

《论语》是孔子弟子们记的。这部书不但显示一个伟大的人格——孔子,并且读者学习许多做学问做人的节目:如"君子"、"仁"、"忠恕",如"时习"、"疑"、"好古"、"隅反"、"择善"、"困学"等,都是可以终身应用的。《孟子》据说是孟子本人和弟子公孙丑、万章等共同编定的。书中说"仁"兼说"义",分辨"义""利"甚严;而辩"性善",教人求"放心",影响更大。又说到"养浩然之气",那"至大至刚"、"配义与道"的"浩然之气";这是修养的最高境界,所谓天人相通的哲理。书中攻击杨朱、墨翟两派,词锋咄咄逼人。这在儒家叫做攻异端,功劳是很大的。孟子生在战国时代,他不免"好辩",他自己也觉得的。他的话流露着"英气","有圭角",和孔子的温润是不同的。所以儒家只称为"亚圣",次于孔子一等。《孟子》有东汉的赵岐注。《论语》有孔安国、马融、郑玄诸家注,却都已残佚,只零星的见于魏何晏的《集解》里。汉儒注经,多以训诂名物为重;但《论》、《孟》词意显明,所以只解释文句,推阐义理而止。魏晋以来,玄谈大盛,孔子已被道家化;解《论语》的也多参入玄谈,参入当时的道家哲学。这些后来却都不流行了。到了朱子,给《论》、《孟》作注,虽说融会各家,其实也用他自己的哲学作架子。他注《学》、《庸》,更显然如此。他的哲学切于世用,所以一般人接受了,将他解释的孔子当作真的孔子。

他那一套"四书"注实在用尽了平生的力量,改定至再至三;直到临死的时候,他还在改定《大学·诚意》章的注。注以外又作了《四书或问》,发扬注义,并论述对于旧说的或取或舍的理由。他在"四书"上这样下工夫,一面固然为了诱导初学者,一面还有一个用意,便是排斥老、佛,建立道统。他在《中庸章句序》里论到诸圣道统的传承,末尾自谦说,"于道统之传,不敢妄议";

其实他是隐隐在以传道统自期呢。《中庸》传授心法，正是道统的根本。将它加在《大学》、《论》、《孟》之后而成"四书"，朱子自己虽然说是给初学者打基础，但一大半恐怕还是为了建立道统，不过他自己不好说出罢了。他注"四书"在宋孝宗淳熙年间（西元一一七四——一一八九）。他死后，朝廷将他的"四书"注审定为官书，从此盛行起来。他果然成了传儒家道统的大师了。

辞赋第八

屈原是我国历史里永被纪念着的一个人。旧历五月五日端午节，相传便是他的忌日；他是投水死的，竞渡据说原来是表示救他的，粽子原来是祭他的。现在定五月五日为诗人节，也是为了纪念的缘故。他是个忠臣，而且是个缠绵悱恻的忠臣；他是个节士，而且是个浮游尘外、清白不污的节士。"举世皆浊而我独清，众人皆醉而我独醒"，他的身世是一出悲剧。可是他永生在我们的敬意尤其是我们的同情里。"原"是他的号，"平"是他的名字。他是楚国的贵族，怀王时候，作"左徒"的官。左徒好像现在的秘书。他很有学问，熟悉历史和政治，口才又好。一方面参赞国事，一方面给怀王见客，办外交，头头是道。怀王很信任他。

当时楚国有亲秦、亲齐两派；屈原是亲齐派。秦国看见屈原得势，便派张仪买通了楚国的贤臣上官大夫、靳尚等，在怀王面前说他的坏话。怀王果然被他们所惑，将屈原放逐到汉北去。张仪便劝怀王和齐国绝交，说秦国答应割地六百里。楚和齐绝了交，张仪却说答应的是六里。怀王大怒，便举兵伐秦，不料大败而归。这时候想起屈原来了，将他召回，教他出使齐国。亲齐派暂时抬头。但是亲秦派不久又得势。怀王终于让秦国骗了去，拘留着，就死在那里。这件事是楚人最痛心的，屈原更不用说了。可是怀王的儿子顷襄王，却还是听亲秦派的话，将他二次放逐到江南去。他流浪了九年，秦国的侵略一天紧似一天；他不忍亲见亡国的惨象，又想以一死来感悟顷襄王，便自沉在汨罗江里。

《楚辞》中《离骚》和《九章》的各篇，都是他放逐时候所作。《离骚》尤其是千古流传的杰构。这一篇大概是二次被放时作的。他感念怀王的信任，却恨他糊涂，让一群小人蒙蔽着，播弄着。而顷襄王又不能觉悟，以致国土日削，国势日危。他自己呢，"信而见疑，忠而被谤"，简直走投无路；满腔委屈，千端万绪的，没人可以诉说。终于只能告诉自己的一支笔，《离骚》便是这样写成的。"离骚"是"别愁"或"遭忧"的意思。他是个富于感情的人，那一腔遏抑不住的悲愤，随着他的笔奔迸出来，"东一句，西一句，天上一句，地下一句"，只是一片一段的，没有篇章可言。这和人在疲倦或苦痛的时候，叫"妈呀！""天哪！"一样；心里乱极了，闷极了，叫叫透一口气，自然是顾不到什么组织的。

篇中陈说唐、虞、三代的治，桀、纣、羿、浇的乱，善恶因果，历历分明；用来讽刺当世，感悟君王。他又用了许多神话里的譬喻和动植物的譬喻，委曲的表达出他对于怀王的忠爱，对于贤人君子的向往，对于群小的深恶痛疾。他将怀王比作美人，他是"求之不得"，"辗转反侧"；情辞凄切，缠绵不已。他又将贤臣比作香草。"美人香草"从此便成为政治的譬喻，影响后来解诗、作诗的人很大。汉淮南王刘安作《离骚传》说："《国风》好色而不淫，《小雅》怨诽而不乱，若《离骚》者，可谓兼之矣。""好色而不淫"似乎就指美人香草用作政治的譬喻而言；"怨诽而不乱"是怨而不怒的意思。虽然我们相信《国风》的男女之辞并非政治的譬喻，但断章取义，淮南王的话却是《离骚》的确切评语。

　　《九章》的各篇原是分立的，大约汉人才合在一起，给了"九章"的名字。这里面有些是屈原初次被放时作的，有些是二次被放时作的。差不多都是"上以讽谏，下以自慰"；引史事，用譬喻，也和《离骚》一样。《离骚》里记着屈原的世系和生辰，这几篇里也记着他放逐的时期和地域；这些都可以算是他的自叙传。他还作了《九歌》、《天问》、《远游》、《招魂》等，却不能算自叙传，也"不皆是怨君"；后世都说成怨君，便埋没了他的另一面的出世观了。他其实也是一"子"，也是一家之学。这可以说是神仙家，出于巫。《离骚》里说到周游上下四方，驾车的动物，驱使的役夫，都是神话里的。《远游》更全是说的周游上下四方的乐处。这种游仙的境界，便是神仙家的理想。

　　《远游》开篇说："悲时俗之迫厄兮，愿轻举而远游"，篇中又说，"临不死之旧乡"。人间世太狭窄了，也太短促了，人是太不自由自在了。神仙家要无穷大的空间，所以要周行无碍；要无穷久的时间，所以要长生不老。他们要打破现实的、有限的世界，用幻想创出一个无限的世界来。在这无限的世界里，所有的都是神话里的人物；有些是美丽的，也有些是丑怪的。《九歌》里的神大都可爱；《招魂》里一半是上下四方的怪物，说得顶怕人的，可是一方面也奇诡可喜。因为注意空间的扩大，所以对于天地、山川、日月、星辰，在在都有兴味。《天问》里许多关于天文地理的疑问，便是这样来的。一面惊奇天地之广大，一面也惊奇人事之诡异——

善恶因果，往往有不相应的；《天问》里许多关于历史的疑问，便从这里着眼。这却又是他的入世观了。

要达到游仙的境界，须要"虚静以恬愉"、"无为而自得"，还须导引养生的修炼工夫，这在《远游》里都说了。屈原受庄学的影响极大，这些都是庄学；周行无碍，长生不老，以及神话里的人物，也都是庄学。但庄学只到"我"与自然打成一片而止，并不想创造一个无限的世界；神仙家似乎比庄学更进了一步。神仙家也受阴阳家的影响；阴阳家原也讲天地广大，讲禽兽异物的。阴阳家是齐学。齐国滨海，多有怪诞的思想。屈原常常出使到那里，所以也沾了齐气。还有齐人好"隐"。"隐"是"遁词以隐意，谲譬以指事"，是用一种滑稽的态度来讽谏。淳于髡可为代表。楚人也好"隐"。屈原是楚人，而他的思想又受齐国的影响，他爱用种种政治的譬喻，大约也不免沾点齐气。但是他不取滑稽的态度，他是用一副悲剧面孔说话的。《诗大序》所谓"谲谏"，所谓"言之者无罪，闻之者足以戒"，倒是合适的说明。至于像《招魂》里的铺张排比，也许是纵横家的风气。

《离骚》各篇多用"兮"字足句，句逗以参差不齐为主。"兮"字足句，三百篇中已经不少；句逗参差，也许是"南音"的发展。"南"本是南乐的名称；三百篇中的二《南》，本该与《风》、《雅》、《颂》分立为四。二《南》是楚诗，乐调虽已不能知道，但和《风》、《雅》、《颂》必有异处。从二《南》到《离骚》，现在只能看出句逗由短而长、由齐而畸的一个趋势；这中间变迁的轨迹，我们还能找到一些，总之，绝不是突如其来的。这句逗的发展，大概多少有音乐的影响。从《汉书·王褒传》，可以知道《楚辞》的诵读是有特别的调子的，这正是音乐的影响。屈原诸作奠定了这种体制，模拟的日见其多。就中最出色的是宋玉，他作了《九辩》。宋玉传说是屈原的弟子；《九辩》的题材和体制都模拟《离骚》和《九章》，算是代屈原说话，不过没有屈原那样激切罢了。宋玉自己可也加上一些新思想，他是第一个描写"悲秋"的人。还有个景差，据说是《大招》的作者；《大招》是模拟《招魂》的。

到了汉代，模拟《离骚》的更多，东方朔、王褒、刘向、王逸都走着宋玉的路。大概武帝时候最盛，以后就渐渐的差了。汉人称这种体制为"辞"，又称为"楚辞"。刘向将这些东西编辑起来，成为《楚辞》一书。东汉王逸给作注，并加进自己的拟作，叫做《楚辞章句》。北宋洪兴祖又作《楚辞补注》。《章句》和《补注》合为《楚辞》标准的注本。但汉人又称《离骚》等为"赋"。《史记·屈原传》说他作《怀沙》之赋、《怀沙》是《九章》之一，本无"赋"名。《传》尾又说，"宋玉、唐勒、景差之徒，皆好辞而以赋见称。"《汉书·艺文志·诗赋略》列"屈原赋二十五篇"，就是《离骚》等。大概"辞"是后来的名字，专指屈、宋一类作品；赋虽从辞出，却是先起的名字，在未采用"辞"的名字以前，本包括"辞"而言。所以浑言称"赋"，称"辞赋"，分言称"辞"和"赋"。后世引述屈、宋诸家，只通称"楚辞"，没有单称"辞"的。但却有称"骚"、"骚体"、"骚赋"的，这自然是《离骚》的影响。

荀子的《赋篇》最早称"赋"。篇中分咏"礼"、"知"、"云"、"蚕"、"箴"（针）五件事物，像是谜语；其中颇有讽世的话，可以说是"隐"的支流余裔。荀子久居齐国的稷下，又在楚国作过县令，死在那里。他的好"隐"，也是自然的。《赋篇》总题分咏，自然和后来的赋不同，但是安排客主，问答成篇，却开了后来赋家的风气。荀赋和屈辞原来似乎各是各的，这两体的合一，也许是在贾谊手里。贾谊是荀卿的再传弟子，他的境遇却近于屈原，又久居屈原的故乡；很可能的，他模拟屈原的体制，却袭用了荀卿的"赋"的名字。这种赋日渐发展，屈原诸作也便被称为"赋"；"辞"的名字许是后来因为拟作多了，才分化出来，作为此体的专称的。辞本是"辩解的言语"的意思，用来称屈、宋诸家所作，倒也并无不合之处。

《汉书·艺文志·诗赋略》分赋为四类。"杂赋"十二家是总集，可以不论。屈原以下二十家，是言情之作。陆贾以下二十一家，已佚，大概近于纵横家言。就中"陆贾赋三篇"，在贾谊之先；但作品既不可见，是他自题为赋，还是后人追题，不能知道，只好存疑了。荀卿以下二十五家，大概是叙物明理之作。这三类里，贾谊以后各家，多少免不了屈原的影响，但已渐有散文化的趋势；第一类中的司马相如便是创始的人。——托为屈原作的《卜居》《渔父》，通篇散文化，只有几处用韵，似乎是《庄子》和荀赋的混合体制，又当别论。——散文化更容易铺张些。"赋"本是"铺"的意思，铺张倒是本来面目。可是铺张的作用原在讽谏；这时候却为铺张而铺张，所谓"劝百而讽一"。当时汉武帝好辞赋，作者极众，争相竞胜，所以致此。扬雄说，"诗人之赋丽以则，辞人之赋丽以淫"；"诗人之赋"便是前者，"辞人之赋"便是后者。甚至有诙谐嫚戏，毫无主旨的。难怪辞赋家会被人鄙视为倡优了。

东汉以来，班固作《两都赋》，"概众人之所眩曜，折以今之法度"；张衡仿他作《二京赋》，晋左思又仿作《三都赋》。这种赋铺叙历史地理，近于后世的类书；是陆贾、荀卿两派的混合，是散文的更进一步。这和屈、贾言情之作，却迥不相同了。此后赋体渐渐缩短，字句却整炼起来。那时期一般诗文都趋向排偶化，赋先是领着走，后来是跟着走；作赋专重写景述情，务求精巧，不再用来讽谏。这种赋发展到齐、梁、唐初为极盛，称为"俳体"的赋。"俳"是游戏的意思，对讽谏而言；其实这种作品倒也并非滑稽嫚戏之作。唐代古文运动起来，宋代加以发挥光大，诗文不再重排偶尔趋向散文化，赋体也变了。像欧阳修的《秋声赋》，苏轼的前、后《赤壁赋》，虽然有韵而全篇散行，排偶极少，比《卜居》、《渔父》更其散文的。这称为"文体"的赋。唐、宋两代，以诗赋取士，规定程式。那种赋定为八韵，调平仄，讲对仗；制题新巧，限韵险难。这只是一种技艺罢了。这称为"律赋"。对"律赋"而言，"俳体"和"文体"的赋都是"古赋"；这"古赋"的名字和"古文"的名字差不多，真正"古"的如屈、宋的辞，汉人的赋，倒是不包括在内的。赋似乎是我国特有的体制；虽然有韵，而就它全部的发展看，却与文近些，不算是诗。

诗第九

汉武帝立乐府，采集代、赵、秦、楚的歌谣和乐谱；教李延年作协律都尉，负责整理那些歌辞和谱子，以备传习唱奏。当时乐府里养着各地的乐工好几百人，大约便是演奏这些乐歌的。歌谣采来以后，他们先审查一下。没有谱子的，便给制谱；有谱子的，也得看看合式不合式，不合式的地方，便给改动一些。这就是"协律"的工作。歌谣的"本辞"合乐时，有的保存原来的样子，有的删节，有的加进些复沓的甚至不相干的章句。"协律"以乐为主，只要合调；歌辞通不通，他们是不大在乎的。他们有时还在歌辞里夹进些泛声；

"辞"写大字,"声"写小字。但流传久了,声辞混杂起来,后世便不容易看懂了。这种种乐歌,后来称为"乐府诗",简称就叫"乐府"。北宋太原郭茂倩收集汉乐府以下历代合乐的和不合乐的歌谣,以及模拟之作,成为一书,题作《乐府诗集》;他所谓"乐府诗",范围是很广的。就中汉乐府,沈约《宋书·乐志》特称为"古辞"。

汉乐府的声调和当时称为"雅乐"的三百篇不同,所采取的是新调子。这种新调子有两种:"楚声"和"新声"。屈原的辞可为楚声的代表。汉高祖是楚人,喜欢楚声;楚声比雅乐好听。一般人不用说也是喜欢楚声的。楚声便成了风气。武帝时乐府所采的歌谣,楚以外虽然还有代、赵、秦各地的,但声调也许差不很多。那时却又输入了新声;新声出于西域和北狄的军歌。李延年多采取这种调子唱奏歌谣,从此大行,楚声便让压下去了。楚声的句调比较雅乐参差得多,新声的更比楚声参差得多。可是楚声里也有整齐的五言,楚调曲里各篇更全然如此,像著名的《白头吟》、《梁甫吟》、《怨歌行》都是的。这就是五言诗的源头。

汉乐府以叙事为主。所叙的社会故事和风俗最多,历史及游仙的故事也占一部分。此外便是男女相思和离别之作,格言式的教训,人生的慨叹等等。这些都是一般人所喜欢的题材。用一般人所喜欢的调子,歌咏一般人所喜欢的题材,自然可以风靡一世。哀帝即位,却以为这些都是不正经的乐歌,他废了乐府,裁了多一半乐工——共四百四十一人,——大概都是唱奏各地乐歌的。当时颇想恢复雅乐,但没人懂得,只好罢了。不过一般人还是爱好那些乐歌。这风气直到汉末不变。东汉时候,这些乐歌已经普遍化,文人仿作的渐多;就中也有仿作整齐的五言的,像班固《咏史》。但这种五言的拟作极少;而班固那一首也未成熟,钟嵘在《诗品序》里评为"质木无文",是不错的。直到汉末,一般文体都走向整炼一路,试验这五言体的便多起来;而最高的成就是《文选》所录的《古诗十九首》。

旧传最早的五言诗,是《古诗十九首》和苏武、李陵诗;说"十九首"里有七首是枚乘作的,和苏、李诗都出现于汉武帝时代。但据近来的研究,这十九首古诗实在都是汉末的作品;苏、李诗虽题了苏、李的名字,却不合于他们的事迹,从风格上看,大约也和"十九首"出现在差不多的时候。这十九首古诗并非一人之作,也非一时之作,但都模拟言情的乐府。歌咏的多是相思离别,以及人生无常、当及时行乐的意思;也有对于邪臣当道、贤人放逐、朋友富贵相忘、知音难得等事的慨叹。这些都算是普遍的题材;但后一类是所谓"失志"之作,自然兼受了《楚辞》的影响。钟嵘评古诗,"可谓几乎一字千金"。因为所咏的几乎是人人心中所要说的,却不是人人口中、笔下所能说的,而又能够那样平平说出,曲曲说出,所以是好。"十九首"只像对朋友说家常话,并不在字面上用工夫,而自然达意,委婉尽情,合于所谓"温柔敦厚"的诗教。到唐为止,这是五言诗的标准。

汉献帝建安年间(西元一九六——二一九),文学极盛,曹操和他的儿子曹丕、曹植两兄弟是文坛的主持人;而曹植更是个大诗家。这时乐府声调已多失传,他们却用乐府旧题,改作新词,曹丕、曹植兄弟尤其努力在五言体上。他们一班人也做独立的五言诗,叙游宴,述恩荣,开后来应酬一派。但只求明白诚恳,还是歌谣本色。就中曹植在曹丕作了皇帝之后,颇受猜忌,忧患的情感,时时流露在他的作品里。诗中有了"我",所以独成大家。这时候五言作者既多,开始有了工拙的评论;曹丕说刘桢"五言诗之善者,妙绝时人",便是例子。但真正奠定了五言诗的基础的是魏代的阮籍,他是第一个用全力作五言诗的人。

阮籍是老、庄和屈原的信徒。他生在魏、晋交替的时代,眼见司马氏三代专权,欺负曹家,压迫名士,一肚皮牢骚只得发泄在酒和诗里。他作了《咏怀诗》八十多首,述神话,引史事,叙艳情,托于鸟兽草木之名;主旨不外说富贵不能常保,祸患随时可至,年岁有限,一般人钻在利禄的圈子里,不知放怀远大,真是可怜之极。他的诗充满了这种悲悯的情感,"忧思独伤心"一句可以表见。这里《楚辞》的影响很大;钟嵘说他"源出于《小雅》",似乎是皮相之谈。本来五言诗自始就脱不了《楚辞》的影响,不过他尤其如此。他还没有用心琢句,但语既浑括,譬喻又多,旨趣更往往难详。这许是当时的不得已,却因此增加了五言诗文人化的程度。他是这样扩大了诗的范围,正式成立了抒情的五言诗。

晋代诗渐渐排偶化、典故化。就中左思的《咏史》诗,郭璞的《游仙诗》,也取法《楚辞》,借古人及神仙抒写自己的怀抱,为后世所宗。郭璞是东晋初的人。跟着就流行了一派玄言诗。孙绰、许询是领袖。他们作诗,只是融化老、庄的文句,抽象说理,所以钟嵘说像"道德论"。这种诗千篇一律,没有我《兰亭集诗》各人所作四言、五言各一首,都是一个味儿,正是好例。但在这种影响下,却孕育了陶渊明和谢灵运两个大诗人。陶渊明,浔阳柴桑人,做了几回小官,觉得做官不自由,终于回到田园,躬耕自活。他也是老、庄的信徒,从躬耕里领略到自然的恬美和人生的道理。他是第一个将田园生活描写在诗里的人。他的躬耕免祸的哲学也许不是新的,可都是他从实生活里体验得来的,与口头的玄理不同,所以亲切有味。诗也不妨说理,但须有理趣,他的诗能够作到这一步。

他作诗也只求明白诚恳，不排不典；他的诗是散文化的。这违反了当时的趋势，所以《诗品》只将他放在中品里。但他后来确成了千古"隐逸诗人之宗"。

谢灵运，宋时做到临川太守。他是有政治野心的，可是不得志。他不但是老、庄的信徒，也是佛的信徒。他最爱游山玩水，常常领了一群人到处探奇访胜；他的自然的哲学和出世的哲学教他沉溺在山水的清幽里。他是第一个在诗里用全力刻画山水的人；他也可以说是第一个用全力雕琢字句的人。他用排偶，用典故，却能创造新鲜的句子；不过描写有时不免太繁重罢了。他在赏玩山水的时候，也常悟到一些隐遁的、超旷的人生哲理，但写到诗里，不能和那精巧的描写打成一片，像硬装进去似的。这便不如陶渊明的理趣足，但比那些"道德论"自然高妙得多。陶诗教给人怎样赏味田园，谢诗教给人怎样赏味山水；他们都是发现自然的诗人。陶是写意，谢是工笔。谢诗从制题到造句，无一不是工笔。他开了后世诗人着意描写的路子；他所以成为大家，一半也在这里。

齐武帝永明年间（西元四八三——四九三），"声律说"大盛。四声的分别，平仄的性质，双声叠韵的作用，都有人指出，让诗文作家注意。从前只着重句末的韵，这时更着重句中的"和"；"和"就是念起来顺口，听起来顺耳。从此诗文都力求谐调，远于语言的自然。这时的诗，一面讲究用典，一面讲究声律，不免侧重技巧的毛病。到了梁简文帝，又加新变，专咏艳情，称为"宫体"，诗的境界更狭窄了。这种形式与题材的新变，一直影响到唐初的诗。这时候七言的乐歌渐渐发展。汉、魏文士仿作乐府，已经有七言的，但只零星偶见，后来舞曲里常有七言之作。到了宋代，鲍照有《行路难》十八首，人生的感慨颇多，和舞曲描写声容的不一样，影响唐代的李白、杜甫很大。但是梁以来七言的发展，却还跟着舞曲的路子，不跟着鲍照的路子。这些都是宫体的谐调。

唐代谐调发展，成立了律诗绝句，称为近体；不是谐调的诗，称为古体，又成立了古、近体的七言诗。古体的五言诗也变了格调。这些都是划时代的。初唐时候，大体上还继续着南朝的风气，辗转在艳情的圈子里。但是就在这时候，沈佺期、宋之问奠定了律诗的体制。南朝论声律，只就一联两句说；沈、宋却能看出谐调有四种句式。两联四句才是谐调的单位，可以称为周期。这单位后来写成"仄仄平平仄　平平仄仄平　平平平仄仄　仄仄仄平平"的谱。沈、宋在一首诗里用两个周期，就是重叠一次；这样，声调便谐和富厚，又不致单调。这就是八句的律诗。律有"声律"、"法律"两义。律诗体制短小，组织必须经济，才能发挥它的效力；"法律"便是这个意思。但沈、宋的成就只在声律上，"法律"上的进展，还等待后来的作家。

宫体诗渐渐有人觉得腻味了；陈子昂、李白等说这种诗颓靡浅薄，没有价值。他们不但否定了当时古体诗的题材，也否定了那些诗的形式。他们的五言古体，模拟阮籍的《咏怀》，但是失败了。一般作家却只大量的仿作七言的乐府歌行，带着多少的排偶与谐调。——当时往往就这种歌行里截取谐调的四句入乐奏唱。——可是李白更撇开了排偶和谐调，作他的七言乐府。李白，蜀人，明皇时作供奉翰林，触犯了杨贵妃，不能得志。他是个放浪不羁的人，便辞了职，游山水，喝酒，作诗。他的乐府很多，取材很广；他是借着乐府旧题来抒写自己生活的。他的生活态度是出世的；他作诗也全任自然。人家称他为"天上谪仙人"；这说明了他的人和他的诗。他的歌行增进了七言诗的价值；但他的绝句更代表着新制。绝句是五言或七言的四句，大多数是谐调。南北朝民歌中，五言四句的谐调最多，影响了唐人，南朝乐府里也有七言四句的，但不太多。李白和别的诗家纷纷制作，大约因为当时输入的西域乐调宜于这体制，作来可供宫廷及贵人家奏唱。绝句最短小，贵含蓄，忌说尽。李白所作，自然而不觉费力，并且暗示着超远的境界，他给这新体诗立下了一个标准。

但是真正继往开来的诗人是杜甫。他是河南巩县人。安禄山陷长安，肃宗在灵武即位，他从长安逃到灵武，作了"左拾遗"的官，因为谏救房琯，被放了出去。那时很乱，又是荒年，他辗转流落到成都，依靠故人严武，作到"检校工部员外郎"，所以后来称为杜工部。他在蜀中住了很久。严武死后，他避难到湖南，就死在那里。他是儒家的信徒，"致君尧舜上，再使风俗淳"是他的素志。又身经乱离，亲见了民间疾苦。他的诗努力描写当时的情形，发抒自己的感想。唐代以诗取士，诗原是应试的玩意儿；诗又是供给乐工歌妓唱了去伺候宫廷及贵人的玩意儿。李白用来抒写自己的生活，杜甫用来抒写那个大时代，诗的领域扩大了，价值也增高了。而杜甫写"民间的实在痛苦，社会的实在问题，国家的实在状况，人生的实在希望与恐惧，更给诗开辟了新世界"。

他不大仿作乐府，可是他描写社会生活正是乐府的精神；他的写实的态度也是从乐府来的。他常在诗里发议论，并且引证经史百家；但这些议论和典故都是通过了他的满腔热情奔进出来的，所以还是诗。他这样将诗历史化和散文化；他这样给诗创造了新语言。古体的七言诗到他手里正式成立；古体的五言诗到他手里变了格调。从此"温柔敦厚"之外，又开了"沉着痛快"一派。五言律诗，王维、孟浩然已经不用来写艳情而用来写山水；杜甫却更用来表现广大的实在的人生。他的七言律诗，也是如此。他作律诗很用心在组织上。他的五言律诗最多，差不多穷尽了这体制的变化。他的绝句直述胸怀，嫌没有余味；但那些描写片段生活印象的，却也不缺少暗示的力量。他也能欣赏自然，晚年所作，颇有清新的刻划的句子。他又是个有谐趣的人，他的诗往往透着滑稽的风味。但这种滑稽的风味和他的严肃的态度调和得那样恰到好处，一点也不至于减损他和他的诗的身份。

杜甫的影响直贯到两宋时代；没有一个诗人不直接、间接学他的，没有一个诗人不发扬光大他的。古文家韩愈，跟着他将诗进一步散文化，而又造奇喻，押险韵，铺张描写，像汉赋似的。他的诗逞才使气，不怕说尽，是"沉着痛快"的诗。后来有元稹、白居易二人在政治上都升沉了一番；他们却继承杜甫写实的表现人生的态度。他们开始将这种态度理论化；主张诗要"上以补察时政，下以泄导人情"，"嘲风雪，弄花草"是没有意义的。他们反对雕琢字句，主张诚实自然。他们将自己的诗分为"讽喻"的和"非讽喻"的两类。他们的诗却容易懂，又能道出人们心中的话，所以雅俗共赏，一时风行。当时最流传的是他们新创的谐调的七言叙事诗，所谓"长庆体"的，还有社会问题诗。

晚唐诗向来推李商隐、杜牧为大家。李一生辗转在党争的影响中。他和温庭筠并称；他们的诗又走回艳情一路。他们集中力量在律诗上，用典精巧，对偶整切。但李学杜、韩，器局较大，他的艳情诗有些实在是政治的譬喻，实在是感时伤事之作。所以地位在温之上。杜牧做了些小官儿，放荡不羁，而很负盛名，人家称为小杜——老杜是杜甫。他的诗词采华艳，却富有纵横气，又和温、李不同。然而都可以归为绮丽一派。这时候别的诗家也集中力量在律诗上。一些人专学张籍、贾岛的五言律，这两家都重苦吟，总捉摸着将平常的题材写得出奇，所以思深语精，别出蹊径。但是这种诗写景有时不免琐屑，写情有时不免偏僻，便觉不大方。这是僻涩一派。另一派出于元、白，作诗如说话，嬉笑怒骂，兼而有之，又时时杂用俗语。这是粗豪一派。这些其实都是杜甫的鳞爪，也都是宋诗的先驱；绮丽一派只影响宋初的诗，僻涩、粗豪两派却影响了宋一代的诗。

宋初的诗专学李商隐；末流只知道典故对偶，真成了诗玩意儿。王禹偁独学杜甫，开了新风气。欧阳修、梅尧臣接着发现了韩愈，起始了宋诗的散文化。欧阳修曾遭贬谪；他是古文家。梅尧臣一生不得志。欧诗虽学韩，却平易疏畅，没有奇险的地方。梅诗幽深淡远，欧评他"譬如妖韶女，老自有余态"，"初如食橄榄，其味久愈在"。宋诗散文化，到苏轼而极。他是眉州眉山（今四川眉山）人，因为攻击王安石的新法，一辈子升沉在党争中。他将禅理大量的放进诗里，开了一个新境界。他的诗气象洪阔，铺叙宛转，又长于譬喻，真到用笔如舌的地步；但不免"掉书袋"的毛病。他们门下出了一个黄庭坚，是第一个有意的讲究诗的技巧的人。他是洪州分宁（今江西修水）人，也因党争的影响，屡遭贬谪，终于死在贬所。他作诗着重锻炼，着重句律；句律就是篇章字句的组织与变化。他开了江西诗派。

刘克庄《江西诗派小序》说他"荟萃百家句律之长，究极历代体制之变，搜猎奇书，穿穴异闻，作为古律，自成一家；虽只字半句不轻出"。他不但讲究句律，并且讲究运用经史以至奇书异闻，来增富他的诗。这些都是杜甫传统的发扬光大。王安石已经提倡杜诗，但到黄庭坚，这风气才昌盛。黄还是继续将诗散文化，但组织得更经济些；他还是在创造那阔大的气象，但要使它更富厚些。他所求的是新变。他研究历代诗的利病，将作诗的规矩得失，指示给后学，教他们知道路子，自己去创造，达到变化不测的地步。所以能够独开一派。他不但创新，还主张点化陈腐以为新；创新需要大才，点化陈腐，中才都可勉力作去。他不但能够"以故为新"，并且能够"以俗为雅"。其实宋诗都可以说是如此，不过他开始有意的运用这两个原则罢了。他的成就尤其在七言律上；组织固然更精密，音调也谐中有拗，使每个字都斩绝的站在纸面上，不至于随口滑过去。

南宋的三大诗家都是从江西派变化出来的。杨万里为人有气节；他的诗常常变格调。写人最工；新鲜活泼的譬喻，层见叠出，而且不碎不僻，能从大处下手。写人的情意，也能铺叙纤悉，曲尽其妙；所谓"笔端有口，句中有眼"。他作诗只是自然流出，可是一句一转，一转一意；所以只觉得熟，不觉得滑。不过就全诗而论，范围究竟狭窄些。范成大是个达官。他是个自然诗人，清新中兼有拗峭。陆游是个爱君爱国的诗人。吴之振《宋诗钞》说他学杜而能得杜的心。他的诗有两种：一种是感激豪宕、沉郁深婉之作，一种是流连光景，清新刻露之作。他作诗也重真率，轻"藻绘"，所谓"文章本天成，妙手偶得之"。他活到八十五岁，诗有万首；最熟于诗律，七言律尤为擅长。——宋人的七言律实在比唐人进步。

向来论诗的对于唐以前的五言古诗，大概推尊，以为是诗的正宗；唐以后的五言古诗，却说是变格，价值差些，可还是诗。诗以"吟咏情性"，该是"温柔敦厚"的。按这个界说，齐、梁、陈、隋的五言古诗其实也不够格，因为题材太小，声调太软，算不得"敦厚"。七言歌行及近体成立于唐代，却只能以唐代为正宗。宋诗议论多，又一味刻画，多用俗语，拗折声调。他们说这只是押韵的文，不是诗。但是推尊宋诗的却以为天下事物穷则变，变则通，诗也是如此。变是创新，是增扩，也就是进步。若不容许变，那就只有模拟，甚至只有抄袭；那种"优孟衣冠"，甚至土偶木人，又有什么意义可言！即如模拟所谓盛唐诗的，末流往往只剩了空廓的架格和浮滑的声调；要是再不变，诗道岂不真穷了？所以诗的界说应该随时扩展，"吟咏情性"、"温柔敦厚"诸语，也当因历代的诗辞而调整原语的意义。诗毕竟是诗，无论如何的扩展与调整，总不会与文混合为一的。诗体正变说起于宋代，唐、宋分界说起于明代。其实，历代诗各有胜场，也各有短处，只要知道新、变，便是进步，这些争论是都不成问题的。

文第十

现存的中国最早的文，是商代的卜辞。这只算是些句子，很少有一章一节的。后来《周易》卦爻辞和《鲁春秋》也是如此，不过经卜官和史官按着卦爻与年月的顺序编纂起来，比卜辞显得整齐些罢了。便是这样，王安石还说《鲁春秋》是"断烂朝报"。所谓"断"，正是不成片段、不成章节的意思。卜辞的简略大概是工具的缘故，在脆而狭的甲骨上用刀笔刻字，自然不得不如此。卦爻辞和《鲁春秋》似乎没有能够跳出卜辞的氛围去，虽然写在竹木简上，自由比较多，却依然只跟着卜辞走。《尚书》就不同了。《虞书》、《夏书》大概是后人追记，而且大部分是战国末年的追记，可以不论；但那几篇《商书》，即使有些是追记，也总在商、周之间。那不但有章节，并且成了篇，足以代表当时文的发展，就是叙述文的发展。而议论文也在这里面见了源头。卜辞是"辞"，《尚书》里大部分也是"辞"。这些都是官文书。

记言、记事的辞之外，还有讼辞。打官司的时候，原被告的口供都叫做"辞"；辞原是"讼"的意思，是辩解的言语。这种辞关系两造的利害很大，两造都得用心陈说；审判官也得用心听，他得公平的听两面儿的。这种辞也兼有叙述和议论；两造自己办不了，可以请教讼师。这至少是周代的情形。春秋时候，列国交际频繁，外交的言语关系国体和国家的利害更大，不用说更需慎重了。这也称为"辞"，又称为"命"，又合称为"辞命"或"辞令"。郑子产便是个善于辞命的人。郑是个小国，他办外交，却能教大国折服，便靠他的辞命。他的辞引古为证，宛转而有理，他的态度却坚强不屈。孔子赞美他的辞，更赞美他的"慎辞"。孔子说当时郑国的辞命，子产先教裨谌创意起草，交给世叔审查，再教行人子羽修改，末了儿他再加润色。他的确是很慎重的。辞命得"顺"，就是宛转而有理；还得"文"，就是引古为证。

孔子很注意辞命，他觉得这不是件易事，所以自己谦虚的说是办不了。但教学生却有这一科；他称赞宰我、子贡，擅长言语，"言语"就是"辞命"。那时候言文似乎是合一的。辞多指说出的言语，命多指写出的言语；但也可以兼指。各国派使臣，有时只口头指示策略，有时预备下稿子让他带着走。这都是命。使臣受了命，到时候总还得随机应变，自己想说话；因为许多情形是没法预料的。——当时言语，方言之外有"雅言"。"雅言"就是"夏言"，是当时的京话或官话。孔子讲学似乎就用雅言，不用鲁语。卜、

《尚书》和辞命,大概都是历代的雅言。讼辞也许不同些。雅言用的既多,所以每字都能写出,而写出的和说出的雅言,大体上是一致的。孔子说"辞"只要"达"就成。辞是辞命,"达"是明白,辞多了像背书,少了说不明白,多少要恰如其分。辞命的重要,代表议论文的发展。

战国时代,游说之风大盛。游士立谈可以取卿相,所以最重说辞。他们的说辞却不像春秋的辞命那样从容宛转了。他们铺张局势,滔滔不绝,真像背书似的;他们的话,像天花乱坠,有时夸饰,有时诡曲,不问是非,只图激动人主的心。那时最重辩。墨子是第一个注意辩论方法的人,他主张"言必有三表"。"三表"是"上本之于古者圣王之事","下原察百姓耳目之实","废(发)以为刑政,观其中国家百姓人民之利";便是三个标准。不过他究竟是个注重功利的人,不大喜欢文饰,"恐人怀其文,忘其'用'",所以楚王说他"言多不辩"。——后来有了专以辩论为事的"辩者",墨家这才更发展了他们的辩论方法,所谓《墨经》便成于那班墨家的手里。——儒家的孟、荀也重辩。孟子说:"予岂好辩哉?予不得已也!"荀子也说:"君子必辩。"这些都是游士的影响。但道家的老、庄,法家的韩非,却不重辩。《老子》里说,"信言不美,美言不信","老学"所重的是自然。《庄子》里说:"大辩不言","庄学"所要的是神秘。韩非也注重功利,主张以法禁辩,说辩"生于上之不明"。后来儒家作《易·文言传》,也道:"君子进德修业。忠信,所以进德也;修辞立其诚,所以居业也。"这不但是在暗暗的批评着游士好辩的风气,恐怕还在暗暗的批评着后来称为名家的"辩者"呢。《文言传》旧传是孔子所作,不足信;但这几句话和"辞达"论倒是合拍的。

孔子开了私人讲学的风气，从此也便有了私家的著作。第一种私家著作是《论语》，却不是孔子自作而是他的弟子们记的他的说话。诸子书大概多是弟子们及后学者所记，自作的极少。《论语》以记言为主，所记的多是很简单的。孔子主张"慎言"，痛恨"巧言"和"利口"；他向弟子们说话，大概是很质直的，弟子们体念他的意思，也只简单的记出。到了墨子和孟子，可就铺排得多。《墨子》大约也是弟子们所记。《孟子》据说是孟子晚年和他的弟子公孙丑、万章等编定的，可也是弟子们记言的体制。那时是个"好辩"的时代。墨子虽不好辩，却也脱不了时代影响。孟子本是个好辩的人。记言体制的恢张，也是自然的趋势。这种记言是直接的对话。由对话而发展为独白，便是"论"。初期的论，言意浑括，《老子》可为代表；后来的《墨经》，《韩非子·储说》的经，《管子》的《经言》，都是这体制。再进一步，便是恢张的论，《庄子·齐物论》等篇以及《荀子》、《韩非子》、《管子》的一部分，都是的。群经诸子书里常常夹着一些韵句，大概是为了强调。后世的文也偶尔有这种例子。中国的有韵文和无韵文的界限，是并不怎样严格的。

还有一种"寓言"，借着神话或历史故事来抒论。《庄子》多用神话，《韩非子》多用历史故事，《庄子》有些神仙家言，《韩非子》是继承《庄子》的寓言而加以变化。战国游士的说辞也好用譬喻。譬喻成了风气，这开了后来辞赋的路。论是进步的体制，但还只以篇为单位，"书"的观念还没有。直到《吕氏春秋》，才成了第一部有系统的书。这部书成于吕不韦的门客之手，有十二纪、八览、六论，共三十多万字。十二代表十二月，八是卦数，六是秦代的圣数，这些数目是本书的间架，是外在的系统，并非逻辑的秩序。汉代刘安主编《淮南子》，才按照逻辑的秩序，结构就严密多了。自从有了私家著作，学术日渐平民化。著作越过越多，流传也越过越广，"雅言"便成了凝定的文体了。后世大体采用，言文渐渐分离。战国末期，"雅言"之外，原还有齐语、楚语两种有势力的方言。但是齐语只在《春秋公羊传》里留下一些，楚语只在屈原的"辞"里留下几个助词如"羌"、"些"等；这些都让"雅言"压倒了。

伴随着议论文的发展，记事文也有了长足的进步。这里《春秋左氏传》是一座里程碑。在前有分国记言的《国语》，《左传》从它里面取材很多。那是铺排的记言，一面以《尚书》为范本，一面让当时记言体的、恢张的趋势推动着，成了这部书。其中自然免不了记事的文字；《左传》便从这里出发，将那恢张的趋势表现在记事文里。那时游士的说辞也有人分国记载，也是铺排的记言，后来成为《战国策》那部书。《左传》是说明《春秋》的，是中国第一部编年史。它最长于战争的记载；它能够将千头万绪的战事叙得层次分明，它的描写更是栩栩如生。它的记言也异曲同工，不过不算独创罢了。它可还算不得一部有自己的系统的书，它的顺序是依着《春秋》的。《春秋》的编年并不是自觉的系统，而且"断如复断"，也不成一部"书"。

汉代司马迁的《史记》才是第一部有自己的系统的史书。他创造了"纪传"的体制。他的书包括十二本纪、十表、八书、三十世家、七十列传，共五十多万字。十二是十二月，是地支，十是天干，八是卦数，三十取《老子》"三十辐共一毂"的意思，表示那些"辅弼股肱之臣"，"忠信行道以奉主上"；七十表示人寿之大齐，因为列传是记载人物的。这也是用数目的哲学作系统，并非逻辑的秩序，和《吕氏春秋》一样。这部书"厥协六经异传，整齐百家杂语"，以剪裁与组织见长。但是它的文字最大的贡献，还在描写人物。左氏只是描写事,司马迁进一步描写人;写人更需要精细的观察和选择,比较的更难些。班彪论《史记》"善叙事理,辨而不华,质而不野,文质相称",这是说司马迁行文委曲自然。他写人也是如此。他又往往即事寓情,低徊不尽;他的悲愤的襟怀,常流露在字里行间。明代茅坤称他"出《风》入《骚》",是不错的。

汉武帝时候,盛行辞赋;后世说"楚辞汉赋",真的,汉代简直可以说是赋的时代。所有的作家几乎都是赋的作家。赋既有这样压倒的势力,一切的文体,自然都受它的影响。赋的特色是铺张、排偶、用典故。西汉记事记言,都还用散行的文字,语意大抵简明,东汉就在散行里夹排偶,汉、魏之际,排偶更甚。西汉的赋,虽用排偶,却还重自然,并不力求工整;东汉到魏,越来越工整,典故也越用越多。西汉普通文字,句子很短,最短有两个字的。东汉的句子,便长起来,最短的是四个字;魏代更长,往往用上四下六或上六下四的两句以完一意。所谓"骈文"或"骈体",便这样开始发展。骈体出于辞赋,夹带着不少的抒情的成分;而句读整齐,对偶工丽,可以悦目,声调和谐,又可悦耳,也都助人情韵。因此能够投人所好,成功了不废的体制。

梁昭明太子在《文选》里第一次提出"文"的标准,可以说是骈体发展的指路牌。他不选经、子、史,也不选"辞"。经太尊,不可选;史"褒贬是非,纪别异同",不算"文";子"以立意为宗,不以能文为本";"辞"是子史的支流,也都不算"文"。他所选的只是"事出于沉思,义归乎翰藻"之作。"事"是"事类",就是典故;"翰藻"兼指典故和譬喻。典故用得好的,譬喻用得好的,他才选在他的书里。这种作品好像各种乐器,"并为入耳之娱";好像各种绣衣,"俱为悦目之玩"。这是"文",和经、子、史及"辞"

的作用不同，性质自异。后来梁元帝又说："吟咏风谣，流连哀思者谓之文"，"文者，惟须绮縠纷披，宫徵靡曼，唇吻遒会，情灵摇荡。"这是说，用典故、有对偶、谐声调的抒情作品才叫做"文"呢。这种"文"大体上专指诗赋和骈体而言；但应用的骈体如章奏等，却不算在里头。汉代本已称诗赋为"文"，而以"文辞"或"文章"称记言、记事之作。骈体原也是些记言、记事之作，这时候却被提出一部分来，与诗赋并列在"文"的尊称之下，真是"附庸蔚为大国"了。

这时有两种新文体发展。一是佛典的翻译，一是群经的义疏。佛典翻译从前不是太直，便是太华；太直的不好懂，太华的简直是魏、晋人讲老、庄之学的文字，不见新义。这些译笔都不能做到"达"的地步。东晋时候，后秦主姚兴聘龟兹僧鸠摩罗什为国师，主持译事。他兼通华语及西域语，所译诸书，一面曲从华语，一面不失本旨。他的译笔可也不完全华化，往往有"天然西域之语趣"；他介绍的"西域之语趣"是华语所能容纳的，所以觉得"天然"。新文体这样成立在他的手里。但他的翻译虽能"达"，却还不能尽"信"，他对原文是不太忠实的。到了唐代的玄奘，更求精确，才能"信"、"达"兼尽，集佛典翻译的大成。这种新文体一面增扩了国语的词汇，也增扩了国语的句式。词汇的增扩，影响最大而易见，如现在口语里还用着的"因果"、"忏悔"、"刹那"等词，便都是佛典的译语。句式的增扩，直接的影响比较小些，但像文言里常用的"所以者何"、"何以故"等也都是佛典的译语。另一面，这种文体是"组织的，解剖的"。这直接影响了佛教徒的注疏和"科分"之学，间接影响了一般解经和讲学的人。

演释古人的话的有"故"、"解"、"传"、"注"等。用故事来说明或补充原文，叫做"故"。演释原来辞意，叫做"解"。但后来解释字句，也叫做"故"或"解"。"传"，转也，兼有"故""解"的各种意义。如《春秋左氏传》补充故事，兼阐明《春秋》辞意。《公羊传》、《穀梁传》只阐明《春秋》辞意——用的是问答式的记言。《易传》推演卦爻辞的意旨，也是铺排的记言。《诗毛氏传》解释字句，并给每篇诗作小序，阐明辞意。"注"原只解释字句，但后来也有推演辞意、补充故事的。用故事来说明或补充原文，以及一般的解释辞意，大抵明白易晓。《春秋》三传和《诗毛氏传》阐明辞意，却是断章取义，甚至断句取义，所以支离破碎，无中生有。注字句的本不该有大出入，但因对于辞意的见解不同，去取字义，也有个别的标准。注辞意的出入更大。像王弼注《周易》，实在是发挥老、庄的哲学；郭象注《庄子》，更是借了《庄子》发挥他自己的哲学。南北朝人作群经"义疏"，一面便是王弼等人的影响，一面也是翻译文体的间接影响。这称为"义疏"之学。

汉、晋人作群经的注，注文简括，时代久了，有些便不容易通晓。南北朝人给这些注作解释，也是补充材料，或推演辞意。"义疏"便是这个。无论补充或推演，都得先解剖文义，这种解剖必然的比注文解剖经文更精细一层。这种精细的却不算是破坏的解剖，似乎是佛典翻译的影响。就中推演辞意的有些也只发挥老、庄之学，虽然也是无中生有，却能自成片段，便比汉人的支离破碎进步。这是王弼等人的衣钵，也是魏、晋以来哲学发展的表现。这是又一种新文体的分化。到了唐修《五经正义》，削去玄谈，力求切实，只以疏明注义为重。解剖字句的工夫，至此而极详。宋人所谓"注疏"的文体，便成立在这时代。后来清代的精详的考证文，就是从这里变化出来的。

不过佛典只是佛典，义疏只是义疏，当时没有人将这些当做"文"的。"文"只用来称"沉思翰藻"的作品。但"沉思翰藻"的"文"，渐渐有人嫌"浮""艳"了。"浮"是不直说，不简截说的意思。"艳"正是隋代李谔《上文帝书》中所指斥的："连篇累牍,不出月露之形；积案盈箱,唯是风云之状。"那时北周的苏绰是首先提倡复古的人，李谔等纷纷响应。但是他们都没有找到路子，死板的模仿古人到底是行不通的。唐初，陈子昂提倡改革文体，和者尚少。到了中叶，才有一班人"宪章六艺，能探古人述作之旨"，而元结、独孤及、梁肃最著。他们作文，主于教化，力避排偶，辞取朴拙。但教化的观念，广泛难以动众，而关于文体，他们不曾积极宣扬，因此未成宗派。开宗派的是韩愈。

韩愈，邓州南阳（今河南南阳）人。唐宪宗时，他作刑部侍郎，因谏迎佛骨被贬，后来官至吏部侍郎，所以称为韩吏部。他很称赞陈子昂、元结复古的功劳，又曾请教过梁肃、独孤及。他的脾气很坏，但提携后进，最是热肠。当时人不愿为师，以避标榜之名；他却不在乎，大收其弟子。他可不愿做章句师，他说师是"传道、授业、解惑"的。他实在是以文辞为教的创始者。他所谓"传道"，便是传尧、舜、禹、汤、文、武、周公、孔子、孟子的道，所谓"解惑"，便是排斥佛、老。他是以继承孟子自命的；他排佛、老，正和孟子的距杨、墨一样。当时佛、老的势力极大，他敢公然排斥，而且因此触犯了皇帝。这自然足以惊动一世。他并没有传了什么新的道，却指示了道统，给宋儒开了先路。他的重要的贡献，还在他所提倡的"古文"上。

他说他作文取法《尚书》、《春秋》、《左传》、《周易》、《诗经》以及《庄子》、《楚辞》、《史记》、扬雄、司马相如等。《文选》所不收的经、子、史，他都排进"文"里去。这是一个大改革、大解放。他这样建立起文统来。但他并不死板的复古，而以变古为复古。他说："惟古于辞必己出，降而不能乃剽贼"，又说："惟陈言之务去，戛戛乎其难哉"；他是在创造新语。他力求以散行的句子换去排偶的句子，句逗总弄得参参差差的。但他有他的标准，那就是"气"。他说："气盛则言之短长与声之高下者皆宜"；"气"就是自然的语气，也就是自然的音节。他还不能跳出那定体"雅言"的圈子而采用当时的白话；但有意的将白话的自然音节引到文里去，他是第一个人。在这一点上，所谓"古文"也是不"古"的；不过他提出"语气流畅"（气盛）这个标准，却给后进指点了一条明路。他的弟子本就不少，再加上私淑的，都往这条路上走，文体于是乎大变。这实在是新体的"古文"，宋代又称为"散文"——算成立在他的手里。

柳宗元与韩愈，宋代并称，他们是好朋友。柳作文取法《书》、《诗》、《礼》、《春秋》、《易》以及《穀梁》、《孟》、《荀》、《庄》、《老》、《国语》、《离骚》、《史记》，也将经、子、史排在"文"里，和韩的文统大同小异。但他不敢为师，"摧陷廓清"的劳绩，比韩差得多。他的学问见解，却在韩之上，并不墨守儒言。他的文深幽精洁，最工游记；他创造了描写景物的新语。韩愈的门下有难、易两派。爱易派主张新而不失自然，李翱是代表。爱难派主张新就不妨奇怪，皇甫湜是代表。当时爱难派的流传盛些。他们矫枉过正，语艰意奥，扭曲了自然的语气、自然的音节，僻涩诡异，不易读诵。所以唐末宋初，骈体文又回光返照了一下。雕琢的骈体文和僻涩的古文先后盘踞着宋初的文坛，直到欧阳修出来，才又回到韩愈与李翱，走上平正通达的古文的路。

韩愈抗颜为人师而提倡古文，形势比较难；欧阳修居高位而提倡古文，形势比较容易。明代所称唐宋八大家，韩、柳之外，六家都是宋人。欧阳修为首，以下是曾巩、王安石、苏洵和他的儿子苏轼、苏辙。曾巩、苏轼是欧阳修的门生，别的三个也都是他提拔的。他真是当时文坛的盟主。韩愈虽然开了宗派，却不曾有意的立宗派；欧、苏是有意的立宗派。他们虽也提倡道，但只促进了并且扩大了古文的发展。欧文主自然。他所作纡徐曲折，而能条达疏畅，无艰难劳苦之态；最以言情见长，评者说是从《史记》脱化而出。曾学问有根柢，他的文确实而谨严，王是政治家，所作以精悍胜人。三苏长于议论，得力于《战国策》、《孟子》；而苏轼才气纵横，并得力于《庄子》。他说他的文"随物赋形"，"常行于所当行，常止于不可不止"；又说他意到笔随，无不尽之处。这真是自然的极致了。他的文，学的人最多。南宋有"苏文熟，秀才足"的俗谚，可见影响之大。

欧、苏以后，古文成了正宗。辞赋虽还算在古文里头，可是从辞赋出来的骈体却只拿来作应用文了。骈体声调铿锵，便于宣读，又可铺张辞藻不着边际，便于酬酢，作应用文是很相宜的。所以流传到现在，还没有完全死去。但中间却经过了散文化。自从唐代中叶的陆贽开始。他的奏议切实恳挚，绝不浮夸，而且明白晓畅，用笔如舌。唐末，骈体的应用文专称"四六"，却更趋雕琢；宋初还是如此。转移风气的也是欧阳修。他多用虚字和长句，使骈体稍稍近于语气之自然。嗣后群起仿效，散文化的骈文竟成了定体了。这也是古文运动的大收获。

唐代又有两种新文体发展。一是语录，一是"传奇"，都是佛家的影响。语录起于禅宗。禅宗是革命的宗派，他们只说法而不著书。他们大胆地将师父们的话参用当时的口语记下来。后来称这种体制为语录。他们不但用这种体制纪录演讲,还用来通信和讨论。这是新的记言的体制;里面夹杂着"雅言"和译语。宋儒讲学,也采用这种记言的体制,不过不大夹杂译语。宋儒的影响究竟比禅宗大得多,语录体从此便成立了,盛行了。传奇是有结构的小说。从前只有杂录或琐记的小说,有结构的从传奇起头。传奇记述艳情,也记述神怪,但将神怪人情化。这里面描写的人生,并非全是设想,大抵还是以亲切的观察作底子。这开了后来佳人才子和鬼狐仙侠等小说的先路。它的来源一方面是俳谐的辞赋,一方面是翻译的佛典故事,佛典里长短的寓言所给予的暗示最多。当时文士作传奇,原来只是向科举的主考官介绍自己的一种门路。当时应举的人在考试之前,得请达官将自己姓名介绍给主考官,自己再将文章呈给主考官看。先呈正经文章,过些时再呈杂文如传奇等,传奇可以见史才、诗、笔、议论,人又爱看,是科举的很好媒介。这样,作者便日见其多了。

  到了宋代,又有"话本"。这是白话小说的老祖宗。话本是"说话"的底本;"说话"略同后来的"说书",也是佛家的影响。唐代佛家向民众宣讲佛典故事,连说带唱,本子夹杂"雅言"和口语,叫做"变文","变文"后来也有说唱历史故事及社会故事的。"变文"便是"说话"的源头,"说话"里也还有演说佛典这一派。"说话"是平民的艺术,宋仁宗很爱听,以后便变为专业,大流行起来了。这里面有说历史故事的,有说神怪故事的,有说社会故事的。"说话"渐渐发展,本来由一个或几个同类而不相关联的短故事,引出一个同类而不相关联的长故事的,后来却能将许多关联的故事组织起来,分为"章回"了。这是体制上一个大进步。

话本留存到现在的已经很少，但还足以见出后世的几部小说名著，如元罗贯中的《三国志演义》，明施耐庵的《水浒传》，吴承恩的《西游记》，都是从话本演化出来的；不过这些已是文人的作品，而不是话本了。就中《三国志演义》还夹杂着"雅言"，《水浒传》和《西游记》便都是白话了。这里除《西游记》以设想为主外，别的都可以说是写实的。这种写实的作风在清代曹雪芹的《红楼梦》里得着充分的发展。《三国志演义》等书里的故事虽然是关联的，却不是连贯的。到了《红楼梦》，组织才更严密了，全书只是一个家庭的故事。虽然包罗万象，而能"一以贯之"。这不但是章回小说，而且是近代所谓"长篇小说"了。白话小说到此大成。

明代用八股文取士，一般文人都镂心刻骨的去简练揣摩，所以极一代之盛。"股"是排偶的意思；这种体制，中间有八排文字互为对偶，所以有此称。——自然也有变化，不过"八股"可以说是一般的标准。——又称为"'四书'文"，因为考试里最重要的文字，题目都出在"四书"里。又称为"制艺"，因为这是朝廷法定的体制。又称为"时文"，是对古文而言。八股文也是推演经典辞意的，它的来源，往远处说，可以说是南北朝义疏之学，往近处说，便是宋、元两代的经义。但它的格律，却是从"四六"演化的。宋代定经义为考试科目，是王安石的创制；当时限用他的群经"新义"，用别说的不录，元代考试，限于"四书"，规定用朱子的章句和集注。明代制度，主要的部分也是如此。

经义的格式，宋末似乎已有规定的标准，元、明两代大体上递相承袭。但明代有两种大变化：一是排偶，一是代古人语气。因为排偶，所以讲究声调。因为代古人语气，便要描写口吻：圣贤要像圣贤口吻，小人要像小人的。这是八股文的仅有的本领，大概是小说和戏曲的不自觉的影响。八股文格律定得那样严,所以得简练揣摩,一心用在技巧上。除了口吻、技巧和声调之外,八股文里是空洞无物的。而因为那样难,一般作者大都只能套套滥调,那真是"每下愈况"了。这原是君主牢笼士人的玩意儿,但它的影响极大,明、清两代的古文大家几乎没有一个不是八股文出身的。

清代中叶,古文有桐城派,便是八股文的影响。诗文作家自己标榜宗派,在前只有江西诗派,在后只有桐城文派。桐城派的势力,绵延了二百多年,直到民国初期还残留着;这是江西派比不上的。桐城派的开山祖师是方苞,而姚鼐集其大成。他们都是安徽桐城人,当时有"天下文章在桐城"的话,所以称为桐城派。方苞是八股文大家。他提倡归有光的文章,归也是明代八股文兼古文大家。方是第一个提倡"义法"的人。他论古文以为"六经"和《论语》、《孟子》是根源,得其枝流而义法最精的是《左传》、《史记》,其次是《公羊传》、《穀梁传》、《国语》、《国策》,两汉的书和疏,唐宋八家文——再下怕就要数到归有光了。这是他的,也是桐城派的文统论。"义"是用意,是层次;"法"是求雅、求洁的条目。雅是纯正不杂,如不可用语录中语、骈文中丽语、汉赋中板重字法、诗歌中俊语、《南史》、《北史》中佻巧语以及佛家语。后来姚鼐又加上注疏语和尺牍语。洁是简省字句。这些"法"其实都是从八股文的格律引申出来的。方苞论文,也讲"阐道";他是信程、朱之学的,不过所入不深罢了。

方苞受八股文的束缚太甚,他学得的只是《史记》和欧、曾、归的一部分,只是严整而不雄浑,又缺乏情韵。姚鼐所取法的还是这几家,虽然也不雄浑,却能"迂回荡深,余味曲包",这是他的新境界。《史记》本多含情不尽之处,所谓远神的。欧文颇得此味,归更向这方面发展——最善述哀,姚简直用全力揣摩。他的老师刘大櫆指出作文当讲究音节,音节是神气的迹象,可以从字句下手。姚鼐得了这点启示,便从音节上用力,去求得那绵邈的情韵。他的文真是所谓"阴与柔之美"。他最主张诵读,又最讲究虚助字,都是为此。但这分明是八股文讲究声调的转变。刘是雍正副榜,姚是乾隆进士,都是用功八股文的。当时汉学家提倡考据,不免繁琐的毛病。姚鼐因此主张义理、考据、辞章三端相济,偏废的就是"陋"儒。但他的义理不深,考据多误,所有的还只是辞章本领。他选了《古文辞类纂》;序里虽提到"道",书却只成为古文的典范。书中也不选经、子、史;经也因为太尊,子、史却因为太多。书中也选辞赋。这部选本是桐城派的经典,学文的必由于此,也只须由于此。方苞评归有光的文庶几"有序",但"有物之言"太少。曾国藩评姚鼐也说一样的话,其实桐城派都是如此。攻击桐城派的人说他们空疏浮浅,说他们范围太窄,全不错;但他们组织的技巧,言情的技巧,也是不可抹杀的。

　　姚鼐以后,桐城派因为路太窄,渐有中衰之势。这时候仪征阮元提倡骈文正统论。他以《文选序》和南北朝"文""笔"的分别为根据,又扯上传为孔子作的《易·文言传》。他说用韵用偶的才是文,散行的只是笔,或是"直言"的"言","论难"的"语"。古文以立意、记事为宗,是子、史正流,终究与文章有别。《文言传》多韵语、偶语,所以孔子才题为"文"言。阮元所谓韵,兼指句末的韵与句中的"和"而言。原来南北朝所谓"文"、"笔",本有两义:"有韵为文,无韵为笔",是当时的常言。——韵只是句末韵。阮元根据此语,却将"和"也算是韵,这是曲解一。梁元帝说有对偶、谐声调的抒情作品是文,骈体的章奏与散体的著述都是笔。

阮元却只以散体为笔，这是曲解二。至于《文言传》，固然称"文"，却也称"言"，况且也非孔子所作——这更是附会了。他的主张，虽然也有一些响应的人，但是不成宗派。

曾国藩出来，中兴了桐城派。那时候一般士人，只知作八股文；另一面汉学、宋学的门户之争，却越来越厉害，各走偏锋。曾国藩为补偏救弊起见，便就姚鼐义理、考据、辞章三端相济之说加以发扬光大。他反对当时一般考证文的芜杂琐碎，也反对当时崇道贬文的议论，以为要明先王之道，非精研文字不可；各家著述的见道多寡，也当以他们的文为衡量的标准。桐城文的病在弱在窄，他却能以深博的学问、弘通的见识、雄直的气势，使它起死回生。他才真回到韩愈，而且胜过韩愈。他选了《经史百家杂钞》，将经、史、子也收入选本里，让学者知道古文的源流，文统的一贯，眼光便比姚鼐远大得多。他的幕僚和弟子极众，真是登高一呼，群山四应。这样延长了桐城派的寿命几十年。

但"古文不宜说理"，从韩愈就如此。曾国藩的力量究竟也没有能够补救这个缺陷于一千年之后。而海通以来，世变日亟，事理的繁复，有些决非古文所能表现。因此聪明才智之士渐渐打破古文的格律，放手作去。到了清末，梁启超先生的"新文体"可算登峰造极。他的文"时杂以俚语、韵语及外国语法，纵笔所至不检束，学者竞效之。"而"条理明晰，笔锋常带情感，对于读者，别有一种魔力。"但这种"魔力"也不能持久，中国的变化实在太快，这种"新文体"又不够用了。胡适之先生和他的朋友们这才起来提倡白话文，经过"五四"运动，白话文是畅行了。这似乎又回到古代言文合一的路。然而不然。这时代是第二回翻译的大时代。白话文不但不全跟着国语的口语走，也不全跟着传统的白话走,却有意的跟着翻译的白话走。这是白话文的现代化,也就是国语的现代化。中国一切都在现代化的过程中,语言的现代化也是自然的趋势,并不足怪的。

古诗鉴赏精选

古诗十九首释

诗是精粹的语言。因为是"精粹的",便比散文需要更多的思索,更多的吟味;许多人觉得诗难懂,便是为此。但诗究竟是"语言",并没有真的神秘;语言,包括说的和写的,是可以分析的;诗也是可以分析的。只有分析,才可以得到透彻的了解;散文如此,诗也如此。有时分析起来还是不懂,那是分析得还不够细密,或者是知识不够,材料不足;并不是分析这个方法不成。这些情形,不论文言文、白话文、文言诗、白话诗,都是一样。不过在一般不大熟悉文言的青年人,文言文,特别是文言诗,也许更难懂些罢了。

我们设"诗文选读"这一栏,便是要分析古典和现代文学的重要作品,帮助青年诸君的了解,引起他们的兴趣,更注意的是要养成他们分析的态度。只有能分析的人,才能切实欣赏;欣赏是在透彻的了解里。一般的意见将欣赏和了解分成两橛,实在是不妥的。没有透彻的了解,就欣赏起来,那欣赏也许会驴唇不对马嘴,至多也只是模糊影响。一般人以为诗只能综合的欣赏,一分析诗就没有了。其实诗是最错综的,最多义的,非得细密的分析工夫,不能捉住它的意旨。若是囫囵吞枣的读去,所得着的怕只是声调辞藻等一枝一节,整个儿的诗会从你的口头眼下滑过去。

本文选了《古诗十九首》作对象,有两个缘由。一来十九首可以说是我们最古的五言诗，是我们诗的古典之一。所谓"温柔敦厚"、"怨而不怒"的作风，三百篇之外，十九首是最重要的代表。直到六朝，五言诗都以这一类古诗为标准；而从六朝以来的诗论，还都以这一类诗为正宗。《十九首》影响之大，从此可知。

二来《十九首》既是诗的古典，说解的人也就很多。古诗原来很不少，梁代昭明太子(萧统)的《文选》里却只选了这十九首。《文选》成了古典，《十九首》也就成了古典；《十九首》以外，古诗流传到后世的，也就有限了。唐代李善和"五臣"给《文选》作注，当然也注了《十九首》。嗣后历代都有说解十九首的，但除了《文选》注家和元代刘履的《选诗补注》，整套作解的似乎没有。清代笺注之学很盛，独立说解《十九首》的很多。近人隋树森先生编有《古诗十九首集释》一书(中华版)，搜罗历来《十九首》的整套的解释，大致完备，很可参看。

这些说解，算李善的最为谨慎，切实；虽然他释"事"的地方多，释"义"的地方少。"事"是诗中引用的古事和成辞，普通称为"典故"。"义"是作诗的意思或意旨，就是我们日常说话里的"用意"。有些人反对典故，认为诗贵自然，辛辛苦苦注出诗里的典故，只表明诗句是有"来历"的，作者是渊博的，并不能增加诗的价值。另有些人也反对典故，却认为太麻烦，太琐碎，反足为欣赏之累。

可是，诗是精粹的语言，暗示是它的生命。暗示得从比喻和组织上作工夫，利用读者联想的力量。组织得简约紧凑；似乎断了，实在连着。比喻或用古事成辞，或用眼前景物；典故其实是比喻的一类。这首诗那首诗可以不用典故，但是整个儿的诗是离不开典故的。旧诗如此，新诗也如此；不过新诗爱用外国典故罢了。要透彻的了解诗，在许多时候，非先弄明白诗里的典故不可。陶渊明的诗，总该算"自然"了，但他用的典故并不少。从前人只囫囵读过，直到近人古直先生的《靖节诗笺定本》，才细细的注明。我们因此增加了对于陶诗的了解；虽然我们对于古先生所解释的许多篇陶诗的意旨并不敢苟同。李善注《十九首》的好处，在他所引的"事"都跟原诗的文义和背景切合，帮助我们的了解很大。

别家说解，大都重在意旨。有些是根据原诗的文义和背景，却忽略了典故，因此不免望文生义，模糊影响。有些并不根据全篇的文义、典故、背景，却只断章取义，让"比兴"的信念支配一切。所谓"比兴"的信念，是认为作诗必关教化，凡男女私情、相思离别的作品，必有寄托的意旨——不是"臣不得于君"，便是"士不遇知己"。这些人似乎觉得相思、离别等等私情不值得作诗；作诗和读诗，必须能见其大。但是原作里却往往不见其大处。于是他们便抓住一句两句，甚至一词两词，曲解起来，发挥开去，好凑合那个传统的信念。这不但不切合原作，并且常常不能自圆其说；只算是无中生有，驴唇不对马嘴罢了。

据近人的考证，《十九首》大概作于东汉末年，是建安（献帝）诗的前驱。李善就说过，诗里的地名像宛、洛、上东门，都可以见出有一部分是东汉人作的，但他还相信其中有西汉诗。历来认为《十九首》里有西汉诗，只有一个重要的证据，便是第七首里"玉衡指孟冬"一句话。李善说，这是汉初的历法。后来人都信他的话，同时也就信《十九首》中一部分是西汉诗。不过李善这条注并不确切可靠，俞平伯先生有过详细讨论，载在《清华学报》里。我们现在相信这句诗还是用的夏历。此外，梁启超先生的意见，《十九首》作风如此相同，不会分开在相隔几百年的两个时代（《美文及其历史》）。徐中舒先生也说，东汉中叶，文人的五言诗还是很幼

稚的；西汉若已有《十九首》那样成熟的作品，怎么会有这种现象呢！(《古诗十九首考》,中大语言历史研究所《周刊》六十五期)

《十九首》没有作者；但并不是民间的作品，而是文人仿乐府作的诗。乐府原是入乐的歌谣，盛行于西汉。到东汉时，文人仿作乐府辞的极多；现存的乐府古辞，也大都是东汉的。仿作乐府，最初大约是依原调，用原题，后来便有只用原题的。再后便有不依原调，不用原题，只取乐府原意作五言诗的了。这种作品，文人化的程度虽然已经很高，题材可还是民间的，如人生不常，及时行乐，离别，相思，客愁，等等。这时代作诗人的个性还见不出，而每首诗的作者,也并不限于一个人；所以没有主名可指。《十九首》就是这类诗；诗中常用典故，正是文人的色彩。但典故并不妨害《十九首》的"自然"，因为这类诗究竟是民间味，而且只是浑括的抒叙，还没到精细描写的地步，所以就觉得"自然"了。

本文先抄原诗。诗句下附列数字，李善注便依次抄在诗后；偶有不是李善的注，都在下面记明出处，或加一"补"字。注后是说明；这儿兼采各家，去取以切合原诗与否为准。

一

行行重行行，与君生别离①。
相去万余里，各在天一涯②。

① 《楚辞》曰："悲莫悲兮生别离。"
② 《广雅》曰："涯，方也。"

道路阻且长，会面安可知①。
胡马依北风，越鸟巢南枝②。
相去日已远，衣带日已缓③。
浮云蔽白日，游子不顾反④。
思君令人老⑤，岁月忽已晚。
弃捐勿复道，努力加餐饭⑥。

诗中引用《诗经》、《楚辞》，可见作者是文人。"生别离"和"阻长"是用成辞；前者暗示"悲莫悲兮"的意思，后者暗示"从之"不得的意思。借着引用的成辞的上下文，补充未申明的含意，读者若能知道所引用的全句以至全篇，便可从联想领会得这种含意。这样，诗句就增厚了力量。这所谓词短意长；以技巧而论，是很

①《毛诗》曰："溯洄从之，道阻且长。"薛综《西京赋注》曰："安，焉也。"
②《韩诗外传》曰："诗云：'代马依北风，飞鸟栖故巢'，皆不忘本之谓也。"《盐铁论·未通》篇："故代马依北风，飞鸟翔故巢，莫不哀其生。"（徐中舒《古诗十九首考》）《吴越春秋》："胡马依北风而立，越燕望海日而熙，同类相亲之意也。"（同上）
③《古乐府歌》曰："离家日趋远，衣带日趋缓。"
④ 浮云之蔽白日，以喻邪佞之毁忠良，故游子之行，不顾反也。《文子》曰："日月欲明，浮云盖之。"陆贾《新语》曰："邪臣之蔽贤，犹浮云之鄣日月。"《古杨柳行》曰："谗邪害公正，浮云蔽白日。"义与此同也。郑玄《毛诗笺》曰："顾，念也。"
⑤《小雅》："维忧用老。"（孙𬭚评《文选》语）
⑥《史记·外戚世家》："平阳主拊其（卫子夫）背曰：'行矣，强饭，勉之！'"蔡邕（？）《饮马长城窟行》："长跪读素书，书中竟何如？上有'加餐饭'，下有'长相忆'。"（补）

经济的。典故的效用便在此。"思君令人老"脱胎于"维忧用老",而稍加变化;知道《诗经》的句子的读者,就知道本诗这一句是暗示着相思的烦忧了。"冉冉孤生竹"一首里,也有这一语;歌谣的句子原可套用,《十九首》还不脱歌谣的风格,无怪其然。"相去"两句也是套用古乐府歌的句子,只换了几个词。"日已"就是"去者日以疏"一首里的"日以",和"日趋"都是"一天比一天"的意思,"离家"变为"相去",是因为诗中主人身份不同,下文再论。

"代马""飞鸟"两句,大概是汉代流行的歌谣;《韩诗外传》和《盐铁论》都引到这两个比喻,可见。到了《吴越春秋》,才改为散文,下句的题材并略略变化。这种题材的变化,一面是环境的影响,一面是文体的影响。越地滨海,所以变了下句;但越地不以马著,所以不变上句。东汉文体,受辞赋的影响,不但趋向骈偶,并且趋向工切。"海日"对"北风",自然比"故巢"工切得多。本诗引用这一套比喻,因为韵的关系,又变用"南枝"对"北风",却更见工切了。至于"代马"变为"胡马",也许只是作诗人的趣味;歌谣原是常常修改的。但"胡马"两句的意旨,却还不外乎"不忘本"、"哀其生"、"同类相亲"三项。这些得等弄清诗中主人的身份再来说明。

"浮云蔽白日"也是个套句。照李善注所引证,说是"以喻邪佞之毁忠良",大致是不错的。有些人因此以为本诗是逐臣之辞,诗中主人是在远的逐臣,"游子"便是逐臣自指。这样,全诗就都是思念君王的话了。全诗原是男女相思的口气;但他们可以相信,男女是比君臣的。男女比君臣,从屈原的《离骚》创始;后人这个信念,显然是以《离骚》为依据。不过屈原大概是神仙家。他以"求女"比思君,恐怕有他信仰的因缘,他所求的是神女,不是凡人。五言古诗从乐府演化而出，乐府里可并没有这种思想。乐府里的羁旅之作，大概只说思乡；十九首中"去者日以疏"、"明月何皎皎"两首，可以说是典型。这些都是实际的。"涉江采芙蓉"一首，虽受了《楚辞》的影响，但也还是实际的思念"同心"人，和《离骚》不一样。在乐府里，像本诗这种缠绵的口气，大概是居者思念行者之作。本诗主人大概是个"思妇"，如张玉谷《古诗赏析》所说；"游子"与次首"荡子行不归"的"荡子"同意。所谓诗中主人，可并不一定是作诗人；作诗人是尽可以虚拟各种人的口气，代他们立言的。

但是"浮云蔽白日"这个比喻，究竟该怎样解释呢？朱筠说："'不顾返'者，本是游子薄幸；不肯直言，却托诸浮云蔽日。言我思子而子不思归，定有谗人间之；不然，胡不返耶？"（《古诗十九首说》）张玉谷也说："浮云蔽日，喻有所惑，游不顾返，点出负心，略露怨意。"两家说法，似乎都以白日比游子，浮云比谗人；谗人惑游子是"浮云蔽白日"。就"浮云"两句而论，就全诗而论，这解释也可通。但是一个比喻往往有许多可能的意旨，特别是在诗里。我们解释比喻，不但要顾到当句当篇的文义和背景，还要顾到那比喻本身的背景，才能得着它的确切的意旨。见仁见智的说法，到底是不足为训的。"浮云蔽白日"这个比喻，李善注引了三证，都只是"谗邪害公正"一个意思。本诗与所引三证时代相去不远，该还用这个意思。不过也有两种可能：一是那游子也许在乡里被"谗邪"所"害"，远走高飞，不想回家。二也许是乡里中"谗邪害公正"，是非黑白不分明，所以游子不想回家。前者是专指，后者是泛指。我不说那游子是"忠良"或"贤臣"，因为乐府里这类诗的主人，大概都是乡里的凡民，没有朝廷的达官的缘故。

明白了本诗主人的身份，便可以回头吟味"胡马"、"越鸟"那一套比喻的意旨了。"不忘本"是希望游子不忘故乡。"哀其生"是哀念他的天涯漂泊。"同类相亲"是希望他亲爱家乡的亲戚故旧乃至思妇自己。在游子虽不想回乡，在思妇却还望他回乡。引用这一套彼此熟习的比喻，是说物尚有情，何况于人？是劝慰，也是愿望。用比喻替代抒叙，作诗人要的是暗示的力量；这里似是断处，实是连处。明白了诗中主人是思妇，也就明白诗中套用古乐府歌"离家"那两句时，为什么要将"离家"变为"相去"了。

"衣带日已缓"是衣带日渐宽松，朱筠说，"与'思君令人瘦'一般用意。"这是就果显因，也是暗示的手法，带缓是果，人瘦是因。"岁月忽已晚"和"东城高且长"一首里"岁暮一何速"同意，指的是秋冬之际岁月无多的时候。"弃捐勿复道，努力加餐饭"两语，解者多误以为全说的诗中主人自己。但如注八所引，"强饭"、"加餐"明明是汉代通行的慰勉别人的话语，不当反用来说自己。张玉谷解这两句道，"不恨己之弃捐，惟愿彼之强饭"，最是分明。我们的语言，句子没有主词是常态，有时候很容易弄错；诗里更其如此。"弃捐"就是"见弃捐"，也就是"被弃捐"；施受的语气同一句式，也是我们语言的特别处。这"弃捐"在游子也许是无可奈何，非出本愿，在思妇却总是"弃捐"，并无分别；所以她含恨地说，"反正我是被弃了，不必再提罢；你只保重自己好了！"

本诗有些复沓的句子。如既说"相去万余里"，又说"道路阻且长"，又说"相去日已远"，反复说一个意思；但颇有增变。"衣带日已缓"和"思君令人老"也同一例。这种回环复沓，是歌谣的生命；许多歌谣没有韵，专靠这种组织来建筑它们的体格，表现那强度的情感。只看现在流行的许多歌谣，或短或长，都从回环复沓里见出紧凑和单纯,便可知道。不但歌谣,民间故事的基本形式,也是如此。诗从歌谣演化,回环复沓的组织也是它的基本;三百篇和屈原的"辞",都可看出这种痕迹。《十九首》出于本是歌谣的乐府,复沓是自然的;不过技巧进步,增变来得多一些。到了后世,诗渐渐受了散文的影响,情形却就不一定这样了。

二

> 青青河畔草,郁郁园中柳。
> 盈盈楼上女,皎皎当窗牖。
> 娥娥红粉妆,纤纤出素手。
> 昔为倡家女,今为荡子妇。
> 荡子行不归,空床难独守。

这显然是思妇的诗;主人公便是那"荡子妇"。"青青河畔草,郁郁园中柳"是春光盛的时节,是那荡子妇楼上所见。荡子妇楼上开窗远望,望的是远人,是那"行不归"的"荡子"。她却只见远处一片草,近处一片柳。那草沿着河畔一直青青下去,似乎没有尽头——也许会一直青青到荡子的所在罢。传为蔡邕作的那首《饮马长城窟行》开端道:"青青河边草,绵绵思远道",正是这个意思。那茂盛的柳树也惹人想念远行不归的荡子。《三辅黄图》说,"灞桥在长安东,……汉人送客至此桥,折柳赠别。""柳"谐"留"音,折柳是留客的意思。汉人既有折柳赠别的风俗,这荡子妇见了"郁郁"起来的"园中柳",想到当年分别时依依留恋的情景,也是自然而然的。再说,河畔的草青了,园中的柳茂盛了,正是行乐的时节,更是少年夫妇行乐的时节。可是"荡子行不归",辜负了青春年少;及时而不能行乐,那是什么日子呢!况且草青、柳茂盛,也许不止一回了,年年这般等闲地度过春光,那又是什么日子呢!

"盈盈楼上女,皎皎当窗牖,娥娥红粉妆,纤纤出素手。"描画那荡子妇的容态姿首。这是一个艳妆的少妇。"盈"通"嬴"。《广雅》:"嬴,容也。"就是多仪态的意思。"皎",《说文》:"月之白也。"说妇人肤色白皙。吴淇《选诗定论》说这是"以窗之光明,女之风采并而为一",是不错的。这两句不但写人,还夹带叙事;上句登楼,下句开窗,都是为了远望。"娥",《方言》:"秦晋之间,美貌谓之娥。""妆"又作"妆""装",饰也,指涂粉画眉而言。"纤纤女手,可以缝裳",是《韩诗·葛屦》篇的句子(《毛诗》作"掺掺女手")。《说文》:"纤,细也。""掺,好手貌。""好手貌"就是"细",而"细"说的是手指。《诗经》里原是叹惜女人的劳苦,这里"纤纤出素手"却只见凭窗的姿态——"素"也是白皙的意思。这两句专写窗前少妇的脸和手;脸和手是一个人最显著的部分。

"昔为倡家女,今为荡子妇",叙出主人公的身份和身世。《说文》:"倡,乐也。"就是歌舞伎。"荡子"就是"游子",跟后世所谓"荡子"略有不同。《列子》里说,"有人去乡土游于四方而不归者,世谓之为狂荡之人也。"可以为证。这两句诗有两层意思。一是昔既作了倡家女,今又作了荡子妇,真是命不犹人。二是作倡家女热闹惯了,作荡子妇却只有冷清清的,今昔相形,更不禁身世之感。况且又是少年美貌,又是春光盛时。荡子只是游行不归,独守空床自然是"难"的。

有人以为诗中少妇"当窗""出手",未免妖冶,未免卖弄,不是贞妇的行径。《诗经·伯兮》篇道:"自伯之东,首如飞蓬;

岂无膏沐，谁适为容。"贞妇所行如此。还有说"空床难独守"，也不免于野，不免于淫。总而言之，不免放滥无耻，不免失性情之正，有乖于温柔敦厚、怨而不怒的诗教。话虽如此，这些人却没胆量贬驳这首诗；他们只能曲解这首诗是比喻。这首诗实在看不出是比喻。《十九首》原没有脱离乐府的体裁。乐府多歌咏民间风俗，本诗便是一例。世间是有"昔为倡家女，今为荡子妇"的女人，她有她的身份，有她的想头，有她的行径。这些跟《伯兮》里的女人满不一样，但别恨离愁却一样。只要真能表达出来这种女人的别恨离愁，恰到好处，歌咏是值得的。本诗和《伯兮》篇的女主人公其实都说不到贞淫上去，两诗的作意只是怨。不过《伯兮》篇的怨浑含些，本诗的怨刻露些罢了。艳妆登楼是少年爱好，"空床难独守"是不甘岑寂，其实也都是人之常情，不过说"空床"也许显得亲热些。"昔为倡家女"的荡子妇，自然没有《伯兮》篇里那贵族的女子节制那样多。妖冶，野，是有点儿；卖弄，淫，放滥无耻，便未免是捕风捉影的苛论。王昌龄有一首《春闺》诗道："闺中少妇不知愁，春日凝妆上翠楼。忽见陌头杨柳色，悔教夫婿觅封侯。"正是从本诗变化而出。诗中少妇也是个荡子妇，不过没有说是倡家女罢了。这少妇也是"春日凝妆上翠楼"，历来论诗的人却没有贬驳她的。潘岳《悼亡》诗第二首有句道："展转眄枕席，长簟竟床空。床空委清尘，室虚来悲风。"这里说"枕席"，说"床空"，却赢得千秋的称赞。可见艳妆登楼跟"空床难独守"并不算卖弄，淫，放滥无耻。那样说的人只是凭了"昔为倡家女"一层，将后来关于"娼妓"的种种联想附会上去，想着那荡子妇必有种种坏念头坏打算在心里。那荡子妇会不会有那些坏想头，我们不得而知，但就诗论诗，却只说到"难独守"就戛然而止，还只是怨，怨而不至于怒。这并不违背温柔敦厚的诗教。至于将不相干的成见读进诗里去，那是最足以妨碍了解的。

陆机《拟古》诗差不多亦步亦趋，他拟这一首道："靡靡江离草，熠耀生河侧。皎皎彼姝女，阿那当轩织。粲粲妖容姿，灼灼美颜色。良人游不归，偏栖独只翼。空房来悲风，中夜起叹息。"又，曹植《七哀诗》道："明月照高楼，流光正徘徊。上有愁思妇，悲叹有余哀。借问叹者谁？言是客子妻。君行逾十年，贱妾常独栖。"这正是化用本篇语意。"客子"就是"荡子"，"独栖"就是"独守"。曹植所了解的本诗的主人公，也只是"高楼"上一个"愁思妇"而已。"倡家女"变为"彼姝女"，"当窗牖"变为"当轩织"，"粲粲妖容姿，灼灼美颜色"还保存原作的意思。"良人游不归"就是"荡子行不归"，末三语是别恨离愁。这首拟作除"偏栖独只翼"一句稍稍刻露外，大体上比原诗浑含些，概括些；但是原诗作意只是写别恨离愁而止，从此却分明可以看出。陆机去十九首的时代不远，他对于原诗的了解该是不至于有什么歪曲的。

评论这首诗的都称赞前六句连用叠字。顾炎武《日知录》说："诗用叠字最难。《卫风·硕人》'河水洋洋，北流活活。施罛濊濊，鱣鲔发发，葭菼揭揭。庶姜孽孽。'连用六叠字，可谓复而不厌，赜而不乱矣。《古诗》'青青河畔草，——纤纤出素手'，连用六叠字，亦极自然。下此即无人可继。"连用叠字容易显得单调，单调就重复可厌了。而连用的叠字也不容易处处确切，往往显得没有必要似的，这就乱了。因此说是最难。但是《硕人》篇跟本诗六句连用叠字，却有变化。——《古诗源》说本诗六叠字从"河水洋洋"章化出，也许是的。就本诗而论，青青是颜色兼生态，郁郁是生态。

这两组形容的叠字，跟下文的盈盈和娥娥，都带有动词性。

例如开端两句，译作白话的调子，就得说，河畔的草青青了，园中的柳郁郁了，才合原诗的意思。盈盈是仪态，皎皎是人的风采兼窗的光明，娥娥是粉黛的妆饰，纤纤是手指的形状。各组叠字，词性不一样，形容的对象不一样，对象的复杂度也不一样，就都显得确切不移；这就重复而不可厌，繁赜而不觉乱了。《硕人》篇连用叠字，也异曲同工。但这只是因难见巧，还不是连用叠字的真正理由。诗中连用叠字，只是求整齐，跟对偶有相似的作用。整齐也是一种回环复沓，可以增进情感的强度。本诗大体上是顺序直述下去，跟上一首不同，所以连用叠字来调剂那散文的结构。但是叠字究竟简单些，用两个不同的字，在声音和意义上往往要丰富些。而数句连用叠字见出整齐，也只在短的诗句像四言五言里如此；七言太长，字多，这种作用便不显了。就是四言五言，这样许多句连用叠字，也是可一而不可再。这一种手法的变化是有限度的；有人达到了限度，再用便没有意义了。只看古典的四言五言诗中只各见了一例，就是明证。所谓"下此即无人可继"，并非后人才力不及古人，只是叠字本身的发展有限，用不着再去"继"罢了。

　　本诗除连用叠字外，还用对偶，第一二句第七八句都是的。第七八句《初学记》引作"自云倡家女，嫁为荡子妇"。单文孤证，不足凭信。这里变偶句为散句,便减少了那回环复沓的情味。"自云"直贯后四句，全诗好像曲折些。但是这个"自云"凭空而来，跟上文全不衔接。再说"空床难独守"一语，作诗人代言已不免于野，若变成"自云"，那就太野了些。《初学记》的引文没有被采用，这些恐怕也都有关系的。

三

青青陵上柏，磊磊涧中石。
人生天地间，忽如远行客。
斗酒相娱乐，聊厚不为薄。
驱车策驽马，游戏宛与洛。
洛中何郁郁，冠带自相索。
长衢罗夹巷，王侯多第宅。
两宫遥相望，双阙百余尺。
极宴娱心意，戚戚何所迫。

　　本诗用三个比喻开端，寄托人生不常的慨叹。陵上柏青青，涧（通涧）中石磊磊，都是长存的。青青是常青青。《庄子》："仲尼曰：'受命于地，唯松柏独也，在冬夏常青青。'"磊磊也是常磊磊。——磊磊，众石也。人生却是奄忽的，短促的；"人生天地间"，只如"远行客"一般。《尸子》："老莱子曰：'人生于天地之间，寄也。'"李善说："寄者固归。"伪《列子》："死人为归人。"李善说："则生人为行人矣。"《韩诗外传》："二亲之寿，忽如过客。""远行客"那比喻大约便是从"寄"、"归"、"过客"这些观念变化出来的。"远行客"是离家远行的客，到了那里，是暂住便去，不久即归的。"远行客"比一般"过客"更不能久住；这便加强了这个比喻的力量，见出诗人的创造工夫。诗中将"陵上柏"和"涧中石"跟"远行客"般的人生对照，见得人生是不能像柏和石那样长存的。"远行客"是积极的比喻，柏和石是消极的比喻。"陵上柏"和"涧中石"是邻近的，是连类而及；取它们作比喻，也许是即景生情，也许是所谓——"近取譬"用常识的材料作比喻。至于李善注引的《庄子》里那几句话，作诗人可能想到运用，但并不必然。

　　本诗主旨可借用"人生行乐耳"一语表明。"斗酒"和"极宴"是"娱乐"，"游戏宛与洛"也是"娱乐"；人生既"忽如远行客"，"戚戚"又"何所迫"呢？《汉书·东方朔传》："销忧者莫若酒。"只要有酒，有酒友，落得乐以忘忧。极宴固可以"娱心意"，斗酒也可以"相娱乐"。极宴自然有酒友，"相"娱乐还是少不了酒友。斗是舀酒的器具，斗酒为量不多，也就是"薄"，是不"厚"。极宴的厚固然好，斗酒的薄也自有趣味——只消且当做厚不以为薄就行了。本诗人生不常一意，显然是道家思想的影响。"聊厚不为薄"一语似乎也在摹仿道家的反语如"大直若屈"、"大巧若拙"之类，意在说厚薄的分别是无所谓的。但是好像弄巧成拙了，这实在是一个弱句；五个字只说一层意思，还不能透彻的或痛快地说出。这句式前无古人，后无来者，只是一个要不得罢了。若在东晋玄言诗人手里，这意思便不至于写出这样累句。也是时代使然。

　　游戏原指儿童。《史记·周本记》说后稷"为儿时"，"其游戏好种树麻菽"，该是游戏的本义。本诗"游戏宛与洛"却是出以童心，一无所为的意思。洛阳是东汉的京都。宛县是南阳郡治所在，在洛阳之南；南阳是光武帝发祥的地方，又是交通要道，当时有"南都"之称，张衡特为作赋，自然也是繁盛的城市。《后汉书·梁冀传》里说："宛为大都，士之渊薮。"可以为证。聚在这种地方的人多半为利禄而来，诗中主人公却不如此，所以说是"游戏"。既然是游戏，车马也就无所用其讲究，"驱车策驽马"也就不在乎了。驽马是迟钝的马；反正是游戏，慢点儿没有什么的。说是"游戏宛与洛"，却只将洛阳的繁华热热闹闹的描写了一番，并没有提起宛县一个字。大概是因为京都繁华第一，说了洛就可以见宛，不必再赘了罢？歌谣里本也有一种接字格，"月光光"是最熟的例子。汉乐府里已经有了，《饮马长城窟行》可见。现在的歌谣却只管接字，不管意义；全首满是片段，意义毫不衔接——全首简直无意义可言。推想古代歌谣当也有这样的，不过没有存留罢了。本诗"游戏宛与洛"下接"洛中何郁郁"，便只就洛中发挥下去，更不照应上句，许就是古代这样的接字歌谣的遗迹，也未可知。

　　诗中写东都，专从繁华着眼。开手用了"洛中何郁郁"一句赞叹，"何郁郁"就是"多繁盛呵"！"多热闹呵"！游戏就是来看热闹的，也可以说是来凑热闹的，这是诗中主人公的趣味。以下分三项来说，冠带往来是一；衢巷纵横，第宅众多是二；宫阙壮伟是三。"冠带自相索"，冠带的人是贵人，贾逵《国语》注："索，求也。""自相索"是自相往来不绝的意思。"自相"是说贵人只找贵人，不把别人放在眼下，同时也有些别人不把他们放在眼下，尽他们来往他们的——他们的来往无非趋势利、逐酒食而已。这就带些刺讥了。"长衢罗夹巷，王侯多第宅"，罗就是列，《魏王奏事》说，"出不由里门，面大道者，名曰第。"第只在长衢上。"两宫遥相望，双阙百余尺"，蔡质《汉官典职》说，"南宫北宫相去七里。"双阙是每一宫门前的两座望楼。这后两项固然见得京都的伟大，可是更见得京都的贵盛。将第一项合起来看，本诗写东都的繁华，又是专从贵盛着眼。这是诗，不是赋，不能面面俱到，只能选择最显著最重要的一面下手。至于"极宴娱心意"，便是上文所谓凑热闹了。"戚戚何所迫"，《论语》："小人长戚戚"，戚戚，常忧惧也。一般人常怀忧惧，有什么迫不得已呢？——无非为利禄罢了。短促的人生，不去饮酒，游戏，却为无谓的利禄自苦，未免太不值得了。这一句不单就"极宴"说,是总结全篇的。

本诗只开始两句对偶,"斗酒"两句跟"极宴"两句复沓;大体上是散行的。而且好像说到那里是那里,不嫌其尽的样子,从"斗酒相娱乐"以下都如此——写洛中光景虽自有剪裁,却也有如方东澍《昭昧詹言》说的:"极其笔力,写到至足处。"这种诗有点散文化,不能算是含蓄蕴藉之作,可是不失为严羽《沧浪诗话》所谓"沉着痛快"的诗。历来论诗的都只赞叹《十九首》的"优柔善入,婉而多讽",其实并不尽然。

四

> 今日良宴会,欢乐难具陈。
> 弹筝奋逸响,新声妙入神。
> 令德唱高言,识曲听其真。
> 齐心同所愿,含意具未申。
> 人生寄一世,奄忽若飙尘。
> 何不策高足,先据要路津。
> 无为守穷贱,轗轲长苦辛。

这旨诗所咏的是听曲感心;主要的是那种感,不是曲,也不是宴会。但是全诗从宴会叙起,一路迤逦说下去,顺着事实的自然秩序,并不特加选择和安排。前八语固然如此;以下一番感慨,一番议论,一番"高言",也是痛快淋漓,简直不怕说尽。这确是近乎散文。《十九首》还是乐府的体裁,乐府原只像现在民间的小曲似的,有时随口编唱,近乎散文的地方是常有的。《十九首》虽然大概出于文人之手，但因模仿乐府，散文的成分不少；不过都还不失为诗。本诗也并非例外。

开端四语只是直陈宴乐。这一日是"良宴会"，乐事难以备说；就中只提乐歌一件便可见。"新声"是歌，"弹筝"是乐，是伴奏。新声是胡乐的调子，当时人很爱听；这儿的新声也许就是"西北有高楼"里的"清商"，"东城一何高"里的"清曲"。陆侃如先生的《中国诗史》据这两条引证以及别的，说清商曲在汉末很流行，大概是不错的。弹唱的人大概是些"倡家女"，从"西北有高楼"、"东城一何高"二诗可以推知。这里只提乐歌一事，一面固然因为声音最易感人——"入神"便是"感人"的注脚，刘向《雅琴赋》道："穷音之至入于神"，可以参看；一面还是因为"识曲听真"，才引起一番感慨，才引起这首诗。这四语是引子，以下才是正文。再说这里"欢乐难具陈"下直接"弹筝"二句，便见出"就中只说"的意思，无须另行提明，是诗体比散文简省的地方。

"令德唱高言"以下四语，歧说甚多。上二语朱筠《古诗十九首说》说得最好："'令德'犹言能者。'唱高言'，高谈阔论，在那里说其妙处，欲令'识曲'者'听其真'。"曲有声有辞。一般人的赏识似乎在声而不在辞。只有聪明人才会赏玩曲辞，才能辨识曲辞的真意味。这种聪明人便是知音的"令德"。"高言"就是妙论，就是"人生寄一世"以下的话。"唱"是"唱和"的"唱"。聪明人说出座中人人心中所欲说而说不出的一番话，大家自是欣然应和的：这也在"今日"的"欢乐"之中。"齐心同所愿"是人人心中所欲说，"含意俱未申"是口中说不出。二语中复沓着"齐"、"同"、"俱"等字，见得心同理同，人人如一。

曲辞不得而知。但是无论歌咏的是富贵人的欢惊，还是穷贱人的苦绪，都能引起诗中那一番感慨。若是前者，感慨便由于相形见绌；若是后者，便由于同病相怜。话却从人生如寄开始。既然人生如寄，见绌便更见绌，相怜便更相怜了。而"人生一世"不但是"寄"，简直像卷地狂风里的尘土，一会儿就无踪影。这就更见迫切。"飙尘"当时是个新比喻，比"寄"比"远行客"更"奄忽"，更见人生是短促的。人生既是这般短促，自然该及时欢乐，才不白活一世。富贵才能尽情欢乐，"穷贱"只有"长苦辛"那么，为什么"守穷贱"呢？为什么不赶快去求富贵呢？

"何不策高足，先据要路津"，就是"为什么不赶快去求富贵呢？"这儿又是一个新比喻。"高足"是良马、快马，"据要路津"便是《孟子》里"夫子当路于齐"的"当路"。何不驱车策良马快去占住路口渡口——何不早早弄些高官做呢？——贵了也就富了。"先"该是捷足先得的意思。《史记》："蒯通曰：'秦失其鹿，天下共逐之，高材捷足者先得焉。'"正合"何不"两句语意。从尘想到车，从车说到"辗轲"，似乎是一串儿，并非偶然。辗轲，不遇也；《广韵》："车行不利曰辗轲，故人不得志亦谓之辗轲。""车行不利"是辗轲的本义，"不遇"是引申义。《楚辞》里已只用引申义，但本义存在偏旁中，是不易埋没的。本诗用的也是引申义，可是同时牵涉着本义，和上文相照应。"无为"就是"毋为"，等于"毋"。这是一个熟语。《诗经·板》篇有"无为夸毗"一句，郑玄《笺》作"女（汝）无（毋）夸毗"，可证。

"何不"是反诘，"无为"是劝诫，都是迫切的口气。那"令德"和在座的人说，我们何不如此如此呢？我们再别如彼如彼了啊！人生既"奄忽若飙尘"，欢乐自当亟亟求之，富贵自当亟亟求之，所以用得着这样迫切的口气。这是诗。这同时又是一种不平的口气。

富贵是并不易求的，有些人富贵，有些人穷贱，似乎是命运使然。穷贱的命不犹人，心有不甘；"何不"四语便是那怅惘不甘之情的表现。这也是诗。明代钟惺说，"欢宴未毕，忽作热中语，不平之甚。"陆时雍说，"慷慨激昂。'何不——苦辛'，正是欲而不得。"清代张玉谷说，"感愤自嘲，不嫌过直。"都能搔着痒处。诗中人却并非孔子的信徒，没有安贫乐道，"君子固穷"等信念。他们的不平不在守道而不得时，只在守穷贱而不得富贵。这也不失其为真。有人说是"反辞"、"诡辞"，是"讽"是"谑"，那是蔽于儒家的成见。

陆机拟作变"高言"为"高谈"，他叙那"高谈"道："人生无几何，为乐常苦晏。譬彼伺晨鸟，扬声当及旦。曷为恒忧苦，守此贫与贱！""伺晨鸟"一喻虽不像"策高足"那一喻切露，但"扬声当及旦"也还是"亟亟求之"的意思。而上文"为乐常苦晏"，原诗却未明说；有了这一语，那"扬声"自然是求富贵而不是求荣名了。这可以旁证原诗的主旨。

五

西北有高楼，上与浮云齐。
交疏结绮窗，阿阁三重阶。
上有弦歌声，音响一何悲。
谁能为此曲，无乃杞梁妻。
清商随风发，中曲正徘徊。
一弹再三叹，慷慨有余哀。
不惜歌者苦，但伤知音稀。
愿为双鸣鹤，奋翅起高飞。

这首诗所咏的也是闻歌心感。但主要的是那"弦歌"的人,是从歌曲里听出的那个人。这儿弦歌的人只是一个,听歌心感的人也只是一个。"西北有高楼","弦歌声"从那里飘下来,弦歌的人是在那高楼上。那高楼高入云霄,可望而不可即。四面的窗子都"交疏结绮",玲珑工细。"交疏"是花格子,"结绮"是格子联结着像丝织品的花纹似的。"阁"就是楼,"阿阁"是"四阿"的楼;司马相如《上林赋》有"离宫别馆,……高廊四注"的话,"四注"就是"四阿",也就是四面有檐,四面有廊。"三重阶"可见楼不在地上而在台上。阿阁是宫殿的建筑,即使不是帝居,也该是王侯的第宅。在那高楼上弦歌的人自然不是寻常人,更只可想而不可即。

弦歌声的悲引得那听者驻足。他听着,好悲啊!真悲极了!"谁能作出这样悲的歌曲呢?莫不是杞梁妻吗?"齐国杞梁的妻子"善哭其夫",见于《孟子》。《列女传》道:"杞梁之妻无子,内外皆无五属之亲。既无所归,乃枕其夫之尸于城下而哭。内诚动人,道路过者莫不为之挥涕,十日而城为之崩。"琴曲有《杞梁妻叹》,《琴操》说是杞梁妻所作。《琴操》说:梁死,"妻叹曰:'上则无父,中则无夫,下则无子,将何以立吾节?亦死而已!'援琴而鼓之。曲终,遂自投淄水而死。"杞梁妻善哭,《杞梁妻叹》是悲叹的曲调。

本诗引用这桩故事,也有两层意思。第一是说那高楼上的弦歌声好像《杞梁妻叹》那样悲。"谁能"二语和另一篇古诗里"谁能为此器?公输与鲁班!"句调相同。那两句只等于说,"这东西巧妙极了!"这两句在第一意义下,也只等于说,"这曲子真悲极了!"说了"一何悲",又接上这两句,为的是增加语气;"悲"还只是概括的,这两句却是具体的。——"音响一何悲"的"音响"似乎重复了上句的"声",似乎只是为了凑成五言。古人句律宽松,这原不足为病。但《乐记》里说"声成文谓之音",而响为应声也是古义,那么,分析的说起来,"声"和"音响"还是不同的。"谁能"二语,假设问答,本是乐府的体裁。乐府多一半原是民歌,民歌有些是对着大众唱的,用了问答的语句,有时只是为使听众感觉自己在歌里也有份儿答语好像是他们的。但那另一篇古诗里的"谁能"二语跟本诗里的,除应用这个有趣味的问答式之外,还暗示一个主旨。那就是,只有公输与鲁班能为此器(香炉),只有杞梁妻能为此曲。本诗在答句里却多了"无乃"这个否定的反诘语,那是使语气婉转些。

　　这儿语气带些犹疑,却是必要的。"谁能"二句其实是双关语,关键在"此曲"上"此曲"可以是旧调旧辞,也可以是旧调新辞——下文有"清商随风发"的话,似乎不会是新调。可以是旧调旧辞,便蕴涵着"谁能"二句的第一层意思,就是上节所论的。可以是旧调新辞,便蕴涵着另一层意思。这就是说,为此曲者莫不是杞梁妻一类人吗?——曲本兼调和辞而言。这也就是说那位"歌者"莫不是一位冤苦的女子吗?宫禁里,侯门中,怨女一定是不少的;《长门赋》、《团扇辞》、《乌鹊双飞》所说的只是些著名的,无名的一定还多。那高楼上的歌者可能就是一个,至少听者可以这样想,诗人可以这样想。陆机拟作里便直说道:"佳人抚琴瑟,纤手清且闲。芳气随风结,哀响馥若兰。玉容谁得顾?倾城在一弹。"语语都是个女人。曹植《七哀诗》开端道:"明月照高楼,流光正徘徊。上有愁思妇,悲叹有余哀。"似乎也多少袭用本诗的意境,那高楼上也是个女人。这些都可供旁证。

　　"上有弦歌声"是叙事,"音响一何悲"是感叹句,表示曲的悲,也就是表示人——歌者跟听者——的悲。"谁能"二语进一步具体地写曲写人。"清商"四句才详细的描写歌曲本身,可还兼顾着人。朱筠说"随风发"是曲之始,"正徘徊"是曲之中,"一弹三叹"是曲之终,大概不错。商音本是"哀响",加上"徘徊",加上"一弹三叹",自然"慷慨有余哀"。徘徊,《后汉书·苏竟传》注说是"萦绕淹留"的意思。歌曲的徘徊也正暗示歌者心头的徘徊,听者足下的徘徊。《乐记》说:"'清庙'之瑟……壹倡而三叹,有遗音者矣。"郑玄注,"倡,发歌句也,三叹,三人从而叹之耳。"这个叹大概是和声。本诗"一弹再三叹",大概也指复沓的曲句或泛声而言;一面还照顾着杞梁的妻的叹,增强曲和人的悲。《说文》:"慷慨,壮士不得志于心也。"这儿却是怨女的不得志于心。——也许有人想,宫禁千门万户,侯门也深如海,外人如何听得清高楼上的弦歌声呢?这一层,姑无论诗人设想原可不必黏滞实际,就从实际说,也并非不可能的;唐代元稹的《连昌宫词》里不是说过吗:"李谟擫笛傍宫墙,偷得新翻数般曲。"还有,陆机说"佳人抚琴瑟",抚琴瑟自然是想象之辞;但参照别首,或许是"弹筝奋逸响"也未可知。

歌者的苦,听者从曲中听出想出,自然是该痛惜的。可是他说"不惜",他所伤心的只是听她的曲而知她的心的人太少了。其实他是在痛惜她,固然痛惜她的冤苦,却更痛惜她的知音太少。一个不得志的女子禁闭在深宫内院里,苦是不消说的,更苦的是有苦说不得;有苦说不得,只好借曲写心,最苦的是没人懂得她的歌曲,知道她的心。这样说来,"知音稀"真是苦中苦,别的苦还在其次。"不惜"、"但伤"是这个意思。这里是诗比散文经济的地方。知音是引用俞伯牙、钟子期的故事。伪《列子》道:"伯牙善鼓琴，钟子期善听。伯牙鼓琴，志在登高山，钟子期曰：'善哉！峨峨兮若泰山。'志在流水，钟子期曰：'善哉！洋洋兮若江河。'伯牙所念，钟子期必得之。"《列子》虽是伪书，但这个故事来源很古（《吕氏春秋》）中有；因为《列子》里叙得合用些，所以引在这里。"伯牙所念，钟子期必得之"，这才是"善听"，才是知音。这样的知音也就是知心，知己，自然是很难遇的。

　　本诗的主人公是那听者，全首都是听者的口气。"不惜"的是他，"但伤"的是他，"愿为双鸣鹤，奋翅起高飞！""愿"的也是他。这末两句似乎是乐府的套语。"东城高且长"篇末作"思为双飞燕，衔泥巢君屋"；伪苏武诗第二首袭用本诗的地方很多，篇末也说"愿为双黄鹄，送子俱远飞"，篇中又有"何况双飞龙，羽翼临当乖"的话。苏武诗虽是伪托，时代和《十九首》相去也不会太远的。从本诗跟"东城高且长"看，双飞鸟的比喻似乎原是用来指男女的。——伪苏武诗里的双飞龙，李善《文选注》说是"喻己及朋友"，双黄鹄无注，李善大概以为跟双飞龙的喻意相同。这或许是变化用之。——本诗的双鸣鹤，该是比喻那听者和那歌者。一作双鸿鹄，意同。鹤和鸿鹄都是鸣声嘹亮，跟"知音"相照应。"奋翼"句也许出于《楚辞》的"将奋翼兮高飞"。高，远也，见《广雅》。但《诗经·邶风·柏舟》篇末"静言思之，不能奋飞"二语的意思，"愿为"两句里似乎也蕴涵着。这是俞平伯先生在《葺芷缭蘅室古诗札记》里指出的。那二语却是一个受苦的女子的话。唯其那歌者不能奋飞，那听着才"愿"为鸣鹤，双双奋飞。不过，这也只是个"愿"，表示听者的"惜"的"伤"，表示他的深切的同情罢了，那悲哀终于是"绵绵无尽期"的。

六

涉江采芙蓉，兰泽多芳草。
采之欲遗谁，所思在远道。
还顾望旧乡，长路漫浩浩。
同心而离居，忧伤以终老。

这首诗的意旨只是游子思家。诗中引用《楚辞》的地方很多，成辞也有，意境也有；但全诗并非思君之作。《十九首》是仿乐府的，乐府里没有思君的话，汉魏六朝的诗里也没有，本诗似乎不会是例外。"涉江"是《楚辞》的篇名，屈原所作的《九章》之一。本诗是借用这个成辞，一面也多少暗示着诗中主人的流离转徙——《涉江》篇所叙的正是屈原流离转徙的情形。采芳草送人，本是古代的风俗。《诗经·郑风·溱洧》篇道："溱与洧，方涣涣兮，士与女，方秉蘭兮。"《毛传》："蘭，兰也。"《诗》又道："且往观乎，洧之外，洵訏且乐。维士与女，伊其相谑，赠之以勺药。"郑玄《笺》说士与女分别时，"送女以勺药，结恩情也。"《毛传》说勺药也是香草。《楚辞》也道："采芳洲兮杜若，将以遗兮下女"；"搴汀洲兮杜若，将以遗兮远者"；"被石兰兮带杜衡，折芳馨兮遗所思"；"折疏麻兮瑶华，将以遗兮离居"。可见采芳相赠，是结恩情的意思，男女都可，远近也都可。

本诗"涉江采芙蓉，兰泽多芳草"便说的采芳。芙蓉是莲花，《溱洧》篇的蘭，《韩诗》说是莲花；本诗作者也许兼用《韩诗》的解释。莲也是芳草。这两句是两回事。河里采芙蓉是一事，兰泽里采兰另是一事。"多芳草"的芳草就指兰而言。《楚辞·招魂》

道:"皋兰被径兮斯路渐。"王逸注:"渐,没也;言泽中香草茂盛,覆被径路。"这正是"兰泽多芳草"的意思。《招魂》那句下还有"目极千里兮伤春心,魂兮归来哀江南"二语。本诗"兰泽多芳草"引用《招魂》,还暗示着伤春思归的意思。采芳草的风俗,汉代似乎已经没有。作诗人也许看见一些芳草,即景生情,想到古代的风俗,便根据《诗经》、《楚辞》,虚拟出采莲采兰的事实来。诗中想象的境地本来多,只要有暗示力就成。

采莲采兰原为的送给"远者","所思"的人,"离居"的人——这人是"同心"人,也就是妻室。可是采芳送远到底只是一句自慰的话,一个自慰的念头;道路这么远这么长,又怎样送得到呢?辛辛苦苦的东采西采,到手一把芳草;这才恍然记起所思的人还在远道,没法子送去。那么,采了这些芳草是要给谁呢?不是白费吗?不是傻吗?古人道:"诗之失,愚。"正指这种境地说。这种愚只是无可奈何的自慰。"采之欲遗谁,所思在远道。"不是自问自答,是一句话,是自诘自嘲。

记起了"所思在远道",不免爽然自失。于是乎"还顾望旧乡"。《涉江》里道:"乘鄂渚而顾兮",《离骚》里也有"忽临睨夫旧乡"的句子。古乐府道:"远望可以当归";"还顾望旧乡"又是一种无可奈何的自慰。可是"长路漫浩浩",旧乡那儿有一些踪影呢?不免又是一层失望。漫漫,长远貌,《文选》左思《吴都赋》刘渊林注。浩浩,广大貌,《楚辞·怀沙》王逸注。这一句该是"长路漫漫浩浩"的省略。漫漫省为漫,叠字省为单辞,《诗经》里常见。这首诗以前,这首诗以后,似乎都没有如此的句子。"还顾望旧乡"一语,旧解纷歧。一说,全诗是居者思念行者之作,还顾望乡是居者揣想行者如此这般(姜任修《古诗十九首绎》,张五谷《古诗赏析》)。曹丕《燕歌行》道:"念君客游思断肠,慊慊思归恋故乡",正是居者从对面揣想。但那里说出"念君",脉络分明。本诗的"还顾"若也照此解说,却似乎太曲折些。这样曲折的组织,唐宋诗里也只偶见,古诗里是不会有的。

本诗主人在两层失望之余,逼得只有直抒胸臆;采芳既不能赠远,望乡又茫无所见,只好心上温寻一番罢了。这便是"同心而离居,忧伤以终老"二语。由相思而采芳草,由采芳草而望旧乡,由望旧乡而回到相思,兜了一个圈子,真是无可奈何到了极处。所以有"忧伤以终老"这样激切的口气。《周易》:"二人同心",这里借指夫妇。同心人该是生同室,死同穴,所谓"偕老"。现在却"同心而离居";"道路阻且长,会面安可知",想来是只有忧伤终老的了!"而离居"的"而"字包括着离居的种种因由种种经历;古诗浑成,不描写细节,也是时代使然。但读者并不感到缺少,因为全诗都是粗笔,这儿一个"而"字尽够咀嚼的。"忧伤以终老"一面是怨语,一面也重申"同心"的意思——是说尽管忧伤,决无两意。这两句兼说自己和所思的人,跟上文专说自己的不同;可是下句还是侧重在自己身上。

本诗跟"庭中有奇树"一首,各只八句,在《十九首》中是最短的。这一首里复沓的效用最易见。首二语都是采芳草;"远道"一面跟"旧乡"是一事,一而又跟"长路漫浩浩"是一事。八句里虽然复沓了好些处,却能变化。"涉江"说"采",下句便省去"采"字,句式就个别;而两语的背景又各不相同。"远道"是泛指,"旧乡"是专指;"远道"是"天一方","长路漫浩浩"是这"一方"到那"一方"的中间。这样便不单调。而诗中主人相思的深切却得借这些复沓处显出。既采莲,又采兰,是唯恐恩情不足。所思的人所在的地方,两次说及,也为的增强力量。既说道远,又说路长,再加上"漫浩浩",只是"会面安可知"的意思。这些都是相思,也都是"忧伤",都是从"同心而离居"来的。

七

明月皎夜光,促织鸣东壁。
玉衡指孟冬,众星何历历。
白露沾野草,时节忽复易。
秋蝉鸣树间,玄鸟逝安适。
昔我同门友,高举振六翮。
不念携手好,弃我如遗迹。
南箕北有斗,牵牛不负轭。
良无盘石固,虚名复何益。

这首诗是怨朋友不相援引,语意明白。这是秋夜即兴之作。《诗经·月出》篇:"月出皎兮。……劳心悄兮。""明月皎夜光"一面描写景物,一面也暗示着悄悄的劳心。促织是蟋蟀的别名。"鸣东壁","东壁向阳,天气渐凉,草虫就暖也。"(张庚《古诗十九首解》)《诗经·七月》篇道:"七月在野,八月在宇,九月在户,十月蟋蟀入我床下。"可以参看。《春秋说题辞》说:"趣(同'促')织之为言趣(促)也。织与事遽,故趣织鸣,女作兼也。"本诗不用蟋蟀而用促织,也许略含有别人忙于工作自己却偃塞无成的意思。

"玉衡指孟冬,众星何历历",也是秋夜所见。但与"明月皎夜光"不同时,因为有月亮的当儿,众星是不大显现的。这也许指的上弦夜,先是月明,月落了,又是星明;也许指的是许多夜。这也暗示秋天夜长,诗中主人"忧愁不能寐"的情形。"玉衡"见《尚书·尧典》(伪古文见《舜典》),是一支玉管儿,插在璿玑(一种圆而可转的玉器)里窥测星象的。这儿却借指北斗星的柄。北斗七星,形状像个舀酒的大斗——长柄的勺子。第一星至第四星成勺形,叫斗魁;第五星至第七星成柄形,叫斗杓,也叫斗柄。《汉书·律历志》已经用玉衡比喻斗杓,本诗也是如此。古人以为北斗星一年旋转一周,他们用斗柄所指的方位定十二月二十四气。斗柄指着什么方位,他们就说是那个月那个节气。这在当时是常识,差不多人人皆知。"玉衡指孟冬",便是说斗柄已指着孟冬的方位了;这其实也就是说,现在已到了冬令了。

这一句里的孟冬,李善说是夏历的七月,因为汉初是将夏历的十月作正月的。历来以为《十九首》里有西汉诗的,这句诗是重要的客观的证据。但古代历法,向无定论。李善的话也只是一种意见,并无明确的记载可以考信。俞平伯先生在《清华学报》曾有长文讨论这句诗,结论说它指的是夏历九月中。这个结论很可信。陆机拟作道:"岁暮凉风发,昊天肃明明。招摇西北指,天汉东南倾。""招摇"是斗柄的别名。"招摇西北指"该与"玉衡指孟冬"同意。据《淮南子·天文训》,斗柄所指,西北是夏历九月十月之交的方位,而正西北是立冬的方位。本诗说"指孟冬",该是作于夏历九月立冬以后,斗柄所指该是西北偏北的方位。这跟诗中所写别的景物都无不合处。"众星何历历!"历历是分明。秋季天高气清,所谓"昊天肃明明",众星更觉分明,所以用了感叹的语调。

"明月皎夜光"四语,就秋夜的见闻起兴。"白露沾野草,时节忽复易。秋蝉鸣树间，玄鸟逝安适！"却接着泛写秋天的景物。《礼记》："孟秋之月，白露降。"又，"孟秋，寒蝉鸣。"又，"仲秋之月，玄鸟归。"——郑玄注，玄鸟就是燕子。《礼记》的时节只是纪始。九月里还是有白露的，虽然立了冬，而立冬是在霜降以后，但节气原可以早晚些。九月里也还有寒蝉。八月玄鸟归，九月里说"逝安适"，更无不可。这里"时节忽复易"兼指白露、秋蝉、玄鸟三语；因为白露同时是个节气的名称，便接着"沾野草"说下去。这四语见出秋天一番萧瑟的景象，引起宋玉以来传统的悲秋之感。而"时节忽复易"，"岁暮一何速"（"东城高且长"中句)，诗中主人也是"贫士失职而志不平"，也是"淹留而无成"（宋玉《九辩》），自然感慨更多。

"昔我同门友"以下便是他自己的感慨来了。何晏《论语集解》"有朋自远方来，不亦乐乎！"下引包咸曰："同门曰朋。"邢昺《疏》引郑玄《周礼注》："同师曰朋，同志曰友。"说同门是同在师门受学的意思。同门友是很亲密的，所以下文有"携手好"的话。《诗经》里道："惠而好我，携手同车。"也是很亲密的。从前的同门友现在是得意起来了。"高举振六翮"是比喻。《韩诗外传》："盖桑曰：'夫鸿鹄一举千里，所恃者六翮耳。'"翮是羽茎，六翮是大鸟的翅膀。同门友好像鸿鹄一般高飞起来了。上文说玄鸟，这儿便用鸟作比喻。前面两节的联系就靠这一点儿，似连似断的。同门友得意了，却"不念携手好，弃我如遗迹"了。《国语·楚语》下："灵王不顾于民，一国弃之，如遗迹焉。"韦昭注，像行路人遗弃他们的足迹一样。今昔悬殊，云泥各判，又怎能不感慨系之呢？

"南箕北有斗，牵牛不负轭。"李善注："言有名而无实也。"《诗经》："维南有箕，不可以簸扬；维北有斗，不可以挹酒浆。""皖彼牵牛,不以服箱。"箕是簸箕,用来扬米去糠。服箱是拉车。负轭是将轭架在牛颈上,也还是拉车。名为箕而不能簸米,名为斗而不能舀酒,名为牛而不能拉车。所以是"有名而无实"。无实的名只是"虚名"。但是诗中只将牵牛的有名无实说出,"南箕"、"北有斗"却只引《诗经》的成辞,让读者自己去联想。这种歇后的手法,偶然用在成套的比喻的一部分里,倒也新鲜,见出巧思。这儿的箕、斗、牵牛虽也在所见的历历众星之内,可是这两句不是描写景物而是引用典故来比喻朋友。朋友该相援引,名为朋友而不相援引,朋友也只是"虚名"。"良无磐石固",良,信也。《声类》:"磐,大石也。"固是"不倾移",《周易·系辞》下"德之固也"注如此;《荀子·儒效》篇也道:"万物莫足以倾之之谓固。"《孔雀东南飞》里兰芝向焦仲卿说:"君当做磐石,妾当做蒲苇。蒲苇纫如丝,磐石无转移。"仲卿又向兰芝说:"磐石方且厚,可以卒千年。"可见"磐石固"是大石头稳定不移的意思。照以前"同门""携手"的情形,交情该是磐石般稳固的。可是现在"弃我如遗迹"了,交情究竟没有磐石般稳固呵。那么,朋友的虚名又有什么用处呢!只好算白交往一场罢了。

　　本诗只开端二语是对偶,"秋蝉"二语偶而不对,其余都是散行句。前书描写景物,也不尽依逻辑的顺序,如促织夹在月星之间,以及"时节忽复易"夹在白露跟秋蝉、玄鸟之间。但诗的描写原不一定依照逻辑的顺序,只要有理由。"时节"句上文已论。"促织"句跟"明月"句对偶着,也就不觉得杂乱。而这二语都是韵句,韵脚也给它们凝整的力量。再说从大处看,由秋夜见闻起手,再写秋天的一般景物,层次原也井然。全诗又多直陈,跟"青青陵上柏"、"今日良宴会"有相似处,但结构自不相同。诗中多用感叹句，如"众星何历历！""时节忽复易！""玄鸟逝安适！""虚名复何益！"也和"青青陵上柏"里的"极宴娱心意，戚戚何所迫！""今日良宴会"里的"何不策高足，先据要路津？无为守穷贱，轗轲长苦辛！"相似。直陈要的是沉着痛快，感叹句能增强这种效用。诗中可也用了不少比喻。六翮，南箕，斗，牵牛，都是旧喻新用，盘石是新喻，玉衡，遗迹，是旧喻。这些比喻，特别是箕、斗、牵牛那一串儿，加上开端二语牵涉到的感慨，足以调剂直陈诸语，免去专一的毛病。本诗前后两节联系处很松泛，上面已述及，松泛得像歌谣里的接字似的。"青青陵上柏"里利用接字增强了组织，本诗"六翮"接"玄鸟"，前后是长长的两节，这个效果便见不出。不过，箕、斗、牵牛既照顾了前节的"众星何历历"，而从传统的悲秋到失志无成之感到怨朋友不相援引，逐层递进，内在的组织原也一贯。所以诗中虽有些近乎散文的地方，但就全体而论，却还是紧凑的。

八

冉冉孤生竹，结根泰山阿。
与君为新婚，兔丝附女萝。
兔丝生有时，夫妇会有宜。
千里远结婚，悠悠隔山陂。
思君令人老，轩车来何迟。
伤彼蕙兰花，含英扬光辉。
过时而不采，将随秋草萎。
君亮执高节，贱妾亦何为。

吴淇说这是"怨婚迟之作"(《选诗定论》),是不错的。方廷珪说:"与君为新婚","只是媒妁成言之始,非嫁时。"(《文选集成》)也是不错的。这里"为新婚"只是订了婚的意思。订了婚却老不成婚,道路是悠悠的,岁月也是悠悠的,怎不"思君令人老"呢?一面说"与君","思君","君亮",一面说"贱妾",显然是怨女在向未婚夫说话。但既然"为新婚",照古代的交通情形看,即使不同乡里,也该相去不远才是,怎么会"千里远"、"隔山陂"呢?也许那男子随宦而来,定婚在幼年,以后又跟着家里人到了远处或回了故乡。也许他自己为了种种缘故,做了天涯游子。诗里没有提,我们只能按情理这样揣想罢了。无论如何,那女子老等不着成婚的信儿是真的。照诗里的口气,那男子虽远隔千里,却没有失踪;至少他的所在那女子是还知道的。说"轩车来何迟"!说"君亮执高节",明明有个人在那里。轩本是有阑干的车子,据杜预《左传注》,是大夫乘坐的。也许男家是做官的,也许这只是个套语,如后世歌谣里的"牙床"之类。这轩车指的是男子来亲迎的车子。彼此相去千里,隔着一重重山陂,那女子似乎又无父母,自然只有等着亲迎一条路。男大当婚,女大当嫁;彼此到了婚嫁的年纪,那男子却总不来亲迎,怎不令人忧愁相思要变老了呢!"思君令人老"是个套句,但在这里并不缺少力量。

何故"轩车来何迟"呢?诗里也不提及。可能的原因似乎只有两个:一是那男子穷,道路隔得这么远,亲迎没有这笔钱。二是他弃了那女子;道路隔得这么远,岁月隔得这么久,他懒得去践那婚约——甚至于已经就近另娶,也没有准儿。照诗里的口气,似乎不是因为穷,诗里的话,那么缠绵固结,若轩车不来是因为穷,该有些体贴的句子。可是没有。诗里只说了"君亮执高节"一句话,更不去猜想轩车来迟的因由;好像那女子已经知道,用不着猜想似的。亮，信也。——你一定"守节情不移"，不至于变心负约的。果能如此，我又为何自伤呢？——上文道，"伤彼蕙兰花，……"；"贱妾亦何为？"就是何为"伤彼"，而"伤彼"也就是自伤。张玉谷说这两句"代揣彼心，自安己分"（《古诗赏析》)，可谓确切。不过"代揣彼心"未必是彼真心；那女子口里尽管说"君亮执高节"，心里却在唯恐他不"执高节"。这是一句原谅他，代他回护，也安慰自己的话。他老不来，老不给成婚的信儿，多一半是变了心，负了约，弃了她；可是她不能相信这个。她想他，盼他，希望他"执高节"；唯恐他不如此，是真的，但愿他还如此，也是真的。轩车不来，却只说"来何迟"！相隔千里，不能成婚，却还说"千里远结婚"——尽管千里，彼此结为婚姻，总该是固结不解的。这些都出于同样的一番苦心，一番希望。这是"怨而不怒"，也是"温柔敦厚"。

婚姻贵在及时，她能说的，敢说的，只是这个意思。"兔丝生有时"，"过时而不采"都从"时"字着眼。既然"与君为新婚"，既然结为婚姻，名分已定，情好也会油然而生。也许彼此还没有见过面，但自己总是他的人，盼望及时成婚，正是常情所同然。他的为人，她不能详细知道；她只能说她自己的。她对他的情好是怎样的缠绵固结呵。她盼望他来及时成婚，又怎样的热切呵。全诗用了三个比喻，只是回环复沓的暗示着这两层意思。"冉冉孤生竹，结根泰山阿"，"兔丝附女萝"都暗示她那缠绵固结的情好。冉冉是柔弱下垂的样子，山阿是山弯里。泰山，王念孙《读书杂志》说是"大山"之讹，可信；大山犹如高山。李善注："竹结根于山阿，喻妇人托身于君子也。""孤生"似乎暗示已经失去父母，因此更需有所依托——也幸而有所依托。弱女依托于你，好比孤生竹结根于大山之阿——她觉得稳固不移。女萝就是松萝。陆玑《毛诗草木疏》："今松萝蔓松而生，而枝正青。兔丝草蔓联草上，黄赤如金，与松萝殊异。""兔丝附女萝"，只暗示缠结的意思。李白诗："君为女萝草，妾作兔丝华"，以为女萝是指男子，兔丝是女子自指。就本诗本句和下文"兔丝生有时"句看，李白是对的。这里两个比喻中间插入"与君为新婚"一句，前后照应，有一箭双雕之妙。——还有，《楚辞·山鬼》道，"若有人兮山之阿"，"思公子兮徒离忧"。本诗"结根大山阿"更暗示着下文"思君令人老"那层意思。

"兔丝生有时"，为什么提兔丝，不说女萝呢？兔丝有花，女萝没有；花及时而开，夫妇该及时而会。"夫妇会有宜"，宜，得其所也；得其所也便是其时。这里兔丝虽然就是上句的兔丝蝉联而下，也是接字的一格——，可是不取它的"附女萝"为喻，而取它的"生有时"为喻，意旨便各别了。这两语是本诗里仅有的偶句；本诗比喻多，得用散行的组织才便于将这些彼此不相干的比喻贯串起来，所以偶句少。下文蕙兰花是女子自比，有花的兔丝也是女子自比。女子究竟以色为重，将花作比，古今中外，心同理同。——夫妇该及时而会，可是千里隔山陂，"轩车来何迟"呢！于是乎自伤了。"一干一花而香有余者，兰；一干数花而香不足者，蕙。"见《尔雅翼》。总而言之是香草。花而不实者谓之英，见《尔雅》。花而不实，只以色为重，所以说"含英扬光辉"。《五臣注》："此妇人喻己盛颜之时。"花"过时而不采"，将跟着秋草一块儿蔫了，枯了；女子过时而不婚，会真个变老了。《离骚》道，"惟草木之零落兮，恐美人之迟暮。""夫妇会有宜"，妇贵及时，夫也贵及时之妇。现在轩车迟来，眼见就会失时，怎能不自伤呢？可是——念头突然一转，她虽然不知道他别的，她准知道他会守节不移；他会来的，迟点儿，早点儿，总会来的。那么，还是等着罢，自伤为了什么呢？其实这不过是无可奈何的自慰——不，自骗——罢了。

九

> 庭中有奇树，绿叶发华滋。
> 攀条折其荣，将以遗所思。
> 馨香盈怀袖，路远莫致之。
> 此物何足贡，但感别经时。

《十九首》里本诗和"涉江采芙蓉"一首各只八句，最短。而这一首直直落落的，又似乎最浅。可是陆时雍说得好，"《十九首》深衷浅貌，短语长情。"（《古诗镜》）这首诗恰恰当得起那两句评语。试读陆机的拟作："欢友兰时往，苕苕匿音徽。虞渊引绝景，四节逝若飞。芳草久已茂，佳人竟不归。踟蹰遵林渚，惠风入我怀；感物恋所欢，采此欲贻谁！"这首诗恰可以作本篇的注脚。陆机写出了一个有头有尾的故事：先说所欢在兰花开时远离；次说四节飞逝，又过了一年；次说兰花又开了，所欢不回来；次说踟蹰在兰花开处，感怀节物，思念所欢，采了花却不能赠给那远人。这里将兰花换成那"奇树"的花，也就是本篇的故事。可是本篇却只写出采花那一段儿，而将整个故事暗示在"所思"，"路远莫致之"，"别经时"等语句里。这便比较拟作经济。再说拟作将故事写成定型，自然不如让它在暗示里生长着的引人入胜。原作比拟作"语短"，可是比它"情长"。

诗里一面却详叙采花这一段儿。从"庭中有奇树"而"绿叶"，而"发华滋"，而"攀条"，而"折其荣"；总而言之，从树到花，应有尽有，另来了一整套儿。这一套却并非闲笔。蔡质《汉官典职》："宫中种嘉木奇树"，奇树不是平常的树，它的花便更可贵些。

这里浑言"奇树"，比拟作里切指兰草的反觉新鲜些。华同花，滋是繁盛，荣就是华，避免重复，换了一字。朱筠说本诗"因人而感到物，由物而说到人。"又说"因意中有人，然后感到树；……'攀条折其荣，将以遗所思'，因物而思绪百端矣。"（《古诗十九首说》）可谓搔着痒处。诗中主人也是个思妇，"所思"是她的"欢友"。她和那欢友别离以来，那庭中的奇树也许是第一回开花，也许开了不止一回花；现在是又到了开花的时候。这奇树既生在庭中，她自然朝夕看见；她看见叶子渐渐绿起来，花渐渐繁起来。这奇树若不在庭中，她偶然看见它开花，也许会顿吃一惊：日子过得快呵，一别这么久了！可是这奇树老在庭中，她天天瞧着它变样儿，天天觉得过的快，那人是一天比一天远了！这日日的熬煎，渐渐地消磨，比那顿吃一惊更伤人。诗里历叙奇树的生长，便为了暗示这种心境；不提苦处而苦处就藏在那似乎不相干的奇树的花叶枝条里。这是所谓"浅貌深衷"。

孙𬭎说这首诗与"涉江采芙蓉"同格，邵长蘅也说意同。这里"同格"、"意同"只是一个意思。两首诗结构各别，意旨确是大同。陆机拟作的末语跟"涉江采芙蓉"第三语只差一"此"字，差不多是直抄，便可见出。但是"涉江采芙蓉"有行者望乡一层，本诗专叙居者采芳欲赠，轻重自然不一样。孙𬭎又说"盈怀袖"一句意新。本诗只从采芳着眼，便酝酿出这新意。采芳本为了拔除邪恶，见《太平御览》引《韩诗章句》。拔除邪恶，凭着花的香气。

"馨香盈怀袖"见得奇树的花香气特盛，比平常的香花更为可贵，更宜于赠人。一面却因"路远莫致之"——致，送达也——久久的痴痴的执花在手，任它香盈怀袖而无可奈何。《左传》声伯《梦歌》："归乎，归乎！琼瑰盈吾怀乎！"《诗·卫风》："籊籊竹竿，以钓于淇。岂不尔思？远莫致之。"本诗引用"盈怀"、"远莫致之"两个成辞，也许还联想到各原辞的上语："馨香"句可能暗示着"归乎，归乎"的愿望，"路远"句更是暗示着"岂不尔思"的情味。断章取义，古所常有，与原义是各不相干的。诗到这里来了一个转语："此物何足贡？"贡，献也，或作"贵"。奇树的花虽比平常的花更可贵，更宜于赠人，可是为人而采花，采了花而"路远莫致之"，又有什么用处！那么，可贵的也就不足贵了。泛称"此物"，正是不足贵的口气。"此物何足贵"，将攀条折荣，香盈怀袖，路远莫致，一笔抹杀，是直直落落的失望。"此物何足贡"，便不同一些。此物虽可珍贵，但究竟是区区微物，何足献给你呢？没人送去就没人送去算了。也是失望，口气较婉转。总之，都是物轻人重的意思，朱筠说"非因物而始思其人"，一语破的。意中有人，眼看庭中奇树叶绿花繁，是一番无可奈何；幸而攀条折荣，可以自遣，可遗所思，而路远莫致，又是一番无可奈何。于是乎"但感别经时"。"别经时"从上六句见出："别经时"原是一直感着的，盼望采花打个岔儿，却反添上一层失望。采花算什么呢？单只感着别经时，老只感着别经时，无可奈何的更无可奈何了。"这次第怎一个'愁'字了得"呵！孙𨰿说："盈怀袖"一句下应以"别经时"，"视彼（涉江采芙蓉）较快，然冲味微减"。本诗原偏向明快，"涉江采芙蓉"却偏向深曲，各具一格，论定优劣是很难的。

（《国文月刊》1941年第6—9、15期连续刊登，仅释9首而止。）

十四家诗钞

曹植 九首

陈思王植,字子建。年十岁余,诵读诗、论及辞赋数十万言,善属文。性简易,不治威仪。舆马服饰,不尚华丽。每进见难问,应声而对,特见宠爱。建安十六年,封平原侯。十九年,徙封临菑侯。植既以才见异,而丁仪、丁廙、杨修等为之羽翼。太祖狐疑,几为太子者数矣。而植任性而行,不自雕励,饮酒不节。文帝御之以术,矫情自饰,宫人左右,并为之说,故遂定为嗣。二十二年,增植邑五千,并前万户。太祖既虑终始之变,以杨修颇有才策,而又袁氏之甥也,于是以罪诛修。植益内不自安。文帝即王位,诛丁仪、丁廙。植与诸侯并就国。黄初二年,监国谒者灌均希指,奏植醉酒悖慢,劫胁使者。有司请治罪,帝以太后故,贬爵安乡侯。后封植为陈王。十一年中而三徙都,常汲汲无欢,遂发疾薨,时年四十一。(节《三国志·魏书》卷十九本传)

白马篇

《乐府诗集·杂曲歌词》:白马者,见乘白马而为此曲,言人当立功立事,尽力为国,不可念私也。朱嘉征曰:歌白马,用世之思也。朱乾曰:此寓意于幽、并游侠,实自况也。子建《自试表》云,昔从武皇帝,南极赤岸,东临沧海,西望玉门,北出玄塞。伏见所以用兵之势，可谓神妙。而志在擒权馘亮，虽身分蜀境，首悬吴阙，犹生之年。篇中所云捐躯赴难，视死如归，亦子建素志，非泛述矣。

　　白马饰金羁，连翩西北驰。借问谁家子，幽并游侠儿①。少小去乡邑，扬声沙漠垂。宿昔秉良弓，楛矢何参差②。控弦破左的③，右发摧月支。仰手接飞猱④，俯身散马蹄⑤。狡捷过猴猿，勇剽若豹螭⑥。边城多警急，胡虏数迁移。羽檄从北来，厉马登高堤⑦。长驱蹈匈奴，左顾陵鲜卑。弃身锋刃端，性命安可怀⑧。父母且不顾⑨，何言子与妻。名编壮士籍，不得中顾私。捐躯赴国难，视死忽如归⑩。

① 《隋书·地理志》：自古言勇侠者皆推幽、并。
② 《尚书·禹贡》孔传：楛中矢干。《孔子家语》：孔子曰，肃慎氏贡楛矢。
③ 李善注：的，射质也。
④ 李善注：凡物飞，迎前射之，曰接。
⑤ 余萧客《文选音义》引《典论》：荀彧言，闻君善左右射，此实难能。余言，执事未睹夫项发口纵，俯马蹄而仰月支也。李善注：颜延年《赭白马赋》，经玄蹄而雹散，历素支而冰裂。曰马蹄、月支，皆射帖名也。
⑥ 《说文》离字下引欧阳乔说曰：离，猛兽也。螭当为离，假作螭。
⑦ 吕延济曰：厉，策也。《荀子》杨注：厉骛，疾骛也。
⑧ 吕向曰：怀，惜也。
⑨ 郑玄《毛诗笺》：顾，念也。
⑩ 《吕氏春秋》：管子云：平原广城，车不结轨，士不旋踵。鼓之，三军之士视死若。臣不若王子城父。
　　古直笺：此诗盖为张辽作也。《魏志·武帝纪》：建安十二年，公征三郡乌桓，使张辽为先锋，虏众大崩。所谓长驱蹈匈奴也。此篇盖赋破虏实况也。

名都篇

《乐府诗集·杂曲歌辞》：名都者，邯郸、临淄之类也。以刺时人骑射之妙、游骋之乐，而无忧国之心也。 吴淇曰：寻常人作名都诗，必搜求名都一切事物，杂错以炫博。而子建只推出一少年，以例其余。于少年中只出得两事：一曰驰骋，一曰饮宴。却说得中间一事不了又一事，一日不了又一日，只是牢骚抑郁，借以消遣岁月，一片雄心无有泄处。其自效之意，可谓深切著明矣。

名都多妖女①，京洛出少年。宝剑值千金，被服丽且鲜。斗鸡东郊道，走马长楸间。驰骋未能半，双兔过我前。揽弓捷鸣镝②，长驱上南山。左挽因右发，一纵两禽连。余巧未及展，仰手接飞鸢。观者咸称善，众工归我妍。归来宴平乐，美酒斗十千。脍鲤臇胎鰕③，寒鳖炙熊蹯④。鸣俦啸匹侣⑤，列坐竟长筵。连翩击鞠壤⑥，巧捷惟万端。白日西南驰，光景不可攀。云散

---

① 《一切经音义》：引《三苍》：妖，妍也。沈德潜曰：起句以妖女陪少年，乃客意。
② 张铣曰：捷，引也。
③ 《毛诗》：炰鳖脍鲤。李善注引《苍颉解诂》曰：臇，少汁臛也。臛，俗膗字。《说文》：膗，肉羹也。
④ 《说文》：寒，冻也。古直笺：寒鳖者盖即出鉴冻食之鳖也。《七启》：寒芳苓之巢龟。注：谓今之胙寒也。胙与鲭同，酱类也。黄节注：酱称寒者，《广雅》：醶，酱也。醶与凉通（据《周礼》注）。寒正凉之义。《左传》：宰夫胹熊蹯不熟。
⑤ 本集《洛神赋》：命俦啸侣。
⑥ 郭璞《三苍解诂》：鞠，毛丸，可蹋戏。古直笺：击鞠壤，谓蹴鞠及击壤也。

还城邑①,清晨复来还。

泰山梁甫行

《乐府解题》:曹植改《泰山梁甫》为"八方"。

八方各异气,千里殊风雨。剧哉边海民②,寄身于草墅。妻子像禽兽,行止依林阻。柴门何萧条,狐兔翔我宇。

吁嗟篇

《乐府解题》:曹植拟《苦寒行》为《吁嗟》。

吁嗟此转蓬,居世何独然。长去本根逝③,宿夜无休闲。东西经七陌,南北越九阡④。卒遇回风起,吹我入云间。自谓

---

① 《舞赋》:骆驿而归,云散城邑。

柞明曰:白日二句下,定当言寿命不常,少年俄为老丑,或欢乐难久,忧戚继之,方于作诗之意有合。今只曰云散还城邑,清晨复来还而已。万端感慨,皆在言外。

② 《广韵》:剧,艰也。

朱嘉征曰:观风也。触目作忧勤语。

朱绪曾曰:朱乾云,咏齐之土风也。此诗殆作于封东阿、鄄城之日乎?吾闻君子不鄙夷其民,斯民也,三代之所以直道而行也。今无矜恤之心,而有鄙夷之意,子建亦昧于素餐之义矣。按东阿、鄄城,皆非边海之地。此悯汉末黄巾寇乱,民人流离而作。朱乾所论非也。

③ 《说苑》:鲁哀公曰,秋蓬恶其本根,美其枝叶。秋风一起,根本拔矣。

④ 《风俗通》:东西曰陌,南北曰阡。

终天路,忽然下沉泉。惊飙接我出①,故归彼中田。当南而更北,谓东而反西。宕宕当何依②,忽亡而复存。飘飘周八泽,连翩历五山③。流转无恒处,谁知吾苦艰。愿为中林草,秋随野火燔。糜灭岂不痛④,愿与根荄连⑤。

野田黄雀行

《乐府诗集》以此篇与《置酒篇》,俱为《野田黄雀行》。朱乾《乐府正义》曰:《楚策》:庄辛曰,黄雀俯啄白粒,仰栖茂树,鼓翅奋翼,自以为无患。不知夫公子王孙左挟弹,右摄丸,将加己乎十仞之上。取义于此,大约相戒免祸。

高树多悲风,海水扬其波。利剑不在掌,结友何须多。

① 《尔雅·释天》:扶摇谓之猋。郭注:暴风从下上。猋通作飙。
② 《说文》:宕,过也。段玉裁注:宕之言放荡。古直笺:宕宕犹荡荡。
③ 古直笺:《禹贡》有九泽。《尔雅》有十薮。《汉郊祀志》:天下名山八,五在中国:华山、首山、太室山、泰山、东莱山。
④ 贾山《至言》曰:雷霆之所击,万钧之所压,无不糜灭者。
⑤ 《尔雅·释草》:荄根。郭注:别二名,俗呼韭根为荄。

古直笺:本传:植十一年中而三徙都,尝汲汲无欢。裴松之引此篇注其下,是则此篇为太和三年徙东阿后作也。

朱绪曾曰:按子建藩国屡迁,求试不用,愿入侍左右,终不能得,发愤而作。愿为中林草四句,即表所云使臣得一散所怀,摅舒蕴积,死不恨矣之意。裴松之采入《志》注,大有史识。

朱乾曰:众建亲戚,所以屏藩。唇亡则齿寒,亲族离则国寒,所以为《苦寒行》也。

不见篱间雀,见鹞自投罗①。罗家得雀喜,少年见雀悲。拔剑捎罗网②,黄雀得飞飞。飞飞摩苍天,来下谢少年。

七哀

明月照高楼,流光正徘徊③。上有愁思妇,悲叹有余哀。借问叹者谁,言是宕子妻。君行逾十年,孤妾常独栖。君若清路尘,妾若浊水泥④。浮沉各异势,会合何时谐⑤。愿为西南风,长逝入君怀⑥。君怀良不开,贱妾当何依。

① 本集《鹞雀赋》:鹞欲取雀。《说文》:鹞,鸷鸟也。
②《方言》:自关而西,秦晋之间,凡取物之上谓之挢捎。
吴挚甫曰:高树句,言在高位者竟为不善也。海水句,言天下骚动也。利剑句,言己无权不能去恶也。结友句,言同心虽多而无益也。《魏略》曰:太子立,欲治丁仪罪,转仪为右刺奸掾,欲仪自裁。而仪不能,乃对中领军夏侯尚叩头求哀。尚为涕泣而不能救。后遂因职事收付狱杀之。诗中篱间雀,疑即指仪,少年即指尚。植为此篇当在收仪付狱之前,深望尚能救仪,如少年之救雀也。

张荫嘉曰:首四句以树高多风,海大扬波,比起有权势之易于为力。
朱绪曾曰:《文心雕龙·隐秀》云:陈思之《黄雀》,公干之《青松》,格高才劲,而并长于讽喻。此与《鹞雀赋》同意。
③ 李善注:夫皎月流辉,轮无辍照,以其余光未没,似若徘徊。前觉以为文外傍情,斯言当矣。
④《汉书》:民歌曰,泾水一石,其泥数斗。吴兆宜注子建《九愁赋》云:宁作清水之沉泥,不为浊路之飞尘,词义各别。黄节注:清路尘与浊水泥是一物。浮为尘,沉为泥,故下云浮沉异势,指尘泥也。亦喻兄弟骨肉一体,而荣枯不同也。《乐府》改作高山柏、浊水泥,则二物不伦,未喻陈思意矣。
⑤ 谐,和也。
⑥ 古诗曰,从风入君怀,四坐莫不叹。

杂诗六首 选三首

高台多悲风，朝日照北林。之子在万里，江湖迥且深。方舟安可极，离思故难任。孤雁飞南游，过庭长哀吟。翘思慕远人，愿欲托遗音。形影忽不见，翩翩伤我心。

转蓬离本根①，飘飘随长风。何意回飙举，吹我入云中。高高上无极②，天路安可穷③。类此游客子，捐躯远从戎。毛褐不掩形④，薇藿常不充⑤。去去莫复道，沉忧令人老⑥。

仆夫早严驾，吾行将远游。远游欲何之，吴国为我仇。将骋万里途，东路安足由！江介多悲风，淮泗驰急流。愿欲一轻济，惜哉无方舟。闲居非吾志，甘心赴国忧。

阮籍 十五首

阮籍字嗣宗，陈留尉氏人。父瑀，魏丞相掾，知名于世。籍志气宏放，傲然独得，任性不羁，而喜怒不形于色。或闭户视书，

---

① 李白诗注：蓬花如毯，风起则转。
②《吕氏春秋》：风乎，其高无极也。
③ 仲长子《昌言》：荡荡乎，若升天路而不知其所登。
④《淮南子》：布衣掩形，鹿裘御寒。言贫人冬则羊裘短褐不掩形也。
⑤《列女传》：曾子谓黔娄妻曰，先生在时，食不充虚，衣不盖形。《说文》：薇，似藿菜之微者。《仪礼》注：藿，豆叶。
⑥《诗经·小弁》：维忧用老。

古直笺：第一首，黄初四年朝京师归途怀白马王彪之作。彪时归吴。第二首，为数数徙都而作。第三首，太和二年曹休败闻至后之作。

累月不出；或登临山水，经日忘归。博览群籍，尤好《庄》、《老》。嗜酒能啸，善弹琴。当其得意，忽忘形骸。时人多谓之痴。太尉蒋济闻其有隽才而辟之，乃就吏，后谢病归。复为尚书郎，少时，又以病免。及曹爽辅政，召为参军。籍因以疾辞，屏于田里。岁余而爽诛，时人服其远识。宣帝为太傅，命籍为从事中郎。及帝崩，复为景帝大司马从事中郎。高贵乡公即位，封关内侯，徙散骑常侍。籍本有济世志，属魏、晋之际，天下多故，名士少有全者，籍由是不与世事，遂酣饮为常。钟会数以时事问之，欲因其可否而致之罪，皆以酣醉获免。及文帝辅政，籍尝从容言于帝曰：籍平生曾游东平，乐其风土。帝大悦，即拜东平相。籍乘驴到郡，坏府舍屏障，使内外相望，法令清简，旬日而还。籍闻步兵厨营人善酿，有贮酒三百斛，乃求为步兵校尉。遗落世事，虽去佐职，恒游府内，朝宴必与焉。籍虽不拘礼教，然发言玄远，口不臧否人物。性至孝。籍又能为青白眼，见礼俗之士，以白眼对之。由是礼法之士疾之若仇。籍曰：礼岂为我设耶？其外坦荡而内淳至。时率意独驾，不由径路，车迹所穷，辄恸哭而反。尝登广武，观楚、汉战处，叹曰：时无英雄，使竖子成名！登武牢山，望京邑而叹，于是赋《豪杰诗》。景元四年冬卒，时年五十四。籍能属文，初不留思。作《咏怀诗》八十余篇，为世所重。著《达庄论》，叙无为之贵。著《大人先生传》，此亦籍之胸怀本趣也。（节《晋书》卷四十九本传）

咏怀诗[①] 选十五首

夜中不能寐[②],起坐弹鸣琴。薄帷鉴明月,清风吹我襟。孤鸿号外野[③]翔鸟鸣北林[④]。徘徊将何见,忧思独伤心[⑤]。

二妃游江滨,逍遥顺风翔。交甫怀环珮,婉娈有芬芳。猗靡情欢爱,千载不相忘。倾城迷下蔡,容好结中肠。感激生忧思,萱草树兰房。膏沐为谁施,其雨怨朝阳[⑥]。如何金石交,一旦更离伤[⑦]。

嘉树下成蹊,东园桃与李[⑧]。秋风吹飞藿,零落从此始[⑨]。繁

① 黄节注:《诗·大雅》:仲山甫永怀。永、咏,古通。《尚书》:歌永言,《汉书·艺文志》引永作咏。师古曰:咏者,永也。永,长也,所以长言之也。

② 古直注:起首本于《柏舟》:耿耿不寐,如有隐忧。《诗序》柏舟,言仕而不遇也。

③《楚辞·九章》:鸟兽鸣以号群兮。王逸注:号,呼也。

④ 吴淇曰:鸟不夜翔。曰翔鸟,正以月明故,即曹孟德:月明星稀,乌鹊南飞。

⑤ 黄节注:末二句盖用曹植《杂诗》:形影忽不见,翩翩伤我心。意指上孤鸿、翔鸟言之。

⑥ 黄节注:萱草三句,皆用《卫风·伯兮》诗义。

⑦《汉书·韩信传》:项王使武涉往说信曰:足下虽自以为与汉王为金石交,然终为汉王所擒矣。

沈约曰:婉娈则千载不忘,金石之交则一旦轻绝,所谓未见好德如好色也。

刘履曰:须溪刘会孟谓从二妃来不谓有此结语。盖所谓如截奔马者。此文词变化之妙,学者亦不可不知。

⑧《汉书·李广传赞》:谚曰:桃李不言,下自成蹊。

⑨《楚辞·离骚》:惟草木之零落兮。沈约:风吹飞藿之时,盖桃李零落之日。华实既尽,柯叶又雕,无复一毫可乐悦。

华有憔悴,堂上生荆杞①。驱马舍之去,去上西山趾②。一身不自保,何况恋妻子。凝霜被野草,岁暮亦云已③。

昔闻东陵瓜,近在青门外。连畛距阡陌④,子母相钩带。五色曜朝日,嘉宾四面会。膏火自煎熬⑤,多财为患害⑥。布衣可终身⑦,宠禄岂足赖⑧!

灼灼西隤日,余光照我衣。回风吹四壁,寒鸟相因依。周周尚衔羽,蛩蛩亦念饥。如何当路子⑨,磬折忘所归⑩。岂为夸誉

① 繁华二句,李注:言无常也。
② 方东树曰:去上西山,即乱邦不居之义。阮籍《首阳山赋》云:嘉粟屏而不存兮,故甘死而采薇。
③ 沈约曰:岁暮风霜之时,徒然而已耳。李善曰:繁霜已凝,岁亦暮止。野草残悴,身亦当然。
④ 畛,田界。距,至也。《说文》:南北为阡,东西为陌。
⑤《庄子·人间世》:膏火自煎也。
⑥《汉书·疏广传》:贤而多财,则损其志;愚而多财,则益其过。且夫富者,众人之怨也。
⑦《史记·李斯传》:斯乃上蔡布衣。
⑧《左传》成公十五年:华元曰:不能治官,敢赖宠乎?

沈约曰:当东陵侯侯服之时,多财爵贵,及种瓜青门,匹夫耳。实由善于其事,故以味美见称。连畛陌陌,五色相照。非唯周身赡己,乃亦坐致嘉宾。
何焯曰:言古人即易代失侯,可以种瓜食力。何事不可固穷,欲事二姓乎?
邱光庭及吴淇均谓以瓜讽人不能高蹈远引而婴患害。黄节谓二氏之说未会全诗,观布衣二句之对于邵平,盖称之,非讥之也。

⑨《孟子》:夫子当路于齐。綦毋邃曰:当仕路也。
⑩ 曹植《箜篌引》:磬折欲何求。

名①,憔悴使心悲。宁与燕雀翔,不随黄鹄飞②。黄鹄游四海,中路将安归。

湛湛长江水,上有枫树林。皋兰被径路③,青骊逝骙骙。远望令人悲,春气感我心。三楚多秀士,朝云进荒淫。朱华振芬芳,高蔡相追寻④。一为黄雀哀,泪下谁能禁⑤。

① 夸,张也。

② 《卜居》:宁与黄鹄比翼乎?将与鸡鹜争食乎?

约曰:若斯人者,不念己之短翮,不随燕雀为侣,而欲与黄鹄比游。黄鹄一举冲天,翱翔四海。短翮追而不逮,将安归乎?为其计者,宜与燕雀相随,不宜与黄鹄齐举。

黄节案:刘履、吴淇皆以末四句为嗣宗自谓。何焯从之,曰:末言己宁没身下位,不敢附司马取尊显也。陈沆、曾国藩亦皆取之,则与沈约说异。沈归愚曰:为知进而不知退者言,盖鄙之之词,则仍以沈约之说为允。

③ 《楚辞·招魂》曰:皋兰被径兮斯路渐,湛湛江水兮上有枫,目极千里兮伤春心,魂兮归来哀江南。

④ 《战国策·楚策》:庄辛谓楚襄王,蔡灵侯驰骋乎高蔡之中,而不以国家为事。

⑤ 《孔丛子》:贾子阳谓子思曰:吾念周室将灭,涕泣不禁。

刘履曰:按《通鉴》,正元元年,魏主芳幸平乐观。大将军司马师以其荒淫无度,亵近倡优,乃废为齐王,迁之河内。群臣送者皆为流涕。嗣宗此诗,其亦哀齐王之废乎。

黄节按:何焯曰:此篇以襄王比明帝,以蔡灵侯比曹爽。嗣宗,爽之故吏,痛府主见灭,王室将移也。蒋师爚曰:按《曹爽传》有南阳何晏、邓飏、沛国丁谧。晏乃进之孙,飏乃禹后。后汉《何进传》,南阳宛人,《邓禹传》,南阳新野人,是皆楚士,皆进自爽。何、蒋二氏之说,未免附会,不如刘履说耳。

昔年十四五，志尚好书诗①。被褐怀珠玉②，颜闵相与期。开轩临四野，登高望所思。丘墓蔽山冈，万代同一时③。千秋万岁后④，荣名安所之⑤。乃误羡门子，嗷嗷今自嗤⑥。

徘徊蓬池上，还顾望大梁⑦。绿水扬洪波，旷野莽茫茫⑧。走

① 《论语》：子曰，吾十有五而志于学。
② 《家语》：子路问于孔子曰：有人于此，被褐而怀玉，何如？子曰：国无道可也。黄节按：《老子》曰：是以圣人被褐怀玉。吕延济曰：褐，布衣；珠玉，喻道德。
③ 沈约曰：自我以前徂谢者非一，虽或税驾参差，同为今日之一丘，夫岂异哉。
④ 《战国策·楚策》：楚王谓安陵君曰，寡人万岁千秋之后，谁与乐此矣。
⑤ 古诗：荣名以为宝。
⑥ 《庄子·至乐》：嗷嗷然随而哭之。《说文》：嗤，笑也。
沈约曰：志事不同，徂没理一。
蒋师爚曰：嗷嗷今自嗤，刘琨答卢谌书所谓破涕为笑。排终身之积惨者也。起昔收今，转瞬之感，便作万代观。
黄节曰：所思，谓颜、闵之徒。然已成丘墓矣。虽有千秋荣名，不如羡门之长生耳。是以今日自嗤，嗤昔年之志于颜、闵也。
何焯曰：世不可为，乃蔑礼法以自废。志在逃死，何暇顾身后之荣名哉？因悟安期、羡门，亦遭暴秦之代，诡托神仙尔。
⑦ 《汉书·地理志》：河南开封县东北有蓬池。又：陈留郡有浚仪县，故大梁也。
⑧ 《楚辞》：莽茫茫之无涯。

兽交横驰，飞鸟相随翔①。是时鹑火中，日月正相望②。朔风厉严寒，阴气下微霜。羁旅无俦匹③，俯仰怀哀伤。小人计其功，君子道其常④。岂惜终憔悴，咏言著斯章⑤。

独坐空堂上，谁可与欢者。出门临永路，不见行车马。登高望九州，悠悠分旷野。孤鸟西北飞，离兽东南下⑥。日暮

①《登楼赋》：兽狂顾以求群兮，鸟相鸣而举翼。
②《左传》僖公五年：晋侯复假道于虞以伐虢。问于卜偃曰：吾其济乎？对曰：克之。公曰：何时？对曰：童谣云：丙之晨，龙尾伏辰，均服振振，取虢之旗。鹑之贲贲，天策焞焞，火中成军，虢公其奔。其九月、十月之交乎？丙子旦，日在尾，月在策，鹑火中，必是时也。杜注：鹑，鹑火星也。言丙子平旦，鹑火中，军事有成功也。《说文》：望，月满，与日相望以朝君也。日在东，月在西，遥相望也。何焯曰：嘉平六年二月，司马师杀李丰、夏侯泰初等；三月，废皇后张氏，九月甲戌，遂废帝为齐王，乃十九日，是月丙辰朔。十月庚寅，立高贵乡公，乃初六日，是月乙酉朔。师既定谋，而后白于太后，则正日月相望之时。末言后之诵者考之岁月，所以咏怀者见矣。
③《九辩》：廓落兮羁旅而无友生。《左传》：敬仲曰：羁旅之臣。
④《荀子·天论君》：子道其常，小人计其功。
⑤沈约曰：不应憔悴而致憔悴，君子失其道也。小人计其功而通，君子道其常而塞，故致憔悴也。因乎眺望多怀，兼以羁旅无匹，而发此咏。岂惜句，所谓君子不为小人匈匈缀行。结语，君子作歌，维以告哀之旨。

陈祚明曰：风霜以喻式微，羁旅以喻寡党。此计功者所必去。而君臣分义，乃经常不可失也。公如仅以高旷为怀，而甘心憔悴者，何必曰君子道其常乎？
⑥曹植《九愁赋》：见失群之离兽，觌偏栖之孤禽。

思亲友,晤言用自写①。

西方有佳人②,皎若白日光③。被服纤罗衣,左右佩双璜。修容耀姿美,顺风振微芳④。登高眺所思,举袂当朝阳⑤。寄颜云霄间,挥袖凌虚翔。飘飖恍惚中⑥,流盼顾我傍。悦怿未交接⑦,晤言用感伤。

夏后乘灵舆⑧,夸父为邓林。存亡从变化,日月有浮沉。

①《诗·陈风》:彼美淑姬,可以晤言。郑玄《笺》:晤,对也。《小雅》:既见君子,我心写兮。《笺》:我心写者,舒其情意,无留恨也。

何焯曰:我瞻四方,蹙蹙靡所骋。途穷能无恸乎?孤鸟离兽,喻逃死吴蜀者。孤鸟指夏侯霸,霸素为曹爽所厚,爽诛,亡入蜀。离兽指文钦,入吴,亦因爽诛内惧。

吴淇曰:吾非斯人之徒与而谁与?乃独坐空堂上,无人焉。出门临永路,无人焉。登高望九州,无人焉。所见惟鸟飞兽下耳。其写无人处,可谓尽情。

②《诗经·邶风》:云谁之思,西方美人。

③宋玉《神女赋》:其始来也,耀乎若白日初出照屋梁;其少进也,皎若明月舒其光。

④振,动也。

⑤宋玉《高唐赋》:晰兮若皎姬,扬袂障日而望所思。

⑥《老子》:道之为物,惟恍惟惚。惚兮恍兮,其中有象;恍兮惚兮,其中有物。

⑦曹植《洛神赋》:动朱唇以徐言,陈交接之大纲。

节按:《晋书·本传》云,曹爽辅政,召为参军。籍因以疾辞,屏于田里,岁余而爽诛。时人服其远识。或即诗中所指欤。

⑧《山海经·海外西经》:大乐之野,夏后启于此儛九代,乘两龙,云盖三层。又《大荒西经》:夏后开上三嫔于天,得《九辩》与《九歌》以下。

凤凰鸣参差，伶伦发其音①。王子好箫管②，世世相追寻。谁言不可见，青鸟鸣我心。

驾言发魏都，南向望吹台。箫管有遗音，梁王安在哉③。战士食糟糠，贤者处蒿莱。歌舞曲未终，秦兵已复来。夹林非吾有④，朱宫生尘埃。军败华阳下，身竟为土灰⑤。

朝阳不再盛，白日忽西幽⑥。去此若俯仰⑦，如何似九秋。人生若尘露⑧，天道邈悠悠。齐景升丘山，涕泗纷交流⑨。孔圣临长川，惜逝忽若浮⑩。去者余不及，来者吾不留⑪。愿登太华山，上

---

① 《汉书·律历志》：黄帝使伶伦自大夏之西，昆仑之阴，取竹之解谷，生其窍厚均者，断两节间而吹之，以为黄钟之宫，制十二筒以听凤之鸣。参差，洞箫也。

② 《列仙传》：王子乔者，周灵王太子晋也，好吹笙，作凤鸣。

③ 《水经注·渠水》：《陈留风俗传》曰：县有苍颉师旷城，上有列仙之吹台。北有牧泽，泽中出兰蒲。上多俊髦，衿带牧泽，方十五里。俗谓之蒲关泽，即谓此矣。梁王增筑为吹台。城隍夷灭，略存故址。

④ 《战国策·魏策》：梁王魏婴觞诸侯于范台，酒酣，请鲁君举觞。鲁君兴，避席择言曰：今主君之尊，仪狄之酒也；主君之味，易牙之调也；左白台而右闾须，南威之美也，前夹林而后兰台，强台之乐也。有一于此，足以亡其国。

⑤ 《史记·魏世家》：王假三年，秦灌大梁，虏王假，遂灭魏以为郡县。
陈沆曰：驾言发魏都，借古以寓今也。明帝末路，歌舞荒淫，而不求贤讲武，为苞桑之计，不亡于敌国，则亡于权奸，岂非百世殷鉴哉。

⑥ 班婕妤《自悼赋》：白日忽已移光兮，遂晻莫而昧幽。

⑦ 《庄子》：其疾也俯仰之间。

⑧ 曹植《求自试表》：翼以尘露之微，补益山海。

⑨ 《晏子春秋》：景公游于牛山，北临其国而流涕曰：若何滂滂去此而死乎？

⑩ 班婕妤《自悼赋》：惟人生兮一世，忽一过兮若浮。

⑪ 《楚辞·远游》：往昔余弗及兮，来者吾不闻。

与松子游①。渔父知世患，乘流泛轻舟②。

炎光延万里③，洪川荡湍濑。弯弓挂扶桑，长剑倚天外④。泰山成砥砺，黄河为裳带。视彼庄周子，荣枯何足赖。捐身弃中野，乌鸢作患害⑤，岂若雄杰士，功名从此大。

木槿荣丘墓⑥，煌煌有光色。白日颓林中，翩翩零路侧。蟋蟀吟户牗⑦，螓蛄鸣荆棘。蜉蝣玩三朝，采采修羽翼⑧。衣裳为谁施，俯仰自收拭。生命几何时，慷慨各努力。

①魏武帝《秋胡行》：愿登泰华山，神人共远游。《史记·张良传》：愿弃人间事，从赤松子游耳。

②《楚辞·渔父》：渔父曰：圣人不凝滞于物，而能与世推移。莞尔而笑，鼓枻而去。《国语·越语》：范蠡遂乘轻舟，以浮于五湖。《汉书·梅福传》：越职触罪，危言世患。

③扬雄《剧秦美新》：震声日景，炎光飞响。李善注：炎光，日景也。《法言·孝至篇》：殷、商之道将兮，而以延其光兮。

④宋玉《大言赋》：弯弓挂扶桑。又：长剑耿介，倚乎天外。

⑤《庄子·列御寇》：庄子将死，弟子欲厚葬之。曰：吾恐乌鸢之食夫子也。庄子曰：在上为乌鸢食，在下为蝼蚁食。夺彼与此，何其偏也。

曾国藩曰：此首有屈原《远游》之志，高举出世之想。

⑥《礼记》：仲夏之月，木槿荣。

⑦《诗经·唐风》：蟋蟀在堂。

⑧《诗·曹风》：蜉蝣之翼，采采衣服。毛传：犹有羽翼以自修饰也。采采，众多也。《淮南子》：蜉蝣不过三日。陈祚明曰：讥富贵之不常也。

黄节曰：末二句指上木槿、蜉蝣等不知生命之短。慷慨努力，谓木槿之荣、蟋蟀之吟、螓蛄之鸣、蜉蝣之修也。非美之之词。

陶潜 十五首

陶潜字渊明，或云渊明，字元亮，寻阳柴桑人。曾祖侃，晋大司马。祖茂，武昌太守。潜少怀高尚，博学善属文，任真自得。以亲老家贫，起为州祭酒，不堪吏职，自解归，躬耕自资。复为参军、彭泽令。世号靖节先生。晋哀帝兴宁三年生，宋元嘉四年卒，时年六十三。（节《晋书》卷九十四、《宋书》卷九十三、《南史》卷七十五本传）

归园田居 五首

少无适俗韵，性本爱丘山。误落尘网中，一去三十年。羁鸟恋旧林，池鱼思故渊①。开荒南野际，守拙归园田。方宅十余亩，草屋八九间。榆柳荫后檐，桃李罗堂前。暧暧远人村②，依依墟里烟。狗吠深巷中，鸡鸣桑树颠③。户庭无尘杂，虚室有余闲④。久在樊笼里⑤，复得返自然。

野外罕人事⑥，穷巷寡轮鞅⑦。白日掩荆扉，虚室绝尘想。时复墟曲中，披草共来往。相见无杂言，但道桑麻长。桑麻日已长，

---

① 潘岳《秋兴赋》：譬犹池龟笼鸟，有江湖山薮之思。
② 《楚辞》注：暧暧，昏昧貌。
③ 古辞《鸡鸣》：鸡鸣高树颠，狗吠深宫中。
④ 《庄子·人间世》：瞻彼阕者，虚室生白。
⑤ 《庄子·养生主》：不蕲畜乎樊中。郭象注：樊，所以笼雉也。
⑥ 《后汉书·贾逵传》：此子无人事于外。章怀注：无人事，谓不广交通也。
⑦ 《汉书·陈平传》：家乃负郭穷巷，然门外多长者车辙。

我土日已广。常恐霜霰至,零落同草莽①。

种豆南山下,草盛豆苗稀②。晨兴理荒秽,带月荷锄归。道狭草木长,夕露沾我衣③。衣沾不足惜,但使愿无违。

久去山泽游,浪莽林野娱④。试携子侄辈,披榛步荒墟⑤。徘徊丘陇间,依依昔人居。井灶有遗处,桑竹残朽株。借问采薪者,此人皆焉如。薪者向我言,死没无复余。一世异朝市⑥,此语真不虚。人生似幻化,终当归空无⑦。

怅恨独策还,崎岖历榛曲。山涧清且浅,可以濯吾足。漉我新熟酒⑧,只鸡招近局⑨。日入室中暗,荆薪代明烛⑩。欢来苦夕短,已复至天旭⑪。

①《离骚》:惟草木之零落兮。
②《汉书·杨恽传》:田彼南山,芜秽不治。种一顷豆,落而为萁。人生行乐耳,须富贵何时。
③王粲《从军诗》:草露沾我衣。
④司马相如《上林赋》:过乎泱漭之野。李善注:如淳曰:大貌也。浪莽,犹泱漭也。
⑤《文选·与嵇茂齐书》:披榛觅路。
⑥古诗《出夏门行》:市朝人易,千岁墓平。
⑦《列子·周穆王篇》:有生之气,有形之状,尽幻也。知幻化之不异生死也,始可与学幻矣。《淮南子·精神训》:化者,复归于无形也。
⑧司马相如《封禅文》:滋液渗漉。李善注:《说文》曰:渗,下漉也。又曰:漉,水下貌。
⑨《礼记》郑注:局,部分也。近局,犹言近邻。
⑩《广雅·释诂》:暗,夜也。《楚辞·招魂》:兰膏明烛。
⑪张茂先《情诗》:居欢惜夜促。《广雅·释诂》:旭,明也。

饮酒二十首 选八首

余闲居寡欢，兼比夜已长，偶有名酒，无夕不饮。顾影独尽，忽焉复醉。既醉之后，辄题数句自娱。纸墨遂多，辞无诠次。聊命故人书之，以为欢笑尔。

衰荣无定在，彼此更共之。邵生瓜田中，宁似东陵时①。寒暑有代谢②，人道每如兹。达人解其会③，逝将不复疑。忽与一觞酒，日夕欢相持。

结庐在人境④，而无车马喧。问君何能尔，心远地自偏。采菊东篱下，悠然见南山。山气日夕佳，飞鸟相与还⑤。此中有真意⑥，欲辩已忘言⑦。

① 《史记·萧相国世家》：召平者，故秦东陵侯。秦破，为布衣，贫，种瓜长安城东，瓜美，故世俗谓之东陵瓜。
② 《易·系辞》：日月运行，一寒一暑。阮嗣宗《咏怀诗》：四时更代谢。
③ 贾谊《鵩鸟赋》：达人大观兮物无不可。
何焯曰：先世宰辅，故以邵平自比。
④ 《汉书·扬雄传》：结以倚庐。
⑤ 李善注：《管子》曰：夫鸟之飞，必还山集谷也。
⑥ 《老子》：窈兮冥兮，其中有精，其精甚真。
⑦ 《庄子·齐物论》：辩也者，有不辩也。大辩不言。《庄子·外物》曰，言者所以在意，得意而忘言。
王荆公曰：渊明诗有奇绝不可及之语，如结庐在人境四句，由诗人以来无此句。

秋菊有佳色,裛露掇其英①。泛此忘忧物②,远我遗世情。一觞虽独进,杯尽壶自倾。日入群动息③,归鸟趋林鸣。啸傲东轩下④,聊复得此生。

　　清晨闻叩门,倒裳往自开⑤。问子为谁与,田父有好怀。壶浆远见候,疑我与时乖⑥。蓝缕茅檐下⑦,未足为高栖。一世皆尚同,愿君汩其泥⑧。深感父老言,禀气寡所谐。纡辔诚可学,违己讵非迷。且共欢此饮,吾驾不可回⑨。

　　有客常同止,取舍邈异境⑩。一士常独醉,一夫终年醒。

　　①《离骚》:夕餐秋菊之落英。李善注:《文字集略》曰:裛,坌衣香也。然露坌花亦谓之裛也。《诗》毛传:掇,拾也。
　　②李善注:潘岳《秋菊赋》曰:泛流英于清醴。《毛诗》曰:微我无酒,以遨以游。毛苌曰:非我无酒,可以忘忧也。
　　③《尸子》:昼动而夜息,天之道也。
　　④《世说新语》:周仆射傲然啸咏。
　　⑤《诗》:东方未明,颠倒衣裳。
　　⑥《九思》:路变易兮时乖。
　　⑦《左传》杜注:蓝缕,敝衣。孔疏:《方言》:楚人谓贫人衣破丑敝为蓝缕,蓝、褴同。
　　⑧《楚辞·渔父》:世人皆浊,何不淈其泥而扬其波。一世尚同。即世人皆浊意。
　　⑨毛传:回,转也。吾驾不回,所谓我心匪石,不可转也。
　　古直笺:详味此诗,实为却聘之作。《宋书》本传云,义熙末征著作佐郎,不就。殆即咏此事也。
　　⑩《淮南子·齐俗训》:故趋舍同,诽誉在俗。取舍即趋舍。

醒醉还相笑，发言各不领①。规规一何愚②，兀傲差若颖③。寄言酣中客，日没烛当秉④。

故人赏我趣，挈壶相与至。班荆坐松下⑤，数斟已复醉。父老杂乱言，觞酌失行次。不觉知有我，安知物为贵⑥。悠悠迷所留，酒中有深味。

子云性嗜酒，家贫无由得。时赖好事人，载醪祛所惑⑦。觞来为之尽，是谘无不塞。有时不肯言，岂不在伐国⑧。仁者用其心，何尝失显默。

羲农去我久，举世少复真⑨，汲汲鲁中叟⑩，弥缝使其淳⑪。凤

① 《礼记》郑注：领，理也。
② 《庄子·秋水》：坎井之蛙闻之，适适然惊，规规然自失也。
③ 支遁《咏怀诗》：傲兀乘尸素。孙绰《游天台山赋》：兀同体于自然。李注：兀，无知之貌也。兀傲，盖即醉后颓然自适之状。
④ 古诗：何不秉烛游。
⑤ 《左传》襄公二十六年，班荆相与食。杜注，班，布也。
⑥ 《庄子·秋水》：以道观之，物无贵贱。以物观之，自贵而相贱。
⑦《汉书·扬雄传》：家素贫，嗜酒。人希至其门。时有好事者载酒肴从游学，而巨鹿侯芭常从雄居，受其《太玄》、《法言》焉。
⑧《汉书·董仲舒传》：闻昔者鲁君问柳下惠：吾欲伐齐，何如？柳下惠曰：不可。归而有忧色。曰：吾闻伐国不问仁人，此言何为至于我哉？
⑨《庄子·缮性篇》：燧人、伏羲始为天下，是故顺而不一。神农、黄帝始为天下，是故安而不顺。唐、虞始为天下，兴治化之流，澆淳散朴，离道以善，险德以行，然后去性而从于心。心与心识，知而不足以定天下，然后附之以文，益之以博。文灭质，博溺心，然后民始惑乱，无以反其性情而复其初。《庄子·秋水》：是谓反其真。郭注：真在性分之内。
⑩《史记·孔子世家》：孔子生鲁昌平乡陬邑。
⑪《左传》杜注：弥缝，补合也。

鸟虽不至①，礼乐暂得新②。洙泗辍微响③，漂流逮狂秦。诗书复何罪，一朝成灰尘④。区区诸老翁⑤，为事诚殷勤。如何绝世下，六籍无一亲。终日驰车走，不见所问津。若复不快饮，空负头上巾。但恨多谬误，君当恕醉人。

拟古九首 选一首⑥

种桑长江边，三年望当采。枝条始欲茂，忽值山河改。

①《论语》：子曰：凤鸟不至，河不出图，吾已矣夫！
②《孔子世家》：孔子之时，周室微而礼乐废，追迹三代之礼，语鲁太师乐其可知也。自卫返鲁，然后乐正。《雅》、《颂》各得其所。礼乐自此可得而述。
③《礼记·檀弓》：子复丧其子而丧其明，曾子吊之曰：吾与汝事夫子于洙、泗之间。郑注：洙、泗，鲁水名。《汉书·艺文志》：昔孔子没而微言绝，七十子丧而大义乖。
④《史记·秦始皇本纪》：（李斯）请史官非秦记皆烧之。非博士官所职，天下敢有藏诗书、百家语者，悉诣守、尉杂烧之。有敢偶语诗书者，弃市。
⑤诸老翁似谓汉初伏生诸人。《广雅·释训》：区区，小也。
《宋书·谢灵运传》：有晋中兴，玄风独振，为学穷于柱下，博物止乎七篇，驰骋文辞，义单乎此。自建武暨乎义熙，历载将百，虽缀响联辞，波属云委，莫不寄言上德，托意玄珠。
⑥古直《陶诗笺》云：按此首追痛司马休之之败也。《易》曰：其亡，其亡，系于苞桑。休之为晋宗室之重，故以桑起兴也。《晋书》，休之为荆州都督刺史镇江陵，故曰种桑长江边也。休之以义熙八年十月到镇，义熙十一年四月败走，在镇三十一月，故曰三年错当采也。休之甚得江汉人心，长子文思在都好通轻侠，将以图裕，遭裕诛钼，兵败地丧，故曰枝条始欲茂，忽值山河改也。休之长子文思被废，次子文宝、兄子文祖并被杀，休之兵败奔于后秦，故曰柯叶自摧折，根株浮沧海也。后秦据关中，关中古称陆海，休之之奔亡，漂泊江关，实亦无异浮海矣。晋恃休之为苞桑，根株已尽，蚕将何食？言晋自此更无所恃也。高原，犹要路，喻国柄也。休之善抚字，得人和，使早得柄，必能迨天之未阴雨，绸缪牖户。

柯叶自摧折,根株浮沧海。春蚕既无食,寒衣欲谁待。本不植高原,今日复何悔。

读山海经十三首 选一首

孟夏草木长①,绕屋树扶疏②。众鸟欣有托③,吾亦爱吾庐。既耕亦已种,时还读我书。穷巷隔深辙④,颇回故人车。欢言酌春酒,摘我园中蔬。微雨从东来,好风与之俱。泛览周王传,流观山海图⑤。俯仰终宇宙⑥,不乐复何如⑦。

谢灵运 十五首

谢灵运,陈郡阳夏人。祖玄,父瑛。灵运博览群书,文章之美,与颜延之为江左第一。纵横俊发,过于延之,深密则不如。袭封康乐公。性豪侈,车服鲜丽,衣物多改旧形制,世共宗之。宋受命,降公爵为侯。灵运多愆礼度,朝廷唯以文义处之,不以应实相许。

①《楚辞》:滔滔孟夏兮草木莽莽。
②《韩非子·扬权》篇:木枝扶疏,将塞公闾。
③《楚辞》:众鸟皆有所登栖兮。
④《韩诗外传》:楚狂接舆妻曰:门外车辙何其深。
⑤周王传,李善注:《穆天子传》也。山海图,《山海经图》也。郭璞有《山海经图赞》。
⑥《庄子》:老聃曰:其疾也,俯仰之间,再抚四海之外。
⑦《诗》:既见君子,云何不乐!

自谓才能宜参权要，既不见知，常怀愤惋。庐陵王义真少好文籍，与灵运情款异常。少帝即位，权在大臣。灵运构扇异同，非毁执政，司徒徐羡之等患之，出为永嘉太守。郡有名山水，灵运素所爱好。出守既不得志，遂肆意游遨，遍历诸县，动逾旬朔。理人听讼，不复关怀。所至辄为诗咏以致其意。在郡一周，称疾去职。灵运父、祖并葬始宁县，并有故宅及墅，遂移籍会稽，修营旧业。傍山带江，尽幽居之美。与隐士王弘之、孔淳之等放荡为娱，有终焉之志。每有一诗至都邑，贵贱莫不竞写。宿昔之间，士庶皆遍，名动京师。寻迁侍中。灵运诗书皆兼独绝。每文竟，手自写之，文帝称为二宝。既自以名辈应参时政，至是唯以文义见接，意既不平，多称病不朝直。穿池植援，种竹树果，驱课公役，无复期度。出郭游行，或一百六七十里，经旬不归。既无表闻，又不请急。上不欲伤大臣，讽旨令自解。灵运表陈疾，赐假东归。将行，上书劝伐河北。而游娱宴集，以夜续昼。复为御史中丞傅隆奏免官。既东，与族弟惠连、东海何长瑜、颍川荀雍、泰山羊璿之以文章赏会，共为山泽之游，时人谓之四友。灵运因祖父之资，生业甚厚，奴僮既众，义故门生数百。凿山浚湖，功役无已。寻山陟岭，必造幽峻，岩嶂数十重，莫不备尽。登蹑常着木屐，上山则去其前齿，下山去其后齿。尝自始宁南山伐木开径，直至临海，从者数百。临海太守王琇惊骇，谓之山贼，徐知是灵运，乃安。在会稽亦多从众，惊动县邑。太守孟顗事佛精恳，而为灵运所轻。又与王弘之诸人出千秋亭饮酒，裸身大呼。顗深不堪，遣信相闻。灵运大怒曰：身自大呼，何关痴人事！会稽东郭有回踵湖，灵运求决以为田。顗坚执不与。又求始宁岯崲湖为田，顗又固执。因灵运横恣，表其异志，发兵自防,露板上言。灵运驰赴阙上表,自称本末。文帝知其见诬,不罪也。不欲复使东归,以为临川内史,在郡游放,不异永嘉,为有司所纠。司徒遣使随州从事郑望生收灵运。灵运兴兵叛逸,遂有逆志。追讨禽之,送廷尉,廷尉论正斩刑。上爱其才,欲免官而已。彭城王义康坚执,谓不宜恕。诏以谢玄勋参微管,宜宥及后嗣,降死,徙广州。后沼于广州弃布,年四十九。(节《宋书》卷六十七及《南史》卷十九本传)

永初三年七月十六日之郡初发都①

述职期阑暑②,理棹变金素。秋岸澄夕阴,火旻团朝露③。辛苦谁为情④,游子值颓暮⑤。爱似庄念昔,久敬曾存故⑥。如何怀土

---

① 永初三年五月,宋武帝崩。少帝即位,出灵运为永嘉郡守。
② 张协《杂诗》:述职投边城。
③ 火,大火心星。《尔雅》:秋为旻天。
④ 陆机《赴洛诗》:辛苦谁为心?
⑤ 李善注:游子多悲,触物增恋。
⑥《庄子·徐无鬼》:不闻夫越之流人乎?去国数日,见其所知而喜;去国旬月,见所尝见于国中者喜,及期年也,见似人者而喜矣。《韩诗外传》:子夏过曾子,曾子曰:入食。子夏曰:不为公费乎?曾子曰:君子有三费,饮食不在其中。子夏曰:敢问三费?曾子曰:少而学,长而忘之,一费也。事君有功,而轻负之,二费也。久交友而中绝之,此三费也。

心，持此谢远度①。李牧愧长袖，郤克惭蹒步②，良时不见遗，丑状不成恶③。曰余亦支离④，依方早有慕⑤。生幸休明世，亲蒙英达顾⑥。空班赵氏璧⑦，徒乖魏王瓠⑧。从来渐二纪，始得傍归路。将穷山海迹，永绝赏心悟⑨。

过始宁墅

束发怀耿介⑩，逐物遂推迁⑪。违志似如昨，二纪及兹年。淄磷谢清旷⑫，疲苶惭贞坚⑬。拙疾相倚薄，还得静者便。剖竹守沧

---

①《楚辞》：远度世以忘归。《思玄赋》：愿得远度以自娱。

② 言手足有疾，故或愧或惭也。《战国策》武安君李牧至，赵王使韩苍数之曰：将军战胜，王觞将军。将军为寿于前，捋匕首，当死。武安君曰：身大臂短，不能及地。故使工人为木杖以接手上。若弗信，请视之。《左传》宣公十七年：晋侯使郤克征会于齐。齐顷公帷妇人，使观之。郤子登，妇人笑于房。杜注：跛而登阶，故笑之。蹒，无跟之履，曳履而行。

③《左传》：䩃蔑恶。杜注：恶，貌丑也。

④ 支离：形体不全者也。《庄子》：支离疏者，颐隐于齐，肩高于顶，会撮指天，五管在上，两髀为胁。

⑤ 方，常也。《郊祀歌》：天地并况，惟予有慕。

⑥ 英达，谓庐陵王。

⑦ 班，次也。

⑧《庄子》：魏王贻我大瓠之种，我树之成而实五石。吾为其无用而掊之。

⑨ 悟或作晤，对也。

⑩《楚辞》：独耿介而不随兮，愿慕先圣之遗教。

⑪《庄子》：惠施之才，逐万物而不反。《尚书》：惟民生厚，因物有迁。

⑫《论语》：子曰，不曰坚乎？磨而不磷。不曰白乎？涅而不淄。

⑬ 苶，极貌。

海,枉帆过旧山。山行穷登顿,水涉尽洄沿①。岩峭岭稠叠,洲萦渚连绵。白云抱幽石,绿篠媚清涟。葺宇临回江,筑观基曾巅。挥手告乡曲②,三载期归旋。且为树扮檟③,无令孤愿言。

七里濑④

羁心积秋晨,晨积展游眺⑤。孤客伤逝湍,徒旅苦奔峭⑥。石浅水潺湲⑦,日落山照曜⑧。荒林纷沃若⑨,哀禽相叫啸⑩,遭物悼迁斥⑪,存期得要妙⑫。既秉上皇心,岂屑末代诮⑬。目睹严子濑,想

---

① 逆流而上曰溯洄。顺流而下曰沿。
② 刘越石《扶风歌》:挥手长相谢。
③《左传》:初,季孙为己树六檟于蒲圃东门之外。杜预注:檟,欲自为椁也。
④《甘州记》:桐庐县有七里濑,濑下数里至严陵濑。在富春钓台之西。
⑤《尔雅》:展,适也。郭璞曰:得自中展。皆适意。
⑥ 奔与崩通,落也。本集《入彭蠡湖口》:圻岸壤崩奔。
⑦《楚辞》:观流水兮潺湲。注:水流貌。
⑧《诗》:日出有曜。
⑨ 沃,柔也。《诗》:桑之未落,其叶沃若。
⑩《海赋》:更相叫啸,诡色殊音。
⑪《广雅》:斥,推也。
⑫《老子》曰:湛兮似或存。王弼:和光而不污其体,同尘而不渝其真,不亦湛兮,似或存兮。《庄子》:此之谓要妙也。
⑬ 屑,顾也。

属任公钓①。谁谓古今殊,异代可同调②。

登池上楼③

潜虬媚幽姿④,飞鸿响远音⑤。薄霄愧云浮⑥,栖川怍渊沉。进德智所拙,退耕力不任。徇禄反穷海,卧痾对空林。衾枕昧节候,褰开暂窥临⑦。倾耳聆波澜,举目眺岖嶔⑧。初景革绪风⑨。新阳改故阴⑩,池塘生春草,园柳变鸣禽。祁祁伤豳歌⑪,萋萋感楚吟⑫。

①《庄子》:任公子为大钩巨缁,五十犗以为饵。蹲乎会稽,投竿东海。旦旦而钓,期年不得鱼,已而大鱼食之。任公子得若鱼,离而腊之。自制河以东,苍悟以北,莫不餍若鱼者。鱼喻道,以道养人。

②郭象《庄子》注:人性有变,古今不同。《乐•稽耀嘉》曰,圣人虽生异世,其心意同如一也。调,犹运也,谓音声之和也。

陈祚明明云:荒林荒字,哀禽哀字,觉触目无非悲楚。沃若有色,叫啸有声,加纷字则稠叠千林也,加相字则啁哳万族也。尝读《上林赋》,见其中林木鸟兽森森聒聒,纷落飞舞,叹为化工。此二句能得之。

③《太平寰宇记》:谢公池在温州西北三里,积谷山东。

④《易•乾》:潜龙勿用。

⑤《穀梁传》孔子曰:听远音者,闻其疾而不闻其舒。《文选》李善注:虬以深潜而保真,鸿以高飞而远害。

⑥王逸《楚辞注》:泊,止也。薄与泊同。

⑦《水经注》:江水烟塞雨霁。开即启。

⑧岖嵌,山高也。

⑨《楚辞》:款秋冬之绪风。王逸注:绪,余也。

⑩《神农本草》:春夏为阳,秋冬为阴。

⑪《诗•豳风》:春日迟迟,采蘩祁祁,女心伤悲,殆及公子同归。

⑫《招隐》王孙游兮不归,春草生兮萋萋。

索居易永久,离群难处心①。持操岂独古,无闷征在今②。

游南亭③

时竟夕澄霁④,云归日西驰。密林含余清,远峰隐半规⑤。久痗昏垫苦⑥,旅馆眺郊歧。泽兰渐被径,芙蓉始发池⑦。未厌青春好,已睹朱明移⑧。戚戚感物叹,星星白发垂⑨,药饵情所止⑩,衰疾忽在斯。逝将候秋水,息景偃旧崖⑪。我志谁与亮,赏心惟良知⑫。

① 《礼记·檀弓》:子夏曰:吾离群而索居,亦已久矣。《穀梁传》:郑伯之处心积虑,成于杀也。
② 《庄子》:罔两问影曰:曩子坐,今子起,何其无持操欤?《易·乾·文言》:遁世无闷。不见而无闷,乐则行之,忧则违之,确乎其不可拔,潜龙也。
③ 《太平寰宇记》:南亭,去温州一里。
④ 时竟,季春月。
⑤ 张载《岁夕诗》:白日随天回,皦皦圆如规。
⑥ 痗,病也。《尚书》:洪水滔天,下民昏垫。孔安国曰:言天下民昏瞀垫溺,皆困水灾也。
⑦ 《楚辞·招魂》:皋兰被径兮斯路渐。又:芙蓉始发,杂芰荷些。
⑧ 《大招》:青春受谢,白日昭只。《尔雅》:夏为朱明。
⑨ 《楚辞》:居戚戚而不解。左思《白发赋》:星星白发,生于鬓垂。
⑩ 姚鼐曰:药饵当作乐饵,用《老子》乐与饵,过客止语,指官禄世味。
⑪ 《诗》:逝将去汝。《庄子》:罔两问影曰:向也坐而今也起,向也行而今也止,何也?影曰:火与日,吾屯也。阴与夜,吾代也。
⑫ 方虚谷谓赏心句指惠连、羊璿、何敬瑜之流。亮,信也。

游赤石进帆海①

首夏犹清和②,芳草亦未歇。水宿淹晨暮,阴霞屡兴没③。周览倦瀛壖④,况乃陵穷发⑤。川后时安流,天吴静不发⑥。扬帆采石华,挂席拾海月⑦。溟涨无端倪⑧,虚舟有超越。仲连轻齐组,子牟眷魏阙⑨。矜名道不足,适己物可忽。请附任公言,终然谢

① 灵运《游名山志》:永宁、安固二县中路东南便是赤石,又枕海。宋郑缉之《永嘉郡记》:帆游山,地昔为海,多过舟,故山以帆名。孙仲容曰:山在瑞安县北四十五里。或解扬帆泛海。

② 张衡《归田赋》:仲春令月,时和气清。语当本此。此句至今以为名言。

③ 阴霞,犹言晦明。

④ 壖,岸边地。

⑤ 陵,躐也。《娄地记》:浪山,海中南极之观岭。穷发之人,举帆扬越,以为标的。《庄子》:穷发之北有冥海者,天池也。

⑥ 《洛神赋》:川后静波。《楚辞》:使江水兮安流。《山海经》:朝阳之谷神曰天吴,是水伯也。

⑦ 扬帆、挂席,其义一也。古诗尚未大巧,不嫌异辞同义。《海赋》:维长绡,挂帆席。石华,《临海志》曰:石华附石,肉可啖。又曰:海月,大如镜,白色。今瑞安人名石华为龟足,俗谓之观音足。

⑧ 《后汉书》:陈茂常度涨海。《庄子》:孔子曰:反复终始,不知端倪。

⑨ 《史记》:齐田单攻聊城不下。鲁连乃为书遗燕将。燕将见鲁连书,乃自杀。田单遂屠聊城。归而言鲁连,欲爵之。仲连逃隐于海上。《吕氏春秋》:中山公子牟谓詹子曰:身在江海之上,心居魏阙之下,奈何!

天伐①。

登江中孤屿②

江南倦历览，江北旷周旋。怀新道转迥，寻异景不延。乱流趋正绝③，孤屿媚中川④。云日相辉映，空水共澄鲜。表灵物莫赏，蕴真谁为传⑤。想象昆山姿⑥，缅邈区中缘⑦。始信安期术，得尽养生年⑧。

①《庄子》：孔子围于陈。太公任往吊之曰：直木先伐，甘泉先竭。子其意者饰志以惊愚，修身以明污。昭昭若揭日月而行，故不免也。孔子曰：善。乃逃大泽之中。入兽不乱群，入鸟不乱行。鸟兽不恶，而况人乎？

刘坦之曰：其言鲁连、魏牟之在海上者，一则恋阙矜名而于道为不足，一则任其自适而于物无所系。二者之趋，已判然可识，更请益以太公任之言，则终始谢去夭伐而全吾生矣。

② 孤屿，即孤屿山，在温州南四里，永嘉江中，有二峰。
③《尔雅》：水正绝流曰乱。
④ 刘渊林《吴都赋》注；屿，海中洲，上有山石。
⑤《说文》：真，仙人变形也。
⑥《楚辞》：思旧故而想象。
⑦ 司马相如《大人赋》：迫区中之隘狭。
⑧《列仙传》：安期生自言千岁。《文子》曰：静漠恬淡，所以养生也。《庄子·养生主》：可以尽年。郭象注：养生非求过分，盖全理尽年而已矣。

石室山[①]

清旦索幽异,放舟越垌郊[②]。莓莓兰渚急[③],藐藐苔岭高[④]。石室冠林陬[⑤]。飞泉发山椒[⑥]。虚泛径千载,峥嵘非一朝[⑦]。乡村绝闻见,樵苏限风霄[⑧]。微戎无远览,总笄羡升乔[⑨]。灵域久韬隐,如与心赏交[⑩]。合欢不容言,摘芳弄寒条。

斋中读书[⑪]

昔余游京华,未尝废邱壑[⑫]。矧乃归山川,心迹双寂寞[⑬],虚

①《山居赋》注:石室,在小江口南岸。
②《尔雅》:林外谓垌,邑外谓之郊。
③左思《魏都赋》:兰渚莓莓。李善注:《左传》:原田莓莓。杜预曰:若原田之草莓莓然。《说文》作苺,草盛貌。一说读为渀渀。《诗》:河水渀渀。
④藐藐,高远也。
⑤陬,隅也。
⑥山椒,山顶也。
⑦虚泛即虚氾。峥嵘本作蛲嵤,深冥也。二句言曾无人迹。
⑧限,阻也。霄,云气。
⑨总笄,结发。
⑩如与句,山灵於己,如与心赏之友相交。
⑪斋,永嘉郡斋也。
⑫《汉书》:班嗣书曰:夫严子者,渔钓于一壑,万物不干其志;栖迟于一丘,天下不易其乐也。
⑬心迹,心事也。

馆绝诤讼①，空庭来鸟雀②，卧疾丰暇豫③，翰墨时闲作。怀抱观古今④，寝食展戏谑⑤。既笑沮溺苦，又哂子云阁⑥，执戟亦以疲⑦，耕稼艺云乐。万事难并欢，达生幸可托⑧。

田南树园激流植援⑨

樵隐俱在山，由来事不同⑩。不同非一事，养痾亦园中⑪。中园屏氛杂，清旷招远风⑫。卜室倚北阜，启扉面南江⑬。激涧代汲井，插槿当列墉。群木既罗户，众山亦对窗。靡迤趋下田⑭，迢递瞰高峰。寡欲不期劳⑮，即事罕人功⑯。唯开蒋生径，永怀求

---

① 张衡《四愁诗》序：诤讼息。
② 《鹖子》曰：禹治天下，朝廷之间，可以罗雀也。
③ 《国语》：优施曰：我教兹暇豫事君。韦昭注：暇，闲也。豫，乐也。
④ 《文赋》：观古今于须臾。
⑤ 《诗》：善戏谑兮，不为虐兮。
⑥ 《汉书》：扬雄校书天禄阁上，理狱使者来，欲收雄。雄恐不能自免，乃从阁上自投，几死。京师为之语曰，惟寂惟寞，自投于阁。
⑦ 潘岳《夏侯湛诔》：执戟疲扬。
⑧ 《庄子》：达生之情者傀。司马彪曰：傀，大也。情在无，故曰大。
⑨ 灵运祖车骑有田居在太康湖。
⑩ 臧荣绪《晋书》：何琦曰：胡孔明有言，隐者在山，樵者亦在山。在山则同，所以在山则异。
⑪ 商彪与马融书：公今养痾傲士。
⑫ 《后汉书》：仲长统曰：欲卜居清旷，以乐其志。《广雅》：旷，远也。
⑬ 《西都赋》：临峻路而启扉。
⑭ 《西京赋》：澶漫靡迤。
⑮ 《老子》：少私寡欲。
⑯ 李善注：即事，即此营室之事。《列子》：昼则呻呼即事。

羊踪①。赏心不可忘,妙善冀能同②。

登石门最高顶③

晨策寻绝壁④,夕息在山栖⑤。疏峰抗高馆⑥,对岭临回溪。长林罗户庭,积石拥基阶。连岩觉路塞,密竹使径迷。来人忘新术,去子惑故蹊⑦。活活夕流驶,噭噭夜猿啼⑧。沉冥岂别理,守道自不携⑨。心契九秋干,目玩三春荑⑩。居常以待终,处顺故安排⑪,

① 《三辅决录》:蒋诩隐于杜陵,舍中三径,唯羊仲、求仲从之游。二仲皆挫廉逃名。

② 《庄子》:颜成子游谓东郭子綦曰:自吾闻子之言也,八年而不知生死,九年大妙。郭象曰:妙善同,故无往而不冥也。

③ 灵运《游名山志》:石门涧六处,石门溯水上,入两山口,两边山壁,右边石岩,下临涧水。《一统志》:谢山居在嵊县北五十里石门山。

④ 《江赋》:绝岸万丈,壁立霞驳。

⑤ 郭璞《游仙诗》:山林隐遁栖。

⑥ 《西京赋》:疏龙首以抗殿。《广雅》:疏,治也。抗,举也。

⑦ 《景福殿赋》:欲反忘术。魏武帝《苦寒行》:迷惑失故路。

⑧ 《诗》:北流活活。《楚辞》:声噭噭以寂寥。《广雅》:噭,鸣也。

⑨ 《汉书》:蜀严湛冥久幽而不改其操。孟康注:蜀郡严君平沉深玄默无欲,言幽深难测也。《尸子》曰:守道固穷,则轻王公。贾逵《国语》注:携,离也。

⑩ 九秋干,松柏,三春荑,花草。

⑪ 《新序》:荣启期曰:贫者士之常,死者人之终。居常待终,何忧哉。《庄子》:老聃死,秦失吊之,曰:适来,夫子时也,适去,夫子顺也。安时而处顺,忧乐不能入也。又:仲尼谓颜回曰:安排而去化。

惜无同怀客①，共登青云梯②。

石门新营所住四面
高山回溪石濑修竹茂林

跻险筑幽居，披云卧石门。苔滑谁能步，葛弱岂可扪③。裛裛秋风过，萋萋春草繁。美人游不还，佳期何由敦④。芳尘凝瑶席，清醑满金尊。洞庭空波澜，桂枝徒攀翻⑤。结念属宵汉，孤景莫与谖⑥。俯濯石下潭，仰看条上猿，早闻夕飙急，晚见朝日暾⑦。岩倾光难留，林深响易奔。感往虑有复，理来情无存。庶持乘日车⑧，得以慰营魂。匪为众人说，冀与智者论⑨。

从斤竹涧越岭溪行⑩

猿鸣诚知曙，谷幽光未显。岩下云方合，花上露犹泫。

① 陆机《诗》：感念同怀子。
② 郭璞《游仙诗》安事登云梯。张湛《列子》注：云梯可以陵虚。
方回：灵运每有赏心之叹，即义真所谓未能忘言于悟赏者。然则赏一也，有独赏，有共赏。灵运思夫共赏者而不可得，则以独赏为憾。亦箱篇致意于斯。
③ 扪，持也。
④ 《楚辞》：望美人兮未来。又：与佳期兮夕张。《方言》：敦，信也。
⑤ 《楚辞》：洞庭波兮木叶下。又：攀桂枝兮聊淹留。
⑥ 张翰诗：单形依孤影。
⑦ 《楚辞》：暾将出兮东方。王逸注：始出，其形暾暾而盛大也。
⑧ 《庄子》：乘日之车而游。郭象注：日出而游，日入而息也。
⑨ 司马迁《报任少卿书》：可为智者道，难为俗人言。
⑩ 刘坦之曰：今会稽东南有斤竹岭。在乐清东七十五里。

逶迤傍隈隩，迢递陟陉岘①。过涧既厉急，登栈亦陵缅②。川渚屡径复，乘流玩回转③。苹萍泛沉深，菰蒲冒清浅。企石挹飞泉④，攀林摘叶卷。想见山阿人，薜萝若在眼。握兰勤徒结，折麻心莫展⑤。情用赏为美，事昧竟谁辨。观此遗物虑，一悟得所遣⑥。

夜宿石门

朝搴苑中兰⑦，畏彼霜下歇。暝还云际宿，弄此石上月。鸟鸣识夜栖，木落知风发。异音同至听，殊响俱清越。妙物莫为赏，芳醑谁与伐⑧。美人竟不来，阳阿徒晞发⑨。

① 山绝曰陉。又连山中断曰陉。岘，山岭小高也。
② 板阁曰栈。
③ 《楚辞》：川谷径复流潺湲。
④ 企，举踵。《楚辞》：吸飞泉之微液兮。挹，酌也。
⑤ 灵运《南楼中望所知迟客诗》：瑶华未堪折，兰苕已屡摘。路阻莫赠问，云何慰离析。枣据《逸民赋》：握春兰兮遗芳。《楚辞》：折疏麻兮瑶华，将以遗兮离居。
⑥ 《淮南子》：吾独怀慷慨遗物，而与道同出，是故有以自得也。郭象《庄子》注：将大不类，莫若无心，既遣是非，又遣其所遣。遣之以至于无遣，然后无所不遣，而是非去也。
⑦ 搴，取也。歇，尽也。首二句乃倒句。
⑧ 伐，美也。
⑨ 《楚辞》：晞女发兮阳之阿。

陈祚明曰：东坡所谓何地无月，何地无竹柏，特无如吾两人者耳。东坡幸有两人，康乐终身一我。晞发阳阿，傲睨一世。

登临海峤初发疆中作
与从弟惠连见羊何共和之①

杪秋寻远山，山远行不近。与子别山阿，含酸赴修畛②。中流袂就判，欲去情不忍③。顾望脰未悁④，汀曲舟已隐气⑤。

隐汀绝望舟，骛棹逐惊流。欲抑一生欢，并奔千里游。日落当栖薄，系缆临江楼⑥。岂惟夕情敛，忆尔共淹留。

淹留昔时欢，复增今日叹⑦。兹情已分虑，况乃协悲端。秋泉鸣北涧，哀猿响南峦⑧。戚戚新别心，凄凄久念攒⑨。

攒念攻别心，旦发清溪阴。瞑投剡中宿，明登天姥岑。高高入云霓，还期那可寻⑩。傥遇浮邱公，长绝子徽音⑪。

① 峤，山顶。《游名山志》：桂林顶远则嵊尖疆中。刘坦之曰：今峰山下有疆口。此登临始宁南山将至临海作。

② 畛，井田间陌。

③《毛诗》：彷徨不忍去。

④ 脰，颈也。陆彦声诗：相思心既劳，相望脰亦悁。悁与痟通，疲也。

⑤ 汀，水际平地。

⑥《游名山志》：从临江楼步路南上二里余，左望湖中，右傍长江也。

⑦ 潘岳《哀永逝》：忆旧欢兮增新悲。

⑧ 峦，山形长狭者。

⑨ 攒，聚之也。

⑩ 羊祜《清伐吴表》：高山寻云霓。潘岳《在怀县作》：感此还期淹。

⑪《列仙传》：王子乔好吹笙，道人浮丘公接以上嵩山。《毛诗》：太姒嗣徽音。

鲍照 十首

鲍照字明远，东海人，文辞赡逸。尝为古乐府，文甚遒丽。始尝谒义庆，未见知，欲贡诗言志。人止之曰：卿位尚卑，不可轻忤大王。照勃然曰：千载上有英才异士沉没而不闻者，安可数哉。大丈夫岂可遂蕴智能，使兰艾不辨，终日碌碌，与燕雀相随乎？于是奏诗。义庆奇之，赐帛二十匹，寻擢为国侍郎，甚见知赏。迁秣陵令。文帝以为中书舍人。上好为文章，自谓人莫能及。照悟其旨，为文章多鄙言累句。当时咸谓照才尽，实不然也。临海王子顼为荆州，照为前军参军，掌书记之任。子顼败，为乱兵所杀。（节《南史》卷十三及《宋书》卷五十一附《临川烈武王道规传》）

代东武吟[①]

主人且勿喧，贱子歌一言[②]。仆本寒乡士，出身蒙汉恩。始

[①] 左思《齐都赋》注：《东武》、《太山》，皆齐之土风，弦歌讴吟之曲名也。
[②] 《汉书》：王邑请召宾，邑自称贱子。

随张校尉①,占募到河源②。后逐李轻车③,追虏穷塞垣④。密途亘万里,宁岁犹七奔⑤。肌力尽鞍甲,心思历凉温。将军既下世⑥,部曲亦罕存。时事一朝异⑦,孤绩谁复论。少壮辞家去,穷老还入门⑧。腰镰刈葵藿,倚杖牧鸡豚。昔如鞲上鹰,今似槛中猿⑨。徒结千载恨,空负百年怨⑩。弃席思君幄,疲马恋君轩。愿垂晋主惠,不愧田子魂⑪。

① 《汉书》:张骞以校尉从大将军击匈奴。
② 占,谓自应度而应募,为占募也。《吴志》:中郎将周祗乞于鄱阳占募。《汉书》:自张骞使大夏之后,穷河源也。
③ 《汉书》:李广从弟蔡为郎,事武帝。元朔中,为轻车将军。
④ 蔡邕上疏:秦筑长城,汉起塞垣。
⑤ 密,近也。亘,竟也。《国语》:姜氏告于公子曰,自子之行,晋无宁岁。《左传》:吴始伐楚,子重奔命。吴入州来,子重、子反于是乎一岁七奔命。
⑥ 《列女传》:柳下惠妻曰:恺悌君子,永能厉兮。吁嗟惜哉,乃下世兮。
⑦ 《答客难》曰:时异事异。
⑧ 《汉书》:娄护曰:吕公穷老,托身于我。
⑨ 《东观汉纪》:桓虞谓赵勒曰:赛吏如良鹰矣,下鞲即中。《淮南子》:置猿槛中,则与独同,非不巧捷也,无所肆其能也。
⑩ 李善注:言怨在己,若何负之?
⑪ 《韩子》曰:文公至河,令曰:笾豆捐之,席蓐捐之,手足胼胝、面目犁黑者后之。咎犯闻之而夜哭。曰:笾豆所以食也,而君捐之。席蓐所以卧也,而君弃之。手足胼胝、面目犁黑,有劳功者也,而君后之。今臣与在后中,不胜其哀,故哭之。文公乃止。《韩诗外传》:田子方出,见老马于道,以问于御,曰:此何马也?御曰:故公家畜也,罢而不用,故出放之。田子方曰:少尽其力,而老弃其身,仁者不为也。束帛而赎之,穷士闻之,知所归心矣。魂,神也。田子久谢,故谓之魂。

代白头吟①

直如朱丝绳,清如玉壶冰②。何惭宿昔意,猜恨坐相仍③,人情贱恩旧,世议逐衰兴。毫发一为瑕,邱山不可胜④。食苗实硕鼠,玷白信苍蝇⑤,凫鹄远成美,薪刍前见陵⑥。申黜褒女进,班去赵姬升⑦。周王日沦惑⑧,汉帝益嗟称。心赏犹难恃,貌恭岂易凭⑨,古来共如此,非君独抚膺⑩。

①《西京杂记》:司马相如将聘茂陵二女为妾,文君作《白头吟》以自绝,相如乃止。古辞《白头吟》:凄凄重凄凄,嫁娶不须啼。愿得一心人,白头不相离。

②朱丝,朱弦也。《礼记》:清庙之瑟,朱弦而疏越。《秦子》:玉壶必求其以盛,干将必求其以断。

③《方言》:猜,疑也。《尔雅》:仍,因也。

④李尤《戟铭》:山陵之祸,起于毫芒。仲长子《昌言》:事求丝毫之衅。孙盛曰:刘琨、王浚,睚眦起于丝发,雩败成于丘海。《文子》:祸福之至,虽丘山无由识之矣。

⑤《诗》:硕鼠硕鼠,无食我苗。又:营营青蝇,止于丘樊。

⑥《韩诗外传》:田饶事鲁哀公而不见察,谓哀公曰:鸡有五德,君犹日瀹而食之者,以其所来近也。夫黄鹄一举千里,出君园池,食君鱼鳖,啄君稻粱,无此五者而贵之,以其所从来远也。《文子》曰:虚无因循,常后而不先。譬若积薪燎,后者处上也。《史记》:汲黯谓武帝曰:陛下用群臣,如积薪,后来者居上。《苍颉篇》:陵,侵也。

⑦《毛诗序》:幽王取申女以为后,又得褒姒而黜申后。《汉书》:成帝初即位,班婕妤选入后宫,俄而大幸。后赵飞燕宠盛,婕妤失宠,希复进见。

⑧沦,没也。

⑨《吕氏春秋》:所恃者心也,而心犹不足恃。《尚书》曰:貌曰恭。

⑩《列子》:昔人有知不死之道者,齐子欲学其道,闻言者已死,乃抚膺而退。

吴兴黄浦亭庾中郎别①

风起洲渚寒,云上日无辉②。连山眇烟雾③,长波迥难依④。旅雁方南过,浮客未西归⑤。已经江海别,复与亲眷违。奔景易有穷,离袖安可挥。欢觞为悲酌,歌服成泣衣。温念终不渝,藻志远存追⑥,役人多牵滞⑦。顾路惭奋飞⑧,昧心附远翰⑨,炯言藏佩韦⑩。

赠傅都曹别⑪

轻鸿戏江潭,孤雁集洲沚⑫。邂逅两相亲⑬,缘念共无已⑭,风

① 庾悦字仲豫,鄢陵人,车骑从事中郎。《舆地纪胜》:黄浦,一名黄檗涧,在乌程县。
② 《周易》:云上于天。
③ 《尚书》传:眇眇微微。《博雅》:眇,远也。
④ 郭象《庄子》注:其长波之所荡,高风之所扇。
⑤ 谢惠连诗:眷眷浮客心。《诗》:谁将西归。
⑥ 《尚书》传:藻,水草之有文者。言其志虽久远,犹可存之以待追忆。
⑦ 役人,自谓也。
⑧ 《诗》:不能奋飞。
⑨ 翰,毛羽也。远翰,谓远行者。
⑩ 《韩非子》:西门豹之性急,故佩韦以自缓。庾归而鲍不得归,别时庾必有慰藉之言。故鲍云同为客而昧心送先得归者,聊用子言,以当佩韦,庶归心不至于过急也。
⑪ 傅亮字季友,初为建威参军、桓谦中军行参军,又为刘毅抚军记室参军。
⑫ 《毛诗》笺:小曰雁,大曰鸿。《楚辞》:游于江潭。曹植赋:怜孤鸿之偏特。
⑬ 《毛诗》传:邂逅,不期而会。
⑭ 《玉篇》:缘,因也。

雨好东西①。一隔顿万里。追忆栖宿时②，声容满心耳。落日川渚寒，愁云绕天起③，短翮不能翔，徘徊烟雾里④。

登庐山望石门

访世失隐沦⑤，从山异灵士⑥。明发振云冠⑦，升峤远栖趾⑧。高岑隔半天，长崖断千里。氛雾承星辰⑨，潭壑洞江汜⑩。崭绝类虎牙，攒岏像熊耳⑪。埋冰或百年，韬树必千祀⑫。鸡鸣清涧中，猿啸白云里。瑶波逐穴开，霞石触峰起⑬。回互非一形⑭，参差悉相

①《列子》：随风东西。
②《禽经》：凡禽，林曰栖，水曰宿。
③ 班婕妤赋：对愁云之浮沉。
④ 轻鸿，喻傅；孤雁，自喻。短翮，谦辞也。通首比体。
⑤《江赋》：纳隐沦之列真。
⑥《游天台山赋》：灵仙之所窟宅。言养生之士，问之世则屡失，从之山则多异也。
⑦《诗》：明发不寐。《楚辞》：冠切云之崔巍。
⑧《尔雅》：山锐而高曰峤。栖趾，犹托足。任昉亦有"栖趾傍莲池"句。
⑨《礼记》：氛雾冥冥。
⑩《后汉书》注：洞，通也。
⑪《集韵》：崭，山尖锐貌。《荆州记》：虎牙山，石磻红色，间有白文，如牙齿状。《韵会》：攒岏，山锐貌。《尚书》：疏：熊耳山在弘农卢氏县东。叶承曰：言庐山之形，其锐处如虎牙、熊耳也。
⑫《广韵》：韬，藏也。埋冰、韬树，言其深。百年，千祀，言其久。
⑬ 陶潜诗：落落清瑶流。张载赋：霞石剥落。
⑭ 木华《海赋》：乖蛮隔夷，回互万里。

似。倾听凤管宾,缅望钓龙子①。松桂盈膝前,如何秽城市②。

拟行路难十八首 选五首

《乐府解题》:《行路难》,备言世路艰难及离别悲伤之意,多以君不见为首。《陈武别传》:武常牧羊,诸家牧竖有知歌谣者,武遂学《行路难》。则所起亦远矣。

奉君金卮之美酒,玳瑁玉匣之雕琴,七彩芙蓉之羽帐,九华蒲萄之锦衾③。红颜零落岁将暮,寒光宛转时欲沉。愿君裁悲且减思,听我抵节行路吟④。不见柏梁铜雀上,宁闻古时清吹音⑤。

洛阳名工铸为金博山⑥,千斫复万镂,上刻秦女携手仙⑦。承君清夜之欢娱,列置帏里明烛前。外发龙鳞之丹彩,内含麝芬之紫烟。如今君心一朝异,对此长叹终百年。

① 《列仙传》:王子晋好吹笙,作凤凰鸣。又:陵阳子明钓得白龙,惧,放之。后得白鱼,腹中有书,教子明服食之法。子明遂上黄山,捋五石脂,沸水服之。三年,龙来迎去。
② 言庐山亦近城市,而松桂盈前,讵可以为秽也。
③ 《子夜变歌》:七彩紫金柱,九华白玉梁。《西京杂记》:高祖斩蛇剑,以七彩九华玉为饰。闻人倓注:羽帐,以翠羽为帐也。
④ 抵节,犹击节也。
⑤ 陶潜诗:清吹与鸣弹。
⑥ 吕大临《考古图》:香炉象海中博山。下盘贮汤,使润气蒸香,以象淘之四环。
⑦ 《列仙传》:萧史、弄玉,一旦夫妇同随凤飞去。

泻水置平地，各自东西南北流。人生亦有命，安能行叹复坐愁。酌酒以自宽，举杯断绝歌路难。心非木石岂无感？吞声踯躅不敢言。

愁思忽而至，跨马出北门。举头四顾望，但见松柏园，荆棘郁蹲蹲①。中有一鸟名杜鹃，言是古时蜀帝魂。声音哀苦鸣不息，羽毛憔悴似人髡。飞走树间啄虫蚁，岂忆往日天子尊。念此死生变化非常理，中心怆恻不能言。

中庭五株桃，一株先作花。阳春妖冶二三月，从风簸荡落西家。西家思妇见悲惋，零泪沾衣抚心叹。初送我君出户时，何言淹留节回换。床席生尘明镜垢，纤腰瘦削发蓬乱。人生不得恒称意，惆怅徙倚至夜半。

谢朓 十首

谢朓字玄晖，陈郡阳夏人。祖述，吴兴太守。父纬，散骑侍郎。朓少好学，有美名，文章清丽。解褐豫章王太尉行参军，随王镇西功曹，转文学。子隆在荆州，好辞赋，数集僚友。朓以文才，尤被赏爱，流连晤对，不舍日夕。长史王秀之以朓年少相动，密以启闻。世祖敕曰：朓可还都。朓道中为诗寄西府曰：常恐鹰隼击，秋菊委严霜。寄言罻罗者，寥廓已高翔。迁新安王中军记室。寻

---

① 《左传》注：蹲，聚也。

以本官兼尚书殿中郎。隆昌初,敕朓接北使。朓自以口讷,启让不当,不见许。高宗辅政,以朓为骠骑咨议,领记室,掌霸府文笔。又掌中书诏诰,除秘书丞,未拜,仍转中书郎。出为宣城太守。建武四年,出为晋安王镇北咨议、南东海太守,行南徐州事。启王敬则反谋,上甚嘉赏之。迁尚书吏部郎。朓善草隶,长五言诗。沈约常云:二百年来无此诗也。东昏失德,江祐欲立江夏王宝玄,末更回惑,与弟祀密谓朓曰:始安年长入纂,不乖物望。遥光又遣亲人刘沨密致意于朓,欲以为肺腑。朓自以受恩高宗,非沨所言,不肯答。少日,遥光以朓兼知卫尉事,朓惧见引,即以祐等谋告左兴盛、刘暄。兴盛不敢发言。祐闻,以告遥光。遥光大怒,乃称敕召朓,仍回车付廷尉,与徐孝嗣、祐、暄等连名启诛朓曰:谢朓资性险薄,大彰远近。王敬则往构凶逆,微有诚效,自尔升擢,超越伦伍。而溪壑无厌,著于触事。比遂扇动内外,处处奸说,妄贬乘舆,窃论宫禁,间谤亲贤,轻议朝宰。宜下北里,肃正刑书。诏使御史中丞范岫收朓,下狱死。时年三十六。(节《南齐书》卷四十七本传)

暂使下都夜发新林至京邑赠西府同僚

  大江流日夜,客心悲未央①。徒念关山近,终知返路长。秋河曙耿耿,寒渚夜苍苍②。引领见京室,宫雉正相望③。金波丽鳷

---

  ①《吕氏春秋》:水泉东流,日夜不休。《诗》:夜未央。《广雅》:央,已也。
  ② 耿耿,光也。《诗》:蒹葭苍苍。
  ③ 潘岳《河阳县作》:引领望京室。《周礼》:王城隅之制九雉。古诗:两宫遥相望。

鹊,玉绳低建章①。驱车鼎门外,思见昭邱阳②。驰晖不可接,何况隔两乡③。风烟有鸟道,江汉限无梁④。常恐鹰隼击,时菊委严霜⑤。寄言嬅罗者,寥廓已高翔⑥。

酬王晋安⑦

梢梢枝早劲⑧,涂涂露晚晞⑨。南中荣橘柚,宁知鸿雁飞⑩,拂雾朝清阁,日旰坐彤闱⑪,怅望一途阻,参差百虑依⑫。春草秋更

①《汉书》:歌云,月穆穆以金波。王弼《周易》注:丽,连也。张揖《汉书》注:鹓鹊观在云阳甘泉宫外。玉衡北两星为玉绳星。《汉书》:柏梁灾,于是作建章宫。

②《帝王世纪》:《春秋》:成王定鼎于郏鄏。其南门名定鼎门,盖九鼎所从入也。《方言》:冢大者为丘,丘南曰阳。《荆州图记》:当阳东有楚昭王墓。《登楼赋》:西接昭丘。

③驰晖,日也。朓《至寻阳诗》:过客无留轸,驰晖有奔箭。毛苌《诗》传:乡,所也。

④《楚辞》:江河广而无梁。

⑤毛苌《诗》传:古者鹰隼击,然后嬅罗设。潘岳《河阳县作》:时菊耀秋华。委,犹悴也。

⑥《喻蜀父老》:犹鹓鹏之翔乎寥廓之宇,而罗者犹视乎薮泽。《广雅》:寥,深也。廓,空也。

⑦王晋安,德元,王隐《晋书》曰:晋安郡,太康三年置,即今之泉州也。

⑧《尔雅》:梢梢,棹也。郭璞注:谓本无枝柯,梢棹长而杀也。

⑨《楚辞》:白露纷以涂涂。王逸注:涂涂,原貌。晞,干也。

⑩鸿雁南栖衡阳,不至晋安之境,故曰宁知。

⑪《左传》:赵鞅曰:日旰矣。《说文》:旰,日晚也。

⑫《易》:一致而百虑众。

绿,公子未西归①。谁能久京洛,缁尘染素衣②。

观朝雨

朔风吹飞雨③,萧条江上来。既洒百常观,复集九成台空④。空濛如薄雾,散漫似轻埃⑤,平明振衣坐⑥,重门犹未开。耳目暂无扰,怀古信悠哉。戢翼希骧首,乘流畏曝鳃⑦。动息无兼遂,歧路多徘徊⑧。方同战胜者,来翦北山莱⑨。

晚登三山还望京邑⑩

① 李善注:言春草萋萋,故王孙乐之而不反。今春草秋而更绿,公子尚未西归。《楚辞》:王孙游兮不归,春草生兮萋萋。《诗》:谁能西归。
② 陆机《为顾彦先赠妇》诗曰:京洛多风尘,素衣化为缁。
③ 张协《杂诗》:飞雨洒朝兰。
④ 张景阳《七命》:表以百常之阙。《两京赋》:劲百常而茎擢。薛综曰:台名也。《尔雅》:观谓之阙。《吕氏春秋》:有娀氏二佚女,为之九成之台,饮食必以鼓。
⑤ 谢惠连《雪赋》:散漫交错,氛氲萧索。
⑥《新序》:老古振衣而起。
⑦ 成公绥《慰情赋》:惟潜龙之勿用,戢鳞翼以匿影。邹阳《上书吴王》:蛟龙骧首奋翼,则浮云出流。《三秦记》:河津,一名龙门。江海大鱼薄集龙门下,上则为龙,不得上,曝鳃于水次。
⑧ 李善注:动息,犹出处,言出处之情有疑,譬临歧路而多惑也。
⑨ 李善注:言隐胜仕也。方,犹将也。《韩子》:子夏曰:吾入见先王之义则荣之,出见富贵又荣之。二者战于胸臆,故臞也。今见先王之义战胜,故肥也。《毛诗》:南山有台,北山有莱。毛苌曰:莱,草也。
⑩ 山谦之《丹阳记》:江宁县北十二里滨江有三山相接,即名为三山,旧时津济道也。

霸涘望长安,河阳视京县①。白日丽飞甍,参差皆可见②。余霞散成绮,澄江静如练③。喧鸟覆春洲,杂英满芳甸。去矣方滞淫,怀哉罢欢宴④。佳期怅何许,泪下如流霰⑤。有情知望乡,谁能鬒不变。⑥

之宣城郡出新林浦向板桥⑦

江路西南永,归流东北骛⑧。天际识归舟,云中辨江树⑨。旅思倦摇摇⑩,孤游昔已屡⑪。既欢怀禄情⑫,复协沧州趣⑬。嚣尘自兹

① 王粲《七哀诗》:南登霸陵岸,回首望长安。潘岳《河阳县作》:引领望京室,南路在伐柯。

② 《吴都赋》:列馆参差。

③ 《说文》:绮,文缯也。澄,清也。练,涑缯也。盖帛之白者。

④ 王粲《七哀诗》:何为久滞淫。《毛诗》:怀哉,怀哉,曷月予旋归哉。

⑤ 《楚辞》:与佳人期兮夕张。又:涕淫淫而若霰。

⑥ 卢谌《与刘琨诗》:苟曰有情,孰能不怀。古诗:还顾望旧乡。张载《七哀诗》:忧来令发白。毛苌《诗》传:鬒,黑发也。缜与鬒同。

⑦ 《水经注》:江水经三山,又幽浦出焉。水上南北结浮桥度水,故曰板桥浦。江又北经新林浦。

⑧ 《上林赋》:东西南北,驰骛往来。

⑨ 扬雄《交州箴》:交州荒裔,水与天际。应劭《风俗通》曰:太山岩石松树,郁郁苍苍如云中。

⑩ 《诗》:中心摇摇。

⑪ 谢灵运《湖中诗》:孤游非情叹。

⑫ 杨恽《报孙会宗书》曰:怀禄贪势,不能自退。

⑬ 扬雄《檄灵赋》曰:世有黄公者,起于苍州,精神养性,与道浮游。

隔①，赏心于此遇②。虽无玄豹姿，终隐南山雾③。

宣城郡内登望

借问下车日，匪直望舒圆④。寒城一以眺，平楚正苍然⑤。山积陵阳阻，溪流春谷泉⑥。威纡距遥甸，巉岩带远天⑦。切切阴风暮⑧，桑柘起寒烟⑨。怅望心已极，惝恍魂屡迁⑩。结发倦为旅⑪，平生早事边。谁规鼎食盛，宁要狐白鲜⑫。方弃汝南诺，言税辽东田⑬。

① 《左传》：景公谓晏子曰：子之宅，湫溢嚣尘。
② 谢灵运《游南亭诗》：赏心惟良知。
③ 《列女传》：陶答子妻曰：妾闻南山有玄豹，雾雨七日而不下食者何也？欲以泽其毛而成文章也。故藏而远害。犬彘不择食以肥其身，坐而须死耳。
④ 张协《杂诗》：下车如昨日，望舒四五圆。
⑤ 《说文》：楚，丛木也。郑玄《诗笺》：蒹葭在众草之中，苍苍然也。
⑥ 沈约《宋书》：宣城郡，太康中分丹阳立。陵阳子明得仙于广阳县山。《汉书》：丹阳郡有春谷县。《水经注》：江连春谷县，北又合春谷水。
⑦ 威纡，威夷纡余，流长之貌。孔安国《尚书传》：距，至也。《广雅》：巉岩，高也。
⑧ 《家语》：闵子骞三年之丧毕，见于夫子，援琴而弦，切切而哀作。梁元帝《纂要》：冬风曰阴风。
⑨ 颜延之《应诏观北湖田收诗》：阳陆团精气，阴谷曳寒烟。
⑩ 蔡邕诗：暮宿怅望。《楚辞》：招惝恍而永怀。
⑪ 《汉书》：霍光结发内侍。
⑫ 《家语》：子路南游于楚，列鼎而食。《晏子春秋》：景公被狐白之裘，坐于堂侧。
⑬ 《续汉书》：时人谣曰：汝南太守范孟博，南阳宗资主画诺。《魏志》：管宁闻公孙度令行海外，遂至于辽东。皇甫谧《高士传》：人或牛暴宁田者，宁为牵牛著凉处，自饮食也。

新治北窗和何从事

国小暇日多，民淳纷务屏。辟牖期清旷①，开帘候风景。泱泱日照溪②，团团云去岭。岩嶤兰橑峻③，骈阆石路整④。池北树如浮，竹外山犹影。自来弥弦望，及君临箕颍⑤。清文蔚且咏，微言超已领⑥。不见城壕侧⑦，思君朝夕顷。回舟方在辰⑧，何以慰延颈。

与江水曹至滨干戏

山中上芳月，故人清樽赏。远山翠百重，回流映千丈。花枝聚如雪，芜丝散犹网。别后能相思，何嗟异封壤。

游东田⑨

戚戚苦无惊⑩，携手共行乐。寻云陟累榭⑪，随山望菌阁⑫。远

---

① 谢灵运赋：期清旷于山川。
② 《毛诗》：瞻彼洛矣，惟水泱泱。
③ 张协赋：高楼特起，竦峙岩嶤。《楚辞》：桂栋兮兰橑。注：以木兰为橑也。
④ 骈，并也。《说文》：阆：盛也。
⑤ 《高士传》：许由遁耕于中岳颍水之阳，箕山之下。
⑥ 王僧孺书，摛绮縠之清文，其文蔚也。《汉书》：仲尼没而微言绝。
⑦ 域壕：城下池也。
⑧ 陶渊明诗：目送回舟远。辰，时也。
⑨ 朓有庄在钟山东，游还作。
⑩ 《汉书》：广陵王胥歌曰：出入无惊为乐亟。韦昭曰：惊，乐也。魏文帝《折杨柳行》：端坐苦无惊，驾游博望山。
⑪ 羊祜《请伐吴表》：高山寻云霓。《楚辞》：层台累榭临高山。王逸曰：层、累，皆重也。
⑫ 《楚辞》：菌阁兮蕙楼。

树暧仟仟①,生烟纷漠漠。鱼戏新荷动,鸟散余花落。不对芳春酒,还望青山郭②。

离夜

玉绳隐高树,斜汉耿层台③。离堂华烛尽④,别幌清琴哀。翻潮尚知限,客思眇难裁⑤。山川不可梦,况及故人杯。

李白 十六首

李白字太白,兴圣皇帝九世孙。其先隋末以罪徙西域。神龙初,遁还,客巴西。白之生,母梦长庚星,因以命之。十岁通诗书,既长,隐岷山。州举有道,不应。苏颋为益州长史,见白异之,曰:是子天才奇特,少益以学,可比相如。然喜纵横术,击剑为任侠,轻财重施。更客任城,与孔巢父、韩准、裴政、张叔明、陶沔居徂徕山,日沉饮,号"竹溪六逸"。天宝初,南入会稽,与吴筠善。筠被召,故白亦至长安。往见贺知章。知章见其文,叹曰:子,

---

① 《广雅》:芊芊,盛也。仟与芊同。
② 李善注:言野外昭旷,取乐非一,若不对兹春酒,还则望彼青山。魏武帝《短歌行》:对酒当歌。
③ 谢庄《月赋》:干时斜汉左界。
④ 班固《西都赋》:精曜华烛。
⑤ 《后汉书·黄琼传论》:荣路既广,觖望难裁。

谪仙人也。言于玄宗,召见金銮殿,论当世事,奏颂一篇。帝赐食,亲为调羹。有诏供奉翰林。白犹与饮徒醉于市。帝坐沈香子亭,意有所感,欲得白为乐章,召入,而白已醉,左右以水颒面,稍解,授笔成文,婉丽精切,无留思。帝爱其才,数宴见。白尝侍帝,醉,使高力士脱靴。力士素贵,耻之,擿其诗以激杨贵妃。帝欲官白,妃辄沮止。白自知不为亲近所容,益骜放不自修,与知章、李适之、汝阳王琎、崔宗之、苏晋、张旭、焦遂为"酒八仙人"。恳求还山,帝赐金放还。白浮游四方,尝乘月与崔宗之自采石至金陵,著宫锦袍坐舟中,旁若无人。安禄山反,转侧宿松、匡庐间。永王璘辟为府僚佐。璘起兵,逃还彭泽。璘败,当诛。初,白游并州,见郭子仪,奇之。子仪尝犯法,白为救免。至是子仪请解官以赎,有诏长流夜郎。会赦,还寻阳,坐事下狱。时宋若思将吴兵三千赴河南,道寻阳,释囚,辟为参谋,未几辞职。李阳冰为当涂令,白依之。代宗立,以左拾遗召,而白已卒。年六十余。白晚好黄、老,度中渚矶,至姑孰,悦谢家青山,欲终焉。及卒,葬东麓。(节《新唐书》卷二百二本传)永王谋乱,兵败,白坐长流夜郎。后遇赦得还,竟以饮酒过度,醉死于宣城。有文集二十卷,行于时。(节《旧唐书》卷一百九十下本传)

蜀道难

《乐府古题要解》:《蜀道难》,备言铜梁、玉垒之险。

噫吁嚱①，危乎高哉，蜀道之难，难于上青天。蚕丛及鱼凫②，开国何茫然。尔来四万八千岁，不与秦塞通人烟。西当太白有鸟道③，可以横绝峨眉巅。地崩山摧壮士死④，然后天梯石栈相钩连。上有六龙回日之高标⑤，下有冲波逆折之回川。黄鹤之飞尚不得过⑥，猿猱欲度愁攀援。青泥何盘盘⑦，百步九折萦岩峦。扪参历井仰胁息⑧，以手抚膺坐长叹。问君西游何时还，畏途巉岩不可攀。但见悲鸟号古木，雄飞雌从绕林间⑨。又闻子规啼⑩，夜月愁空山。蜀道之难，难于上青天，使人听此凋朱颜。连峰去天不盈尺，枯松倒挂倚绝壁。飞湍瀑流争喧豗⑪，砯崖转石万壑雷⑫。其险也若此，嗟尔远道之人胡为乎来哉。剑阁

① 《宋景文公笔记》：蜀人见物惊异，辄曰噫嘻哦。
② 扬雄《蜀王本纪》：蜀之先，名蚕丛、柏灌、龟凫、蒲泽、开明。是时人民椎髻咙言，不晓文字，未有礼乐。从开明上至蚕丛，积三万四千岁。
③ 《元和郡县志》：太白山，在凤翔府郿县东南五十里。诸山莫高于此。
④ 《蜀王本纪》：天为蜀王生五丁力士，能徙山。秦王献美女于蜀王。蜀王遣五丁迎女，见一大蛇入山穴中，五丁并引蛇，山崩，秦五女皆上山，化为石。
⑤ 左思《蜀都赋》：阳乌回翼乎高标。高标，一名高望，乃嘉定府之主山。
⑥ 扬雄《羽猎赋》：鸟不及飞，兽不得过。
⑦ 《元和郡县志》：青泥岭，在兴州长举县西北五十三里。悬崖万仞，上多云雨，行者屡逢泥淖，故号为青泥岭。
⑧ 《星经》：参十星，玉井四星在参左足下，扪参必历乎井也。岷山之地，上为井络。参三星为蜀之分野，井八星为秦之分野。胁息，缩气也。
⑨ 《雉子斑》古辞：雄来飞，从雌视。
⑩ 子规，即杜鹃也。蜀中最多。春暮即鸣，夜啼达旦，至夏尤甚。
⑪ 木华《海赋》：磊匒匌相豗。李善注：相豗，相击也。《韵会》：豗，喧声。
⑫ 郭璞《江赋》：砯岩鼓作。李善注：砯，水击岩之声。

峥嵘而崔嵬，一夫当关，万夫莫开①。所守或匪亲，化为狼与豺。朝避猛虎，夕避长蛇。磨牙吮血，杀人如麻②。锦城虽云乐，不如早还家。蜀道之难，难于上青天，侧身西望长咨嗟。

梁甫吟

《蜀志》：诸葛亮好为《梁甫吟》。张衡《四愁诗》：欲往从之梁父艰。注：梁父，泰山下小山名。谓喻谗邪小人。

长啸梁甫吟，何时见阳春③。君不见，朝歌屠叟辞棘津，八十西来钓渭滨④。宁羞白发照清水，逢时壮气思经纶。广张三千六百钓，风期暗与文王亲⑤，大贤虎变愚不测⑥，当年颇似寻常人。君不见，高阳酒徒起草中，长揖山东隆准公。入门不拜骋雄辩，两女辍洗来趋风。东下齐城七十二，指挥楚汉如

---

① 左思《蜀都赋》：一人守隘，万夫莫向。张载《剑阁铭》：一人荷戟，万夫趑趄。形胜之地，匪亲勿居。
② 陈子昂书：杀人如麻。王琦注曰：白，蜀人，自为蜀咏耳。言其险更著其戒。风人之义远矣。
③ 《楚辞·九辩》：恐溘死而不得见乎阳春。
④ 《韩诗外传》：太公望老而屠牛朝歌，赁于棘津，钓于磻溪。文王举而用之。
⑤ 风期，犹风度也。
⑥ 《易·革卦》：大人虎变。

旋蓬①。狂客落魄尚如此，何况壮士当群雄。我欲攀龙见明主②，雷公砰訇震天鼓③，帝旁投壶多玉女④。三时大笑开电光，倏烁晦冥起风雨⑤。阊阖九门不可通，以额扣关阍者怒。白日不照吾精诚，杞国无事忧天倾。猰貐磨牙竞人肉⑥，驺虞不折生草茎⑦。手接飞猱搏雕虎⑧，侧足焦原未言苦⑨。智者可卷愚者豪，世人见我轻鸿毛。力排南山三壮士，齐相杀之费二桃⑩。吴楚弄

①《史记·郦生列传》：郦生食其者，陈留高阳人也。家贫落魄，无以为衣食业，县中皆谓之狂生。沛公至高阳传舍，使人召郦生。郦生入谒，沛公方踞床，使两女子洗足，而见郦生。郦生入，则长揖不拜，曰：必聚徒合义兵诛无道秦。不宜倨见长者。于是沛公辍洗摄衣，延郦生上坐，谢之。汉三年，汉王使郦生说齐王，伏轼下齐七十余城。郦生曰：吾高阳酒徒，非儒人也。

②《后汉书·光武帝纪》：其计固望其攀龙鳞、附凤翼，以成其所志耳。

③《初学记》：雷，天之鼓也。顾恺之《雷电赋》：砰訇轮转，倏闪罗曜。《广韵》：砰訇，大声也。

④《神异经》：东王公与一玉女投壶，每投千二百矫。设有入不出者，天为之嚱嘘；矫出而脱误不接者，天为之笑。

⑤《汉书·高帝纪》：雷电晦冥。

⑥《山海经·北山经》：有兽名曰窫窳，其音如婴儿，是食人。窫窳，即猰貐也。

⑦驺虞，即白虎也。

⑧《尸子》：中黄伯曰，予左执太行之獶，而右搏雕虎。夫贫穷，太行之犹也；疏贱，义之雕虎也。而吾日遇之，亦足以试矣。

⑨《尸子》：莒国有石焦原者，广五十步，临百仞之溪，莒国莫敢近也。有以勇见莒子者，独却行齐踵焉，所以称于世。夫义之为焦原也，亦高矣。贤者之于义，必且齐踵，此所以服一时也。

⑩诸葛亮《梁甫吟》：问是谁家冢？田疆古冶子。力能排南山，文能绝地纪。一朝被谗言，二桃杀三士。谁能为此谋？相国齐晏子。

兵无剧孟，亚夫哈尔为徒劳①。梁甫吟，声正悲。张公两龙剑，神物合有时②。风云感会起屠钓，大人岘岘当安之。

襄阳歌

落日欲没岘山西③，倒著接䍦花下迷。襄阳小儿齐拍手，拦街争唱白铜鞮④。傍人借问笑何事，笑杀山公醉似泥⑤。鸬鹚杓，

① 《汉书·游侠传》：吴楚反时，条侯为太尉。得剧孟，喜曰：吴楚举大事而不求剧孟，吾知其无能为已。天下骚动，太将军得之若一敌国云。《说文》：哈，嗤笑也。王逸《楚辞注》：楚人谓相啁笑曰哈。

② 《晋书·张华传》：张华补（雷）焕为丰城令。焕掘狱屋基，得双剑，送一剑与华，留一自配。华报焕书曰：详观剑文、乃干将也。莫邪何不复至？虽然，天生神物，终当合耳。华诛，失剑所在。焕卒，子华行经延平津，剑忽于腰间跃出堕水，使人没水取之，不见剑，但见两龙各数丈。蟠萦有文章，没者惧而返。须臾光彩照水，波浪惊沸，于是失剑。

③ 《元和郡县志》：岘山在襄州襄阳县东南九里，东临汉水。《水经注》：羊祜之镇襄阳也，与邹润甫尝登之。及祜薨后，后人立碑于故处，望者悲感。杜元凯谓之堕泪碑。

④ 《隋书》：梁武帝之在雍镇，有童谣曰：襄阳白铜蹄，反缚扬州儿。即位之后，更造新声，帝自为之词三曲，又令沈约为三曲，以被弦管。后人改蹄为鞮。

⑤ 《世说·任诞篇》：山季伦为荆州，时出酣畅。人为之歌曰：山公时一醉，径造高阳池。日暮倒载归，酩酊无所知。复能乘骏马，倒著白接䍦。举手问葛强，何如并州儿？接䍦，白帽也。《汉宫仪》：一日不斋醉如泥。

鹦鹉杯①，百年三万六千日，一日须倾三百杯②，遥看汉水鸭头绿③，恰似葡萄初酦醅④，此江若变作春酒，垒麴便筑糟邱台⑤。千金骏马换小妾⑥，笑坐雕鞍歌落梅。车旁侧挂一壶酒，凤笙龙管行相催。咸阳市中叹黄犬⑦，何如月下倾金罍⑧。君不见，晋朝羊公一片石⑨，龟头剥落生莓苔。泪亦不能为之堕，心亦不能为之哀⑩，清风朗月不用一钱买，玉山自倒非人推⑪。舒州杓，力

① 鸬鹚，水鸟，其颈长，刻杓为之形。《太平广记》：鹦鹉螺，旋尖处屈而朱，如鹦鹉觜。大者可受二升。装为酒怀，夺而可玩。《琅嬛记》：金母召群仙宴于赤水，坐有碧玉鹦鹉杯、白玉鸬鹚杓，杯干则杓自挹，欲饮则杯自举。恐垃因太白诗语而伪造此事。

② 郑玄饮三鹦余杯，而温克之容，终日无怠。

③ 颜师古《急就篇注》：春草、鸡翘、凫翁，皆谓染采而色似之，若今染家言鸭头绿、靫碧云。

④《南部新书》：太宗破高昌，收马乳葡萄种于苑中，并得酒法，仍自损益之，造酒绿色。庾信《春赋》：石榴聊泛，葡萄酦醅。《广韵》：酦醅，酘酒也。酘，酒未漉也。《韵会》：酿谓之酘。又云：酘，重酿酒也。

⑤《论衡》：纣沉湎于酒，以糟为邱，以酒为池。

⑥ 西魏曹彰以爱妾换骏马。见《独异志》。

⑦《史记·李斯列传》：李斯顾谓其中子曰：吾欲与若复牵黄犬俱出上蔡东门逐狡兔，岂可得乎？

⑧《诗经》：我姑酌彼金罍。

⑨《世说》注：《晋诸公赞》曰：羊祜在南夏，吴人悦服，称曰羊公，莫敢名者。《晋书》：羊祜乐山水，每风景必造岘山置酒，言咏终日不倦。卒时年五十八，襄阳百姓于岘山祜平生游憩之所建庙立碑，望空其碑者，莫不流涕。

⑩ 缪本于哀字下多谁能忧彼身后事，金凫银鸭葬死灰二句。

⑪《世说》：山公曰：嵇叔夜之为人也，岩岩若孤松之独立，其醉也，傀俄若玉山之将崩。

士铠,李白与尔同死生①。襄王云雨今安在,江水东流猿夜声。

宣城谢朓楼饯别校书叔云

一作《陪侍御叔华登楼歌》。《江南通志》:叠嶂楼在宁国府郡治后,即谢朓为宣城太守时之高斋地,一名北楼,亦称谢公楼。唐咸通间,刺史独孤霖改建,易今名。

弃我去者昨日之日不可留,乱我心者今日之日多烦忧。长风万里送秋雁②,对此可以酣高楼。蓬莱文章建安骨③,中间小谢又清发。俱怀逸兴壮思飞④,欲上青天揽明月⑤。抽刀断水水更流⑥,举杯消愁愁更愁。人生在世不称意⑦,明朝散发弄扁舟⑧。

金陵歌送别范宣

石头巉岩如虎踞,凌波欲过沧江去。钟山龙盘走势来,

---

① 舒州杓二句,一作黄金爵,白玉瓶。李白,一作酒仙。《新唐书·地理志》:舒州同安郡隶淮南道,土贡酒器、铁器。又《韦坚传》:有豫章力士瓷饮器,茗铛釜。

② 陆机诗:长风万里举。

③ 《后汉书·窦章传》:是时学者称东观为老氏藏室,道家蓬莱山。章怀太子注:言东观经籍多也。蓬莱,海中神山,为仙府。幽经秘录并皆在焉。

④ 卢思道《卢记室诔》:丽词泉涌,壮思云飞。

⑤ 青天一作青云。明月一作日月。

⑥ 更一作复。

⑦ 人生一作男儿。

⑧ 散发五字一作举棹还沧州。

秀色横分历阳树。四十余帝三百秋①，功名事迹随东流。白马小儿谁家子，泰清之岁来关囚②。金陵昔时何壮哉，席卷英豪天下来。冠盖散为烟雾尽，金舆玉座成寒灰。扣剑悲吟空咄嗟，梁陈白骨乱如麻。天子龙沉景阳井，谁歌玉树后庭花③，此地伤心不能道，目下离离长春草。送尔长江万里心，他年来访南山皓④。

金陵城西楼月下吟

金陵夜寂凉风发⑤，独上高楼望吴越⑥。白云映水摇空城⑦，白

① 张勃《吴录》：刘备曾使诸葛亮至京，因观秣陵山阜，乃叹曰：钟山龙蟠，石头虎踞，帝王之宅也。《景定建康志》：石头山在城西二里。自六朝以来，皆守石头以为固。钟山在县东北。和州历阳郡治历阳县。《建康图经》：西至本府（建康）界十里，自界首至和州八十三里，从采石而济，盖南北往来要津。自孙权定都建邺，至陈并于隋，凡三十九主，三百三十五年。此言四十余帝者，并其间推尊者而混言之也。

② 白马句一作白马金鞍谁家子，吹唇虎啸凤凰楼。白马小儿谓侯景。《隋书》：大同中童谣曰：青丝白马寿阳来。其后侯景破丹阳，乘白马，以青丝为羁勒。《梁书》：太清二年八月，侯景举兵反。十月己亥，景目横江济于采石。辛亥，景师至京。三年三月，攻陷宫城。《南齐书》：元嘉七年，太一在八宫，关囚恶岁。《南史》：侯景矫诏禅位，将登太极殿，丑徒数万间共吹唇唱吼而上。

③ 《陈书》：后主闻兵至，出后堂景阳殿，自投于井。及夜为隋军所执。又：后主每引宾客，对贵妃等游宴。使诸贵人及女学士与狎客共赋新诗，互相赠答。采其尤艳丽者以为曲词，被以新声。选宫女有容色者以千百数，令习而歌之，分部迭进，持以相乐。其曲有《玉树后庭花》等。

④ 目一作日。皓一作老。南山皓，谓汉之四皓，汉时匿终南山。

⑤ 寂一作静。

⑥ 高一作西。

⑦ 空城一作秋城，一作秋光。

露垂珠滴秋月①。月下沉吟久不归,古来相接眼中稀。解道澄江静如练,令人长忆谢玄晖②。

梦游天姥吟留别

一作《别东鲁诸公》。《太平寰宇记》:天姥山在越州剡县南八十里。《名山志》云:山有枫千余丈,萧萧然。《后吴录》云:剡县有天姥山。传云,登者闻天姥歌谣之响。谢灵运诗云:暝抵剡中宿,明登天姥岑。高高入云霓,还期那可寻。即此也。《一统志》:天姥峰,在台州天台县西北,与天台山相对。其峰孤峭,下临嵊县,仰望如在天表。

海客谈瀛洲③,烟涛微茫信难求④。越人语天姥⑤,云霞明灭或可睹⑥,天姥连天向天横,势拔五岳掩赤城⑦。天台四万八千丈⑧,对此欲倒东南倾⑨。我欲因之梦吴越⑩,一夜飞度镜湖月⑪,湖月照

---

① 垂珠滴秋月,一作如珠滴秋月,一作沾衣湿秋月。江淹《别赋》:秋露如珠。
② 沉一作长。来一作今。长一作还,一作却。
③ 《十洲记》:瀛洲在东海中。
④ 微茫,一作渺漫。
⑤ 语一作道。
⑥ 或一作安。
⑦ 拔一作枝。《太平广记》:章安县西有赤城山。顾野王《舆地志》:赤城山有赤石罗列,长里余,遥望似赤城。
⑧ 四一作一。《云笈七签》:天台山高一万八千丈。葛仙翁炼丹得道处。上应台宿,故曰天台。
⑨ 欲一作绝。《楚辞·天问》:康回冯怒,地何故以东南倾?
⑩ 因之一作冥搜。
⑪ 薛方山《浙江志》:鉴湖又曰镜湖,在会稽县西南三十里。

我影,送我至剡溪。谢公宿处今尚在,渌水荡漾清猿啼。脚著谢公屐,身登青云梯①。半壁见海日,空中闻天鸡②,千岩万转路不定,迷花倚石忽已暝。熊咆龙吟殷岩泉,栗深林兮惊层巅。云青青兮欲雨,水澹澹兮生烟③。列缺霹雳④,丘峦崩摧。洞天石扇⑤,訇然中开。青冥浩荡不见底,日月照耀金银台⑥。霓为衣兮风为马⑦,云之君兮纷纷而来下。虎鼓瑟兮鸾回车,仙之人兮列如麻⑧。忽魂悸以魄动⑨,恍惊起而长嗟。惟觉时之枕席,失向来之烟霞。世间行乐亦如此,古来万事东流水。别君去兮何时还⑩,且放白鹿青崖间⑪,须行即骑访名山,安能摧眉折腰事权贵⑫,使我不得开心颜。

① 谢灵运《登石门最高顶》诗:共登青云梯。
② 《述异记》:东南有桃都山,上有大树曰桃都,枝相去三千里,上有天鸡。日初出照此木,天鸡则鸣,天下之鸡皆随之鸣。
③ 《说文》:澹,水摇也。
④ 扬雄《羽猎赋》:霹雳列缺。
⑤ 扇一作扉。
⑥ 郭璞《游仙诗》:但见金银台。
⑦ 傅玄《吴楚歌》:云为车兮风为马。风一作凤。
⑧ 张衡《西京赋》:总会仙倡,戏豹舞罴。白虎鼓瑟,苍龙吹篪。《太平御览》:太微天帝登白鸾之车。上元夫人《步元曲》:忽过紫微垣,真人列如麻。
⑨ 《说文》:悸,心动也。
⑩ 兮一作时。
⑪ 《楚辞》:骑白鹿而容与。
⑫ 摧眉,低首也。

范德机曰:梦吴越以下,梦之源也。以次诸节,梦之波澜也。其间显而晦,晦而显,至失向来之烟霞,梦极而与人接矣。非太白之胸次笔力,亦不能发此。枕席、烟霞二句,最有力。结语平衍,亦文势当如此。

把酒问月①

青天有月来几时,我今停杯一问之。人攀明月不可得,月行却与人相随。皎如飞镜临丹阙,绿烟灭尽清辉发。但见宵从海上来,宁知晓向云间没,白兔捣药秋复春②,嫦娥孤栖与谁邻。今人不见古时月,今月曾经照古人。古人今人若流水,共看明月皆如此。唯愿当歌对酒时,月光常照金樽里。

静夜思

床前明月光,疑是地上霜③。举头望明月,低头思故乡。

独坐敬亭山④

众鸟高飞尽,孤云独去闲。相看两不厌,只有敬亭山。

横江词六首⑤ 选一首

横江馆前津吏迎,向余东指海云生。郎今欲渡缘何事,

---

① 两宋本、缪曰芑本俱注云:故人贾淳令予问之。
② 傅玄《拟天问》:月中何有,白兔捣药。
③ 梁简文帝诗:夜月似秋霜。
④ 《江南通志》:敬亭山在宁国府城北十里,古名昭亭山,东临宛溪,南俯城闉,烟市风帆,极目如画。
⑤ 《太平寰宇记》:横江浦在和州历阳县东南二十六里,对江南岸之采石,往来济渡处。唐永徽后置津吏。

如此风波不可行①。

赠汪伦②

李白乘舟将欲行，忽闻岸上踏歌声③。桃花潭水深千尺，不及汪伦送我情。

山中问答④

问余何意栖碧山⑤，笑而不答心自闲⑥，桃花流水窅然去⑦，别有天地非人间。

客中作⑧

兰陵美酒郁金香⑨，玉碗盛来琥珀光。但使主人能醉客，

---

① 梁简文帝诗：采菱渡头拟黄河，郎今欲渡畏风波。

德机云：绝句一句一绝，乃其大本；其次句少意多，极四咏而反复议论。此篇气格，合歌行之风，使人嗟叹而有无穷之思，乃唐人所长也。

② 杨齐贤注：白游泾县桃花潭，村人汪伦常酝美酒以待白。伦之裔孙，至今宝其诗。

③ 踏歌者，连手而歌，踏地以为节也。

唐汝询曰：伦一村人耳，何亲于白。既酝酒以候之，复临行以祖之，情固超俗矣。太白于景切情真处，信手拈出，所以调绝千古。后人效之，如欲问江深浅，应如远别情，语非不佳，终是杞柳杯棬。

④ 一作答问，一作山中答俗人。

⑤ 意一作事。

⑥ 答一作语。

⑦ 窅一作宛。

⑧ 一作客中行。

⑨ 《元和郡县志》：兰陵县城在沂州承县东六十里。《梁书》：郁金，出罽宾国，花色正黄而细。

不知何处是他乡。

早发白帝城①

朝辞白帝彩云间，千里江陵一日还。两岸猿声啼不尽，轻舟已过万重山②。

越中览古

越王勾践破吴归，义士还家尽锦衣③。宫女如花满春殿，只今惟有鹧鸪飞④。

①一作白帝下江陵。白帝城，公孙述所筑。初公孙述至鱼复，有白龙出井中，自以承汉土运，故称白帝，改鱼复为白帝城。王琦按：白帝城在夔州奉节县，巫山在夔州巫山县，二地相近。所谓彩云，正指巫山之云也。《水经注》自三峡七百里中，两岸连山，略无阙处。重岩叠嶂，隐天蔽日，自非亭午夜分不见曦月。至于夏水襄陵，沿溯阻绝，或王命急宣，有时朝发白帝，暮宿江陵，其间千二百里，虽乘奔御风，不加疾也。每至晴初霜旦，林寒涧肃，常有高猿长啸，属引凄异。空谷传响，哀转久绝。故渔者歌曰：巴东三峡巫峡长，猿鸣三声泪沾裳。

②轻舟已过一作须臾过却。

③家一作乡。王琦注：义士，吴舒凫以为战士传写之讹，谓越人安得称义士云云，未知是否？

④飞一作啼。

杜甫 二十首

　　杜甫字子美，本襄阳人，后徙河南巩县。祖审言，父闲。甫天宝初应进士不第。天宝末，献《三大礼赋》。玄宗奇之，召试文章，授京兆府兵曹参军。十五载，禄山陷京师，肃宗征兵灵武。甫自京师宵遁赴河西，谒肃宗于彭原郡，拜右拾遗。房琯布衣时，与甫善。时琯为宰相，请自帅师讨贼，帝许之。其年十月，琯兵败于陈涛斜。明年春，琯罢相。甫上疏言琯有才，不宜罢免。肃宗怒，贬琯为刺史，出甫为华州司功参军。时关畿乱离，谷食踊贵。甫寓居成州同谷县，自负薪采梠，儿女饿殍者数人。上元二年冬，郑国公严武镇成都，奏为节度参谋、检校尚书工部员外郎，赐绯鱼袋。武与甫世旧，待遇赐甚隆。甫性褊躁，无器度，恃恩放恣，尝凭醉登武之床，瞪视武曰："严挺之乃有此儿。"武虽急暴，不以为忤。甫于成都浣花里种竹植树，结庐枕江，纵酒啸咏，与田畯野老相狎荡，无拘检。严武过之，有时不冠，其傲诞如此。永泰元年夏，武卒，甫无所依。及郭英乂代武镇成都，英乂武人，粗暴，无能刺谒。乃游东蜀，依高适。既至而适卒。是岁，崔宁杀英乂，杨子琳攻西川，蜀中大乱。甫以其家避乱荆、楚，扁舟下峡，未维舟而江陵乱，乃溯沿湘流，游衡山，寓居耒阳。甫尝游岳庙，为暴水所阻，旬日不得食。耒阳聂令知之，自棹舟迎甫而还。永泰二年，啗牛肉白酒，一夕而卒于耒阳，时年五十九。

天宝末诗人，甫与李白齐名，而白自负文格放达，讥甫龌龊，而有饭颗山之嘲诮。元和中，词人元稹论李、杜之优劣曰：至于子美，盖所谓上薄《风》、《骚》，下该沈、宋，言夺苏、李，气吞曹、刘，掩颜、谢之孤高，杂徐、庾之流丽，尽得古今之体势，而兼人人之所独专矣。诗人已来，未有如子美者。是时山东人李白，亦以文奇取称，时人谓之李、杜。予观其壮浪纵恣，摆去拘束，模写物象，及乐府歌诗，诚亦差肩于子美矣。至若铺陈终始，排比声韵，大或千言，次犹数百，辞气豪迈，而风调清深，属对律切，而脱弃凡近，则李尚不能历其藩翰，况堂奥乎！自后属文者，以稹论为是。甫有文集六十卷。（节《旧唐书》卷一百九十下本传）甫旷放不自检，好论天下大事，高而不切。少与李白齐名，时号"李杜"。尝从白及高适过汴州，酒酣，登吹台，慷慨怀古，人莫测也。数尝寇乱，挺节无所污。为歌诗，伤时桡弱，情不忘君，人怜其忠云。甫又善陈时事，律切精深，至千言不少衰，世号"诗史"。（节《新唐书》卷二百一附《杜审言传》）

同诸公登慈恩寺塔① 时高适、薛据先有作

高标跨苍穹，烈风无时休。自非旷士怀，登兹翻百忧。方知象教力②，足可追冥搜。仰穿龙蛇窟，始出枝撑幽③。七星在

---

① 《两京新记》：西院浮图六级，高三百尺。永徽三年，沙门玄奘所立。《长安志》：慈恩寺在万年县东南八里。

② 王巾《头陀寺碑文》：正法既没，象教凌夷。注：象教，言为形象以教人也。

③ 王延寿《鲁灵光殿赋》：枝撑杈枒而斜据。《说文》：撑，柱也。黄山谷云：慈恩塔下数级皆枝撑洞黑，出上级乃明。

北户，河汉声西流。羲和鞭白日，少昊行清秋。秦山忽破碎，泾渭不可求。俯视但一气，焉能辨皇州。回首叫虞舜，苍梧云正愁。惜哉瑶池饮，日晏昆仑丘①。黄鹄去不息②，哀鸣何所投。君看随阳雁，各有稻粱谋③。

自京赴奉先县咏怀五百字④

杜陵有布衣⑤，老大意转拙。许身一何愚，窃比稷与契。
居然成濩落⑥，白首甘契阔。盖棺事则已，此志常觊豁。
穷年忧黎元，叹息肠内热。取笑同学翁，浩歌弥激烈。
非无江海志，萧洒送日月。生逢尧舜君，不忍便永诀。
当今廊庙具，构厦岂云缺。葵藿倾太阳，物性固莫夺⑦。
顾惟蝼蚁辈，但自求其穴。胡为慕大鲸，辄拟偃溟渤。
以兹悟生理，独耻事干谒。兀兀遂至今，忍为尘埃没。
终愧巢与由，未能易其节。沉饮聊自适，放歌颇愁绝。
岁暮百草零，疾风高冈裂。天衢阴峥嵘，客子中夜发。

①《列子》：穆王升昆仑之丘，以观皇帝之宫，遂宾于西王母，觞于瑶池之上，乃观日之所入，日行万里。
②《韩诗外传》：田饶谓鲁哀公曰：黄鹄一举千里。
③ 刘峻《广绝交论》：分雁鹜之稻粱。
　三山老人胡氏曰：此诗讥切天宝时事也。
④ 杜甫天宝十四载作，年四十四。玄宗时在华清宫，故诗中言骊山事特详。奉先去长安一百五十里。
⑤ 杜陵，汉宣帝陵，在长安南五十里。
⑥《庄子》：瓠落无所容。张绖注：濩落，廓落也。
⑦《韩诗外传》：不害物性。

霜严衣带断，指直不得结。凌晨过骊山，御榻在嵽嵲①。
蚩尤塞寒空，蹴踏崖谷滑。瑶池气郁律②，羽林相摩戛。
君臣留欢娱，乐动殷胶葛③。赐浴皆长缨，与宴非短褐。
彤廷所分帛，本自寒女出。鞭挞其夫家，聚敛贡城阙。
圣人筐篚恩，实欲邦国活④。臣如忽至理，君岂弃此物。
多士盈朝廷，仁者宜战栗。况闻内金盘，尽在卫霍室。
中堂舞神仙，烟雾散玉质。暖客貂鼠裘，悲管逐清瑟。
劝客驼蹄羹，霜橙压香橘。朱门酒肉臭，路有冻死骨。
荣枯咫尺异，惆怅难再述。北辕就泾渭⑤，官渡又改辙。
群水从西下，极目高崒兀。疑是崆峒来，恐触天柱折⑥。
河梁幸未坼，枝撑声窸窣。行李相攀援，川广不可越。
老妻寄异县，十口隔风雪。谁能久不顾，庶往共饥渴。
入门闻号咷，幼子饿已卒。吾宁舍一哀，里巷亦呜咽。
所愧为人父，无食至夭折。岂知秋禾登，贫窭有仓卒。
生常免租税，名不隶征伐。抚迹犹酸辛，平人固骚屑⑦。
默思失业徒，因念远戍卒。忧端齐终南，澒洞不可掇。

① 嵽嵲，山高貌。
② 张衡《西京赋》：隆崛崔崒，隐辚郁律。
③ 司马相如《上林赋》：张乐乎胶葛之寓。注：胶葛，广大貌。郭注：言旷远深貌也。
④ 孙楚《与孙皓书》：爱民活国。
⑤ 泾渭诸水皆从陇西来。
⑥ 《列子》：共工氏怒而触不周之山，折天柱，绝地维。
⑦ 骚屑，纷扰貌。

梦李白二首① 选一首

死别已吞声，生别常恻恻。江南瘴疠地，逐客无消息。故人入我梦，明我长相忆。恐非平生魂，路远不可测。魂来枫林青②，魂返关塞黑。君今在罗网，何以有羽翼。落月满屋梁，犹疑照颜色③。水深波浪阔，无使蛟龙得。

遭田父泥饮美严中丞④

步屧随春风，村村自花柳。田翁逼社日，邀我尝春酒。酒酣夸新尹，畜眼未见有。回头指大男，渠是弓弩手。名在飞骑籍，长番岁时久⑤。前日放营农，辛苦救衰朽。差科死则已⑥，誓不举家走。今年大作社，拾遗能住否。叫妇开大瓶，盆中为吾取。感此气扬扬，须知风化首。语多虽杂乱，说尹终在口。朝来偶然出，自卯将及酉。久客惜人情，如何拒邻叟。高声索果栗，欲起时被肘⑦。指挥过无礼，未觉村野丑。月出遮我留，仍嗔问升斗。

① 天宝十五载，李白卧庐山，永王璘迫致之。璘败，白坐系浔阳狱，得释。乾元元年，终以污璘事长流夜郎。至巫山，以赦得还。杜甫年四十七作。

② 《楚辞·招魂》：湛湛江水兮上有枫，目极千里兮伤春心。魂兮归来哀江南。

③ 宋玉《神女赋》：其始来也，耀乎若白日初出照屋梁。

④ 宝应元年，五十一岁作。时甫在成都。泥，强留也。

⑤ 长番，长在军籍。

⑥ 差科，杂色差科，在长番之外者。

⑦ 《史记》：魏桓子肘韩康子于车上。

醉时歌[1]　赠广文馆博士郑虔

诸公衮衮登台省，广文先生官独冷。甲第纷纷厌梁肉，广文先生饭不足。先生有道出羲皇，先生有才过屈宋。德尊一代常坎轲，名垂万古知何用。杜陵野客人更嗤，被褐短窄鬓如丝。日籴太仓五升米[2]，时赴郑老同襟期，得钱即相觅，沽酒不复疑。忘形到尔汝，痛饮真吾师。清夜沉沉动春酌，灯前细雨檐花落。但觉高歌有鬼神，焉知饿死填沟壑。相如逸才亲涤器，子云识字终投阁。先生早赋归去来，石田茅屋荒苍苔。儒术于我何有哉，孔丘盗跖俱尘埃。不须闻此意惨怆，坐前相遇且衔杯。

哀江头[3]

少陵野老吞声哭[4]，春日潜行曲江曲[5]。江头宫殿锁千门，细柳新蒲为谁绿。忆昔霓旌下南苑[6]，苑中万物生颜色。昭阳殿

---

[1] 天宝九载，国子监置广文馆，总领文词。杜甫年三十九作。

[2] 《旧唐书》：天宝十二载八月，京城霖雨，米贵，出太仓米十万石，减价粜与贫人。

[3] 至德二载作。甫年四十六。

[4] 程大昌《雍录》：少陵原，在长安县西南四十里。宣帝陵在杜陵县，许后葬杜陵南园。此即少陵，去杜陵十八里。杜甫家在焉。

[5] 曲江四岸有行宫台殿。《剧谈录》：曲江池入夏则菰蒲葱翠，柳阴四合，碧波红蕖，湛然可爱。

[6] 《雍录》：曲江在都城东南，其南即芙蓉苑，故名南苑。

里第一人①,同辇随君侍君侧。辇前才人带弓箭②,白马嚼啮黄金勒③。翻身向天仰射云,一笑正坠双飞翼。明眸皓齿今何在,血污游魂归不得。清渭东流剑阁深,去住彼此无消息。人生有情泪沾臆,江水江花岂终极。黄昏胡骑尘满城,欲往城南忘南北④。

茅屋为秋风所破歌⑤

八月秋高风怒号,卷我屋上三重茅。茅飞渡江洒江郊,高者挂罥长林梢⑥,下者飘转沉塘坳⑦。南村群童欺我老无力,忍能对面为盗贼。公然抱茅入竹去。唇焦口燥呼不得,归来倚杖自叹息。俄顷风定云墨色,秋天漠漠向昏黑。布衾多年冷似铁,骄儿恶卧踏里裂。床床屋漏无干处,雨脚如麻未断绝。自经丧乱少睡眠,长夜沾湿何由彻⑧。安得广厦千万间⑨,大庇天

---

① 李白诗:汉宫谁第一?飞燕在昭阳。
② 《旧唐书·百官志》:内官,才人七人,正四品。
③ 《明皇杂录》:上幸华清宫,贵妃姐妹各购名马,以黄金为衔勒。
④ 忘南北,一作忘城北。陆游《老学庵笔记》:欲往城南忘城北,言迷惑避死,不能记其南北也。荆公集句两篇皆作望城北,盖传本偶异耳。北人谓向为望,欲往城南乃向北,亦不能记南北之意。
钱笺:兴哀于无情之地,沉吟感叹,瞀乱迷惑,虽胡骑满城,至不知地之南北。昔人所谓有情痴也。
⑤ 上元二年,甫五十岁作。
⑥ 罥,结也。
⑦ 塘坳,水塘作坳垤形也。
⑧ 彻,彻晓也。
⑨ 《列子》:北宫子庇其蓬室,若广厦之荫。

下寒士俱欢颜,风雨不动安如山①。呜呼,何时眼前突兀见此屋,吾庐独破受冻死亦足。

短歌行 赠王郎司直②

王郎酒酣拔剑斫地歌莫哀,我能拔尔抑塞磊落之奇才。豫章翻风白日动,鲸鱼跋浪沧溟开。且脱佩剑休徘徊。西得诸侯棹锦水,欲向何门趿珠履。仲宣楼头春色深③,青眼高歌望吾子。眼中之人吾老矣。

房兵曹胡马

胡马大宛名,锋棱瘦骨成。竹批双耳峻④,风入四蹄轻⑤。所向无空阔,真堪托死生。骁腾有如此⑥,万里可横行。

春望⑦

国破山河在,城春草木深。感时花溅泪,恨别鸟惊心。烽火连三月,家书抵万金。白头搔更短,浑欲不胜簪。

---

① 《汉书·严助传》:天下之安,犹太山而四维之也。
② 甫作诗时在梓州。大历三年三月,至江陵,年五十七。
③ 《一统志》:仲宣楼,在荆州,即当阳县城楼。
④ 黄伯仁《龙马颂》:耳如削筒,目像明星。《相马经》:耳欲得相近而前竖,小而厚。唐太宗叙十骥曰:耳根尖锐,杉竹难方。
⑤ 《拾遗记》:曹供所乘马曰白鹊,此马走时,唯觉耳中风声,脚似不践地。
⑥ 颜延年《赭白马赋》:料武艺,品骁腾。
⑦ 此诗作于至德二载,杜甫年四十六。

漫成 二首①

野日荒荒白，春流潜潜清②。渚蒲随地有，村径逐门成。只作披衣惯，常从漉酒生。眼边无俗物，多病也身轻。

江皋已仲春，花下复清晨。仰面贪看鸟，回头错应人。读书难字过，对酒满壶倾。近识峨嵋老③，知余懒是真。

舍弟占归草堂检校聊示此诗④

久客应吾道，相随独尔来。熟知江路近，频为草堂回。鹅鸭宜长数，柴荆莫浪开。东林竹影薄，腊月更须栽。

登岳阳楼⑤

昔闻洞庭水，今上岳阳楼。吴楚东南坼，乾坤日夜浮。亲朋无一字，老病有孤舟。戎马关山北，凭轩涕泗流。

---

① 上元二年，甫年五十，居草堂作。草堂成在上元元年三月。
② 张有《复古篇》：潜，古活字。
③ 峨嵋老，东山隐者。《水经注》：《益州记》云：峨嵋山，两山相峙，如蛾眉焉。
④ 代宗广德元年作，甫五十二岁，在梓州。宝应元年十一月，甫移家至梓州，年五十一。时严武归朝，徐知道乱。
⑤《岳阳风土记》：岳阳楼，城西门楼也。《方舆胜览》：楼在郡治西南，西面洞庭，左顾君山，不知创始。开元四年，张说出守是邦，与才士登临赋咏，自尔名著。刘长卿有句云：叠浪浮元气,中流没太阳。世不甚传。大历三年正月，甫出峡，岁暮之岳州，年五十七。

送郑十八虔贬台州司户伤其临老陷贼之故阙为面别情见于诗[1]

郑公樗散鬓成丝,酒后常称老画师。万里伤心严谴日,百年垂死中兴时。仓惶已就长途往,邂逅无端出饯迟。便与先生应永诀,九重泉路尽交期。

蜀相[2]

丞相祠堂何处寻,锦官城外柏森森[3]。映阶碧草自春色,隔叶黄鹂空好音。三顾频烦天下计,两朝开济老臣心。出师未捷身先死,长使英雄泪满襟。

宾至[4]

幽栖地僻经过少,老病人扶再拜难。岂有文章惊海内,漫劳车马驻江干。竟日淹留佳客坐,百年粗粝腐儒餐。不嫌

---

[1] 乾元元年,甫四十七岁作。《新唐书·郑虔传》:虔迁著作郎。安禄山反,遣张通儒劫百官置东都,伪援虔水部郎中。因称风缓,求摄市令,潜以密章达灵武。贼平,与张通、王维并囚宣阳里。三人者,皆善画,崔圆使绘斋壁,虔等方悸死,即极思祈解于圆,卒免死,贬台州司户参军。时杜甫任左拾遗,六月,出为华州司功。

[2] 上元元年,甫四十九岁作。

[3] 《华阳国志》:成都西城,故锦官城也。

[4] 上元元年作。

野外无供给,乘兴还来看药栏①。

闻官军收河南河北②

剑外忽传收蓟北,初闻涕泪满衣裳。却看妻子愁何在,漫卷诗书喜欲狂。白日放歌须纵酒,青春作伴好还乡。即从巴峡穿巫峡,便向襄阳向洛阳。

黄河二首③ 选一首

黄河北岸海西军,椎鼓鸣钟天下闻。铁马长鸣不知数,胡人高鼻动成群。

绝句四首 选一首

两个黄鹂鸣翠柳,一行白鹭上青天。窗含西岭千秋雪④,门泊东吴万里船。

---

① 钱笺:药栏,花药之栏槛。李济翁《资暇集》谓药即栏也,引《汉书》池籞为说。不知籞音御,与药音异。

② 宝应元年,甫五十一岁,在剑外闻捷书而作。宝应元年十月,雍王适讨史朝义,东都、河北悉平。十一月,官军破贼于洛阳,进收东都,河南平。朝义走河北,李怀仙斩其首以献,河北平。

③ 钱注:雍王至陕州,回纥可汗屯于河北,与僚属从数十骑往见之。诸军发陕州,仆固怀恩与回纥左杀为前锋。此所谓河北海西军也。旧注指吐蕃入寇,谬甚。

④ 西山白雪,四时不消。

王维 十首

王维字摩诘，太原祁人。父处廉，徙家于蒲，遂为河东人。维开元九年进士擢第。事母崔氏以孝闻。与弟缙俱有俊才，博学多艺，亦齐名，闺门友悌，多士推之。天宝末，为给事中。禄山陷两都，玄宗出幸，维扈从不及，为贼所得。维服药取痢，伪称瘖病。禄山素怜之，遣人迎置洛阳，拘于普施寺，迫以伪署。禄山宴其徒于凝碧宫，其乐工皆梨园弟子、教坊工人。维闻之悲恻，潜为诗曰：万户伤心生野烟，百官何日再朝天？秋槐花落空宫里，凝碧池头奏管弦。贼平，陷贼官三等定罪。维以《凝碧诗》闻于行在，肃宗嘉之。会缙请削己刑部侍郎以赎兄罪，特宥之。乾元中，转尚书右丞。维以诗名盛于开元、天宝间。昆仲宦游两都，凡诸王驸马豪右贵势之门，无不拂席迎之，宁王、薛王待之如师友。维尤长五言诗。书画特臻其妙，笔踪措思，参于造化，而创意经图，即有所缺，如山水平远，云峰石色，绝迹天机，非绘者之所及也。人有得《奏乐图》，不知其名。维视之曰："《霓裳》第三叠第一拍也。"好事者集乐工按之，一无差，咸服其精思。维弟兄俱奉佛，居常蔬食，不茹荤血。晚年长斋，不衣文彩。得宋之问蓝田别墅，在辋口，辋水周于舍下，别涨竹洲花坞。与道友裴迪浮舟往来，弹琴赋诗，啸咏终日。尝聚其田园所为诗，号《辋川集》。在京师日饭十数名僧，以玄谈为乐。退朝之后，焚香独坐，以禅诵为事。妻亡不再娶,三十年孤居一室,屏绝尘累。乾元二年七月卒。(节《旧唐书》卷一百九十下本传)清赵殿成《王右丞集注》有年谱。

酬张少府

晚年惟好静,万事不关心。自顾无长策,空知返旧林。松风吹解带,山月照弹琴。君问穷通理,渔歌入浦深。

终南别业①

中岁颇好道,晚家南山陲。兴来每独往,胜事空自知。行到水穷处,坐看云起时。偶然值林叟,谈笑无还期。

韦给事山居

幽寻得此地,讵有一人曾。大壑随阶转,群山入户登。庖厨出深竹,印绶隔垂藤。即事辞轩冕,谁云病未能。

淇上即事田园

屏居淇水上,东野旷无山。日隐桑柘外,河明闾井间。牧童望村去,猎犬随人还。静者亦何事,荆扉乘昼关。

---

① 一作《入山寄城中故人》,一作《初至山中》。
《诗人玉屑》引《后湖集》:此诗造意之妙,至与造物相表里,岂直诗中有画哉。观其诗,知其蝉蜕尘埃之中,浮游万物之表者也。

送梓州李使君①

万壑树参天,千山响杜鹃。山中一半雨,树杪百重泉。汉女输橦布②,巴人讼芋田③。文翁翻教授④,不敢倚先贤。

登裴迪秀才小台作

端居不出户,满目望云山。落日鸟边下,秋原人外闲。遥知远林际,不见此檐间。好客多乘月,应门莫上关⑤。

鹿柴⑥

空山不见人,但闻人语响。返景入深林,复照青苔上。

---

①《新唐书·地理志》:剑南道:梓州梓潼郡。

②《晋书·食货志》:夷人输賨布,户一匹,远者或一丈,橦,《瀛奎律髓》、《唐诗正音》俱作賨。

③左思《蜀都赋》:瓜畴芋区。郭义恭《广志》:蜀、汉既繁芋,民以为资。

④《汉书》:文翁,庐江舒人也。为蜀郡守,仁爱好教化。见蜀地僻陋,有蛮夷风,文翁欲诱进之。由是大化,蜀地学于京师者比齐、鲁焉。

钱牧斋云:《文苑英华》载王右丞诗,多与今行椠本小异。《送梓州李使君》诗:山中一夜雨,树杪百重泉,作山中一半雨,尤佳。盖送行之诗,言其风土,深山冥晦,晴雨相半,故曰半雨,而续之以僰女、巴人之联也。

⑤刘桢诗:应门重其关。庾肩吾诗:洛桥初度烛,宵门欲上关。

⑥柴与砦同,栅也。一作寨。凡师行野次,立木为区落,谓之柴。别墅有篱落者,亦谓之柴。此诗编入《辋川集》,有序云:余别业在辋川山谷。其游止有孟城坳、华子冈、文杏馆、斤竹岭、鹿柴、木兰柴、茱萸沜、宫槐陌、临湖亭、南垞、欹湖、柳浪、栾家濑、金屑泉、白石滩、北垞、竹里馆、辛夷坞、漆园、椒园等,与裴迪闲暇,各赋绝句云尔。

相思①

红豆生南国，秋来发几枝。劝君多采撷，此物最相思②。

送元二使安西③

渭城朝雨浥轻尘，客舍青青柳色新④。劝君更尽一杯酒，西出阳关无故人。

九月九日忆山东兄弟⑤

独在异乡为异客，每逢佳节倍思亲。遥知兄弟登高处，遍插茱萸少一人⑥。

① 凌本作《江上赠李龟年》；《万首唐人绝句》作《相思》。
② 《万首唐人绝句》豆作荳，几作故，多作休。凌本劝作赠。
③ 《诗人玉屑》作《赠别》。《乐府诗集》作《渭城曲》。
④ 次句，刘本。《万首唐人绝句》、《乐府诗集》俱作客舍青青柳色春。又一本作客舍依依杨柳春。

赵殿成按：《诗人玉屑》以此诗为折腰体，谓中失粘而意不断也。唐人歌入乐府，以为送别之曲，至阳关句，反复歌之，谓之《阳关三叠》，亦谓之《渭城曲》。白居易《晚春欲携酒寻沈四著作》诗云，最忆《阳关》唱，真珠一串歌。注云：沈有讴者，善唱西出阳关无故人词。又《对酒》诗云：相逢且莫推辞醉，听唱《阳关》第四声。注云：第四声，劝君更尽一杯酒，西出阳关无故人。刘禹锡《与歌者》诗云：旧人惟有何戡在，更与殷勤唱《渭城》。《渭城》、《阳关》之名，盖因诗中辞云。

⑤ 凌本作《九日忆东山兄弟》。
⑥ 《尔雅翼·风土记》曰：俗尚九月九日谓为上九，茱萸至此日气烈熟色赤，可折其房以插头，云辟恶气御冬。

刘禹锡《嘉话》：杜公言，更把茱萸仔细看。王右丞云，遍插茱萸少一人。朱放云，学他年少插茱萸。杜公为最优也。

孟浩然 十首

孟浩然字浩然，襄州襄阳人。少好节义，善振人患难，隐鹿门山。年四十，乃游京师。尝于太学赋诗，一座嗟伏，无敢抗。张九龄、王维雅称道之。维私邀入内署。俄而玄宗至，浩然匿床下，维以实对。帝喜曰：朕闻其人而未见也。何惧而匿？诏浩然出。帝问其诗。浩然再拜，自诵所为，至"不才明主弃"之句。帝曰：卿不求仕，而朕未尝弃卿，奈何诬我？因放还。采访使韩朝宗约浩然偕至京师，欲荐诸朝。会故人至，剧饮欢甚。或曰：君与韩公有期。浩然叱曰：业已饮，遑恤他！卒不赴。朝宗怒，辞行，浩然不悔也。张九龄为荆州，辟置于府，府罢。开元末，病疽背卒。（节《新唐书》卷二百三本传）有集四卷，王士源序。

与诸子登岘山

人事有代谢①，往来成古今。江山留胜迹，我辈复登临。水落鱼梁浅，天寒梦泽深。羊公碑尚在，读罢泪沾襟。

---

① 干宝《晋武帝革命论》：帝王之兴，必俟天命。苟有代谢，非人事也。

望洞庭湖赠张丞相①

八月湖水平,涵虚混太清②。气蒸云梦泽③,波撼岳阳城。欲济无舟楫④,端居耻圣明。坐观垂钓者,徒有羡鱼情⑤。

舟中晓望

挂席东南望,青山水国遥。舳舻争利涉⑥,来往任风潮。问我今何适,天台访石桥⑦。坐看霞色晓,疑是赤城标。

游精思观回王白云在后

出谷未停午,到家日已曛。回瞻下山路,但见牛羊群。樵子暗相失,草虫寒不闻。衡门犹未掩,伫立望夫君。

夏日浮舟过陈大水亭⑧

水亭凉气多,闲棹晚来过。涧影见松竹,潭香闻芰荷。野童扶醉舞,山鸟助酣歌。幽赏未云遍,烟光奈夕何。

---

① 一作《临洞庭》。
② 左思《吴都赋》:回曜灵于太清。
③ 《参同契》:山泽气蒸。
④ 《尚书》:若济巨川,用汝作舟楫。
⑤ 《汉书·董仲舒传》:古人有言曰:临渊羡鱼,不如退而结网。
⑥ 《汉书·武帝纪》:轴舻千里。《周易》:利涉大川。
⑦ 《一统志》:天台县北有石桥山,山上方广寺旁有小石桥架两崖间,势极峭峻。
⑧ 一作《浮舟过滕逸人别业》。

夜泊牛渚趁薛八船不及

星罗牛渚夕,风退鹢舟迟。浦溆尝同宿,烟波忽间之。榜歌空里失①,船火望中疑。明发泛潮海,茫茫何处期。

岁除夜有怀②

迢递三巴路,羁危万里身。乱山残雪夜,孤烛异乡人。渐与骨肉远,转于僮仆亲。那堪正飘泊,来日岁华新。

伤岘山云表观主

少小学书剑,秦吴多岁年。归来一登眺,陵谷尚依然。岂意餐霞客,溘随朝露先③。因之问闾里,把臂几人全。

万山潭

垂钓坐磐石,水清心益闲。鱼行潭树下,猿挂岛藤间。游女昔解佩,传闻于此山。求之不可得,沿月棹歌还。

晚泊浔阳望庐山④

挂席几千里,名山都未逢。泊舟浔阳郭,始见香炉峰。尝读远公传,永怀尘外踪。东林精舍近,日暮但闻钟。

---

① 司马相如《子虚赋》:榜人歌,声流喝。
② 一作《除夜》。
③《汉书·苏武传》:人生如朝露,何久自苦如此。
④ 一作《晚泊浔阳望香炉峰》。

韩愈 七首

韩愈字退之,邓州南阳人。愈生三岁而孤,随伯兄会贬官岭表。会卒,嫂郑鞠之。愈自知读书,日记数千百言。比长,尽能通六经、百家学。擢进士第。会董晋为宣武节度使,表署观察推官。晋卒。依武宁节度使张建封,建封辟府推官。操行坚正,鲠言无所忌。调四门博士,迁监察御史。上疏极论宫市。德宗怒,贬阳山令。改江陵法曹参军。元和初,权知国子博士,分司东都,三岁为真。改都官员外郎,即拜河南令。迁职方员外郎。复为博士。既才高数黜,官又下迁,乃作《进学解》以自谕。执政览之,奇其才,改比部郎中、史官修撰。转考功,知制诰,进中书舍人。元济平,迁刑部侍郎。宪宗迎佛骨。愈闻恶之,乃上表。表入,帝大怒,曰:愈言我奉佛太过,犹可容。至谓东汉奉佛以后,天子咸夭促,言何乖剌耶?愈,人臣,狂妄敢尔,固不可赦。贬潮州刺史。既至潮,以表哀谢。帝得表,颇感悔,欲复用之。皇甫镈素忌愈直,即奏言:愈终狂疏,可且内移。乃改袁州刺史。召拜国子祭酒,转兵部侍郎。镇州乱,杀田弘正而立王廷凑。诏愈宣抚。既行;众皆危之。元稹言:韩愈可惜。穆宗亦悔。愈归奏,帝大悦,转吏部侍郎。长庆四年卒,年五十七,赠礼部尚书,谥曰文。愈性明锐,不诡随。与人交,终始不少变。成就后进士,往往知名。(节《新唐书》卷一百七十六本传)韩愈字退之,昌黎人。父仲卿,无名位。愈生三岁而孤,自以孤子,幼刻苦学儒,不俟奖励。大历、贞元之间,文字多尚古学,效扬雄、董仲舒之述作。而独孤及、梁肃最称渊奥,儒林推重。愈从其徒游,锐意钻仰,欲自振于一代。洎举进士,投文于公卿间,故相郑余庆颇为之延誉,由是知名于时。寻登进士第。少时与洛阳人孟郊、东郡人张籍友善。二人名位未振,愈不避寒暑,称荐于公卿间。而籍终成科第,荣于禄仕。(节《旧唐书》卷一百六十本传)有集四十卷、外集十卷、遗文不分卷(东雅堂刊本)。

南山诗[①]

吾闻京城南,兹维群山囿。东西两际海[②],巨细难悉究[③],山经及地志,茫昧非受授。团辞试提挈,挂一念万漏。欲休谅不能,粗叙所径觏。尝升崇邱望,戢戢见相凑。晴明出棱角,缕脉碎分绣。蒸岚相颎洞[④],表里忽通透。无风自飘簸,融液煎柔茂。

[①] 此诗似《上林》、《子虚赋》,才力小者不可到也。《潜溪诗眼》云:孙莘老尝谓:老杜《北征》胜退之《南山诗》。王平甫以谓《南山》胜《北征》。终不能相服。时山谷尚少,乃曰:若论工巧,则《北征》不及《南山》;若书一代之事,以与《国风》、《雅》、《颂》相为表里,则《北征》不可无,而《南山》虽不作未害也。二公之论遂定。《长安志》:终南山在万年县南五十里。

[②]《史记》:春申君上秦昭王书:王之地一经两海。

[③]《福地记》:终南山,东接骊山、太华,西连太白、陇山,北去长安八十里,南入楚塞,连属东西数百里。

[④] 颎或作鸿。《淮南子》:颎濛鸿洞。王褒《箫赋》、扬雄《羽猎赋》,所用皆同。唐人始兼用之。杜甫寺:鸿洞半炎方,颎洞不可掇,是也。

横云时平凝,点点露数岫①。天空浮修眉②,浓绿画新就。孤撑有巉绝③,海浴褰鹏噣④。春阳潜沮洳⑤,濯濯吐深秀⑥。岩峦虽崒崔⑦,软弱类含酎⑧。夏炎百木盛,荫郁增埋覆。神灵日献歜,云气争结构。秋霜喜刻轹⑨,碌卓之癯瘦。参差相叠重,刚耿陵宇宙。冬行虽幽墨,冰雪工琢镂⑩。新曦照危峨,亿丈恒高袤⑪。明昏无停态,顷刻异状候。西南雄太白⑫,突起莫闲簉⑬。藩都配德运⑭,分宅占丁戊⑮。逍遥越坤位,诋讦陷乾窦。空虚寒兢兢,风气较搜漱。朱维方烧日,阴霾纵腾糅。昆明大池北,去觏偶晴昼。绵联穷俯视,倒侧困清沤。微澜动水面,踊跃躁猱狖⑯。惊呼

① 岫,山穴。
② 《洛神赋》:修眉联娟。
③ 杜诗:巉绝华岳赤。刘峻《广绝交论》:太行孟门,岂云巉绝。
④ 《史记》:中行人面鸟噣。
⑤ 沮洳,陷湿地。《诗经》:彼汾沮洳。沮洳,犹言润泽。
⑥ 吐深,或作深吐。
⑦ 《史记》:隆崇崒崔。杜诗:高岳前崒崔。
⑧ 酎,重酿之酒。
⑨ 轹作铄,《史记·酷吏传》:刻轹宗室。
⑩ 雪或作路。
⑪ 危或作峞。恒或作亘。
⑫ 太白在凤翔郿县,或曰在武功县。
⑬ 《左传》:僖子使助薳氏之簉。注:簉,副倅也。嵇康曰:承闲簉乏。
⑭ 太白山为帝都藩垣。唐土德,太白在西南坤位,故云配德运。
⑮ 丁戊亦谓西南。
⑯ 《诗经·小雅》:无教猱升木。《楚辞》:猿狖群啸兮虎豹嗥。

惜破碎，仰喜呀不仆。前寻径杜墅①，坌蔽毕原陋②。崎岖上轩昂，始得观览富。行行将遂穷，岭陆烦互走。勃然思岸裂，拥掩难恕宥。巨灵与夸蛾③，远贾期必售④。还疑造物意，固护蓄精祐。力虽能排幹，雷电怯呵诟。攀缘脱手足，蹭蹬抵积甃。茫如试矫首，墢塞生怐愗⑤。威容丧萧爽，近新迷远旧。拘官计日月，欲进不可又。因缘窥其湫，凝湛闷阴兽⑥。鱼虾可俯掇，神物安敢寇。林柯有脱叶，欲堕鸟惊救。争衔弯环飞，投弃急哺鷇⑦。旋归道回睨，达枑壮复奏⑧。吁嗟信奇怪，峙质能化贸。前年遭谴谪⑨，探历得邂逅。初从蓝田入，顾眄劳颈脰⑩。时天大雪，泪目苦蒙瞀⑪。峻涂拖长冰，直上若悬溜。褰衣步推马，

① 径或作经。杜墅即杜陵，在长安万年县东南。
② 毕原，周文、武葬处，在咸阳县西北。
③《西京赋》：巨灵赑屃，高掌远蹠。郭缘生《述征记》：华山对河东首阳山，黄河流于二山之间。古语云：此本一山当河，河水过之而曲行。河神巨灵以手擘开其上，以足蹈其下，中分为两，以通河流。《列子》北山愚公，欲平太行、王屋二山。帝感其诚，命夸蛾氏二子负二山，一厝朔东，一厝雍南。自冀之南，汉之东。无陇断焉。
④《诗》：贾用不售。
⑤ 墢，土块。《九辩》：直怐愗而自苦。《集韵》通作㝅霧，鄙吝心不明也。
⑥ 湫，龙所居。《礼记·礼运》：龙以为兽。谓湫中蛟也。兽亦作畜，或作兽。
⑦ 乌生须哺曰鷇。
⑧ 卢仝《月蚀诗》：头戴弁冠高达枑。
⑨ 谓贞元十九年十二月自监察御史谪连州阳山令。
⑩《公羊传》：绝其脰。
⑪ 瞀，目不明。《庄子》：予适有瞀病。注：风眩冒乱。

颠蹶退且复。苍黄忘遐睎①,所瞩才左右。杉篁咤蒲苏②,呆耀攒介胄。专心忆平道,脱险逾避臭③。昨来逢清霁,宿愿忻始副④。峥嵘跻冢顶,倏闪杂龉鉏。前低划开阔,烂漫堆众皱⑤。或连若相从,或瘗若相斗。或妥若弭伏,或竦若惊雊。或散若瓦解,或赴若辐辏。或翩若船游,或决若马骤。或背若相恶,或向若相佑。或乱若抽笋,或嵸若注灸。或错若绘画,或嵼若篆籀。或罗若星离,或蓊若云逗。或浮若波涛,或碎若锄耨。或如贲育伦⑥,赌胜勇前购,先强势已出,后钝瞋诟㦒⑦。或如帝王尊,丛集朝贱幼,虽亲不亵狎,虽远不悖谬⑧。或如临食案,肴核纷饤饾⑨。又如游九原,坟墓包椁柩。或累若盆甖,或揭若甑豆。或覆若曝鳖,或颓若寝兽⑩。或蜿若藏龙,或翼若搏鹫。或齐若友朋⑪,或随若先后⑫。或迸若流落,或顾若宿留⑬,或戾若仇雠,

① 睎,视也。
② 咤,喷也。蒲苏,扶疏也。
③ 《吕氏春秋》:人有大臭者,其亲戚兄弟无能与分居者。
④ 始或作所。
⑤ 皱,蜀人韩仲韶本作皷,石蟆也。
⑥ 夏育、孟贲,秦之勇力者。
⑦ 《玉篇》:诟㦒,诂说也。诂说,言不正也。
⑧ 晁说之《语录》:韩文公诗号状体,谓铺叙而无含蓄也。若虽亲不亵狎,虽远不悖谬,该于理多矣。
⑨ 《诗·小雅》:殽核维旅。注:殽,豆实也。核,笾实也。纷或作分。
⑩ 寝或作㝱,又或作偃。
⑪ 友朋或作迎随。
⑫ 随或作差。《方言》:先后,犹娣姒也。
⑬ 《史记》:宿留之数日无所见。又武帝宿留海上。

或密若婚媾①。或俨若峨冠，或翻若舞袖②。或屹若战阵，或围若蒐狩。或靡然东注③，或偃然北首。或如火熺焰④，或若气馈馏⑤。或行而不辍，或遗而不收⑥。或斜而不倚，或弛而不彀。或赤若秃髽⑦，或燻若柴樾⑧。或如龟坼兆，或若卦分繇。或前横若剥，或后断若姤⑨。延延离又属，夬夬叛还遘。喁喁鱼闯萍⑩，落落月经宿，闾闾树墙垣，巀巀架库厩⑪，参参削剑戟，焕焕衔莹绣。敷敷花披萼，阛阛屋摧霤⑫。悠悠舒而安，兀兀狂以狃。超超出犹奔，蠢蠢骇不愸。大哉立天地，经纪肖营腠。厥初孰开张，俛偻谁劝侑。创兹朴而巧，戮力忍劳疚。得非施斧斤，无乃假诅咒。鸿荒竟无传⑬，功大莫酬僦⑭。尝闻于祠官，芬苾降歆嗅⑮。斐然作歌诗，惟用赞报鲔。

① 《左传》隐公十一年：如旧昏媾。注：妇之父曰昏，重昏曰媾。
② 舞或作举。
③ 《隋书·地理志》注：大河之流，反澜东注。
④ 熺，炽也。
⑤ 《尔雅》：馈馏，稔也。注：今呼餐饭为馈，馈熟为馏。
⑥ 《易》：并收勿幕。
⑦ 髽，《说文》：鬓秃也。
⑧ 樾，积木燎之也。《诗》：薪之樾也。
⑨ 《易》：剥☷☶姤☰☴。《象》：姤，遇也。
⑩ 喁喁，鱼口也。《公羊传》开之则闯然。注：出头貌。
⑪ 巀，山形如甑也。姚令威云：恐当作辄辄。《魏都赋》：四门辄辄。
⑫ 阛阛或作阓阓。
⑬ 无或作谁，又作莫。
⑭ 莫或作岂。僦，赁也。
⑮ 芬苾，馨香气也。《诗》：苾苾芬芬。嗅或作歠，依字当作歊。

醉赠张秘书①

人皆劝我酒，我若耳不闻。今日到君家，呼酒持劝君。为此座上客，及余各能文。君诗多态度，蔼蔼春空云。东野动惊俗，天葩吐奇芬。张籍学古淡，轩鹤避鸡群②。阿买不识字③，颇知书八分。诗成使之写，亦足张吾军④。所以欲得酒，为文俟其醺。酒味既泠洌⑤，酒气又氛氲⑥。性情渐浩浩，谐笑方云云。此诚得酒意，余外徒缤纷。长安众富儿，盘馔罗膻荤。不解文字饮，惟能醉红裙。虽得一饷乐，有如聚飞蚊。今我及数子，固无莸与薰⑦。险语破鬼胆，高词媲皇坟⑧。至宝不雕琢，神功谢锄耘。方今向泰平，元凯承华勋⑨。吾徒幸无事，庶以穷朝曛。

① 今本下或注彻字。彻元和四年进士。此诗元和初作，彻犹未第。公五六年间皆在东都，此诗盖在长安日作，非彻也。

② 鹤，方及诸本皆作鸟。《晋书》：嵇绍始入洛，或谓王戎曰：昨于稠人中见嵇绍，昂昂然如野鹤之在鸡群。

③ 阿买，退之侄。

④《左传》桓公六年：斗伯比言于楚子曰：我张吾三军而被吾甲兵。

⑤ 泠或作冷。

⑥ 气或作烟。氛或作氲。氛氲，盛貌。

⑦《左传》僖公四年：一薰一莸，十年尚犹有臭。

⑧《书序》：伏羲、神农、皇帝之书谓之《三坟》。皇《坟》，三皇《坟书》也。

⑨ 八元、八凯名氏，见《左传》文公十八年。时宪宗即位，杜黄裳、郑余庆、李吉甫、裴垍、李藩之徒，相继为相。故云。

调张籍

　　李杜文章在，光焰万丈长①。不知群儿愚，那用故谤伤。蚍蜉撼大树，可笑不自量②。伊我生其后，举颈遥相望。夜梦多见之，昼思反微茫。徒观斧凿痕，不瞩治水航。想当施手时，巨刃磨天扬。垠崖划崩豁，乾坤摆雷硠③。惟此两夫子，家居率荒凉。帝欲长吟哦，故遣起且僵。翦翎送笼中④，使看百鸟翔。平生千万篇，金薤垂琳琅⑤。仙官勑六丁，雷电下取将⑥。流落人间者⑦，太山一豪芒⑧。我愿生两翅，捕逐出八荒。精诚忽交通，百怪入我肠。刺手拔鲸牙⑨，举瓢酌天浆⑩。腾身跨汗漫⑪，不著织女襄。顾语地上友，经营无太忙。乞君飞霞佩，与我高颉颃⑫。

①《西京赋》：光焰烛天庭。
②魏道辅云：公作此诗，为微之发。盖元稹作李、杜优劣论，先杜后李，故尔。
③左思《吴都赋》：菈擸雷硠。硠，礚石声。诗意谓李、杜文章如禹疏凿江峡，虽有迹可寻，而当时运最之巧，则今不可得而睹矣。
④祢衡《鹦鹉赋》：闲以雕笼，剪其翅羽。
⑤《书》：厥贡惟球琳琅玕。萧子良《古今篆隶书体》：有金错书、倒薤书。
⑥道书，阳官六甲，阴官六丁。《异人记》：上元中，台州道士王远知作《易总》十五卷。一日雷雨云雾中，一老人语远知曰：所泄者书何在？上帝命吾摄六丁雷电追取。
⑦流或作留。《汉书·霍去病传》：诸将留落不偶。今世俗皆作流落。
⑧豪毫通。
⑨刺，刃之也。
⑩魏道辅曰：高至于酌天浆，幽至于拔鲸牙，其思赜深远如此。
⑪《淮南子》：若士与汗漫期于九垓之上。
⑫《诗》：颉之颃之。飞而上曰颉，下曰颃。

八月十五夜赠张功曹①

纤云四卷天无河②,清风吹空月舒波③。沙平水息声影绝,一杯相属君当歌君④。歌声酸辞且苦,不能听终泪如雨。洞庭连天九疑高,蛟龙出没猩鼯号。十生九死到官所,幽居默默如藏逃。下床畏蛇食畏药⑤,海气湿蛰熏腥臊⑥。昨者州前捶大鼓,嗣皇继圣登夔皋。赦书一日行万里⑦,罪从大辟皆除死。迁者追回流者还,涤瑕荡垢朝清班。州家申名使家抑⑧,坎轲只得移荆蛮。判司卑官不堪说⑨,未免捶楚尘埃间⑩。同时辈流多上道,天路幽险难追攀。君歌且休听我歌,我歌今与君殊科⑪。一年明月今宵多⑫,人生由命非由他,有酒不饮奈明何。

① 本集《河南令张君墓志铭》:君讳署,字某,河间人。以进士举博学宏词,为校书郎,自京兆武功尉拜监察御史,为幸臣所谗,与同辈韩愈、李方叔三人俱为县令南方。二年,逢恩俱徙掾江陵。半岁,邑管奏君为判官。
② 傅玄诗:纤云时彷佛。
③ 《汉书·礼乐志》郊祀歌:月穆穆以金波。
④ 《汉书·灌夫传》:夫迎田蚡过窦婴,及饮酒酣,夫起舞属蚡。颜师古曰:属,付也。
⑤ 南方多蛇。人多畜蛊,以毒药杀人。
⑥ 《洛阳伽蓝记》:地多湿蛰,攒育虫蚁。《韩非子》:腥臊恶臭,而伤害腹胃。
⑦ 《新唐书·顺宗纪》贞元二十一年正月丙申,即皇帝位。二月甲子,大赦。
⑧ 使家,谓湖南观察使。
⑨ 卑官,一作官卑。
⑩ 杜南《送高书记诗》:脱身簿尉中,始与捶楚辞。唐制,参军簿尉有过即受笞杖之刑。
⑪ 陈琳书:强弱殊科。
⑫ 明月一作月明。

陆浑山火和皇甫湜用其韵[1]

皇甫补官古贲浑[2],时当玄冬泽乾源[3]。山狂谷很相吐吞。风怒不休何轩轩,摆磨出火以自燔。有声夜中惊莫原,天跳地踔颠乾坤[4]。赫赫上照穷崖垠,截然高周烧四垣。神焦鬼烂无逃门,三光弛骤不复瞰,虎熊麋猪逮猴猿,水龙鼍龟鱼与鼋,鸦鸱雕鹰雉鹤鹌[5],燖炰煨爊孰飞奔[6],祝融告休酌卑尊[7],错陈齐玫辟华园[8],芙蓉披猖塞鲜繁。千钟万鼓咽耳喧,攒杂啾嚄沸篪埙[9],彤幢绛旃紫䰐䯶[10],炎官热属朱冠裈。髹其肉皮通胝臀[11],颓胸垤腹车掀辕[12],缇颜股豹两鞬[13],霞车虹靷日毂辒[14],丹蕤缊

① 皇甫湜字持正,元和元年擢进士第,为陆浑尉。此诗或为韩愈分司东都时作,当在元和三年。湜诗不传。
② 贲音陆,字本《公羊传》。
③ 玄或作大。
④ 《后汉书》:踔字宙而遗俗。注:犹越也。
⑤ 鹰雉或作雁鹰。
⑥ 燖,汤中爓肉也。炰,含毛炙物。《诗》:毛炰胾羹。爊,《广韵》:埋物灰中令熟也。孰一作熟。
⑦ 《左传》昭公二十九年:颛顼氏有子曰犁,为祝融。注:犁为火正。火行于冬,优祝融告休而归也。
⑧ 齐玫,谓火齐玫瑰也。
⑨ 啾唧,小声。嚄喷,大唤。自山狂谷很以下,言火之盛。
⑩ 《周礼》:通帛为旃。䰐,左䰐,以牦牛尾为之。旃,旗曲柄。
⑪ 器物一再漆者,谓之髹漆。
⑫ 掀辕或作辕掀。
⑬ 《周礼》:赤缇用羊。韎,赤韦也。《诗》:韎韐有奭。两鞬,《说文》:所以戢弓矢。
⑭ 靷,引车索。汉制,长吏二千石朱两辒。

盖绯缯帒①。红帷赤幕罗脤膰②,盉池波风肉陵屯③,谽呀巨壑颇黎
盆④,豆登五山瀛四樽⑤,熙熙醹酬笑语言⑥,雷公挚山海水翻。齿
牙嚼啮舌腭反⑦,电光矸磇颒目暖⑧。项冥收威避玄根⑨,斥弃舆马
背厥孙⑩,缩身潜喘拳肩跟,君臣相怜加爱恩。命黑螭侦焚其元,
天关悠悠不可援,梦通上帝血面论⑪。侧身欲进叱于阍,帝赐
九河湔涕痕,又诏巫阳反其魂⑫,徐命之前问何冤。火行于冬
古所存,我如禁之绝其飧。女丁妇壬传世婚⑬,一朝结仇奈后昆。

① 《尔雅》:一染谓之縓。缯,《广韵》:风吹旗貌。帒,《说文》:幡也。
② 《周礼》:以膰脤之礼,亲兄弟之国。膰:祭肉也。
③ 《左传》:士刲羊亦无盉也。陵屯字见《庄子》。樊泽之曰:盉若池,
波若风,肉若陵屯。方云:盉如池而波风,肉如陵之屯聚也。合二说而言之,
如盉池之波风,肉之陵屯,乃为善耳。
④ 谽或作豁,大貌。字见《上林赋》。少陵诗亦有余光散谽呀。按《汉书》
注:谽呀,涧谷形容也。颇黎,西围赤玉名。
⑤ 《尔雅》:木豆谓之豆,瓦豆谓之登。豆登五山者,以五岳为豆登。瀛
四樽者,以四海为酒樽也。自肜幢以下,皆言祝融御火,其车御饮食之盛如此。
⑥ 饮尽谓之醹。
⑦ 腭或作齶。齴,断也,见《玉篇》。反,《汉书》:有所平反。
⑧ 暖,大目也。晋王嘉《拾遗记》:月支献猛兽,令作两目如天矸谭之炎光也。
⑨ 《礼记·月令》:冬,其帝颛顼,其神玄冥。水神也。
⑩ 水生木,木生火,故曰孙。
⑪ 诗意谓火既用事,则项冥黑精之君、玄冥水官之神,当缩身潜喘,而
君臣乃命黑螭问其事于祝融,而火焚其首,黑螭所以血面而论于帝也。
⑫ 宋玉《招魂》注:巫阳,天帝女也。
⑬ 杭本女作夫。董彦远曰:当作女丁夫壬,引东山少连曰:玄冥之子曰壬夫,
娶祝融氏之女曰丁芊,俱学水仙,是为温泉之神。洪庆善曰:丁,火也;壬,
水也。火,女也,水,男也。丁女而为妇于壬,故曰女丁妇壬。一作夫丁妇
壬亦通。夫丁者,壬也,言壬为丁夫也。妇壬者,丁也,言丁为壬妇也。

时行当反慎藏蹲,视桃著花可小鶱①。月及申酉利复怨②。助汝五龙从九鲲,溺厥邑囚之昆仑。皇甫作诗止睡昏,辞夸出真遂上焚。要余和增怪又烦,虽欲悔舌不可扪③。

石鼓歌④

张生手持石鼓文,劝我试作石鼓歌。少陵无人谪仙死,才薄将奈石鼓何。周纲陵迟四海沸,宣王愤起挥天戈。大开明堂受朝贺,诸侯剑佩鸣相磨。蒐于岐阳骋雄俊⑤,万里禽兽皆遮罗⑥。镌功勒成告万世⑦,凿石作鼓隳嵯峨。从臣才艺咸第一,拣选撰刻留山阿。雨淋日炙野火燎,鬼物守护烦㧘呵⑧。公从何处得纸本,毫发尽备无差讹。辞严义密读难晓,字体不类隶

---

①鶱一作骞。《汉书》:来春桃花水盛。谓二月雨水盛也。
②水生于申,火死于酉,故水至申而利,火至酉而怨。
③详此诗始则言火势之盛,次则言祝融之御火,其下则水火相克相济之说。
④欧阳文忠《集古录》云:岐阳石鼓,初不见称于世,至唐人始盛称之。而韦应物以为周文王之鼓,至宣王刻诗尔。韩退之直以为宣王之鼓。在今凤翔孔子庙中,鼓有十。其文可见者四百六十五,磨灭不可识者过半。然其可疑者三四。退之好古不妄者,予姑取以为信尔。至于字画,亦非史籀不能作也。《笔墨闲录》:此歌全抑止杜子美《李潮八分小篆歌》。才薄将奈石鼓何,即子美云潮乎潮乎奈尔何;快剑斫断生蛟鼍,即子美云快剑长戟森相向。
⑤蒐,狩也。《左传》昭公四年:成(王)有岐阳之蒐。
⑥万或作百。
⑦班固《东都赋》:封岱勒成。
⑧呵或作诃。

与科①。年深岂免有缺画,快剑斫断生蛟鼍②。鸾翱凤翥众仙下③,珊瑚碧树交枝柯④。金绳铁索锁纽壮,古鼎跃水龙腾梭⑤。陋儒编诗不收入,二雅褊迫无委蛇⑥。孔子西行不到秦,掎摭星宿遗羲娥⑦。嗟余好古生苦晚,对此涕泪双滂沱⑧。忆昔初蒙博士征,其年始改称元和⑨。故人从军在右辅⑩,为我量度掘臼科。濯冠沐浴告祭酒,如此至宝存岂多。毡苞席裹可立致,十鼓只载数骆驼⑪。荐诸太庙比郜鼎⑫,光价岂止百倍过。圣恩若许留太学,诸生讲解得切磋。观经鸿都尚填咽⑬,坐见举国来奔波。剜苔

① 科或作蝌。按蝌乃科之俗体,后人以重韵而误改。《水经·泗水》注:鲁恭王坏孔子旧宅,得尚书、春秋、论语、孝经,时人已不复知有古文,谓之科斗书。

② 《礼记》:伐蛟取鼍。

③ 《文选》:凤骞翥飞。

④ 班固《西都赋》:珊瑚碧树,周阿而生。

⑤ 《史记》宋大丘社亡鼎沦于泗水彭坡下。《晋书·陶侃传》:侃少时渔于雷泽,网得一织梭,以挂于壁,有顷雷雨,自化为龙而去。龙腾,一作腾龙。

⑥ 委蛇,委曲自得之貌。《诗·召南·羔羊》:退食自公,委蛇委蛇。

⑦ 曹子建《与杨德祖书》:刘季绪好诋诃文章,掎摭利病。

⑧ 《诗·陈风·泽陂》:涕泗滂沱。

⑨ 元和元年,韩愈自江陵召为国子博士。

⑩ 右辅谓右扶风,即凤翔府也。

⑪ 骆或作驼,依字当作橐。《汉书·匈奴传》:橐驼,言能负囊而驼物也。

⑫ 《春秋》桓公二年:取郜大鼎于宋。戊申,纳于太庙。

⑬ 汉灵帝元和元年二月,始置鸿都门学。熹平四年三月,诏诸儒正五经文字,命议郎蔡邕为古文篆隶三体书之,刻石于太学门外,使后生晚学咸取正焉。碑始立,其觐见及摹写者,车乘日千两,填塞街陌。鸿都与观经盖二事,公并用之。

剜藓露节角,安置妥帖平不颇。大厦深檐与盖覆,经历久远期无佗。中期大官老于事,讵肯感激徒媕娿①。牧童敲火牛砺角,谁复著手为摩挲②。日销月铄就埋没,六年四顾空吟哦。羲之俗书趁姿媚③,数纸尚可博白鹅④。继周八代争战罢⑤,无人收拾理则那⑥。人方今太平日无事,柄任儒术崇丘轲。安能以此上论列,愿借辩口如悬河⑦。石鼓之歌止于此,呜呼吾意其蹉跎。

① 媕娿,不决之貌。
②《后汉书·蓟子训传》:后人复于长安东霸城见之,与一老公共摩挲铜人。
③ 王得臣《麈史》:王右军书多不讲偏旁。此退之所谓羲之俗书趁姿媚者也。
④《晋书·王羲之传》:山阴有一道士,养好鹅。羲之固求市之。道士云:为写《道德经》,当举群相赠耳。羲之欣然写毕,笼鹅而归。
⑤ 八代:秦、汉、魏、晋、元魏、齐、周、隋(以石鼓所在言之)。或汉、魏、晋、宋、齐、梁、陈、隋。
⑥《左传》宣公二年:犀兕尚多,弃甲则那。
⑦ 晋王衍口:听郭象语如悬河泻水,注而不竭。

听颖师弹琴①

昵昵儿女语②,恩怨相尔汝。划然变轩昂,勇士赴敌场③。浮云柳絮无根蒂④,天地阔远随飞扬。喧啾百鸟群,忽见孤凤凰。跻攀分寸不可上,失势一落千丈强⑤。嗟余有两耳,未省听丝篁。自闻颖师弹,起坐在一旁。推手遽止之,湿衣泪滂滂。颖乎尔诚能,无以冰炭置我肠⑥。

① 颖师若是道士,则颖字是姓,当从水;是僧,则颖字是名,当从禾。《西清诗话》:三吴僧义海以琴名世。六一居士尝问东坡,琴诗孰优。东坡答以退之《听颖师琴》。公曰:此只是听琵琶耳。或以问海。海曰:欧阳公一代英伟,然斯语误矣。昵昵儿女语,恩怨相尔汝,言轻柔细屑,真情出见也。划然变轩昂,勇士赴敌场,精神余溢,竦观听也。浮云柳絮无根蒂,天地阔远随飞扬,纵横变态,浩乎不失自然也。喧啾百鸟群,忽见孤凤凰,又见颖孤绝不同流俗下俚声也。跻攀分寸不可上,失势一落千丈强,起伏抑扬,不主故常也。皆指下丝声妙处,惟琴为然。琵琶格上声,乌能尔邪?退之深得其趣,未易讥评也。《许彦周诗话》云:退之《听颖师弹琴》诗云,浮云柳絮无根蒂,天地阔远随飞扬,此泛声也,谓轻非丝重非木也;喧啾百鸟群,忽见孤凤凰,泛声中寄指声也;跻攀分寸不可上,吟绎声也;失势一落千丈强,顺下声也。善琴者云:此数声最难工。自文忠公与东坡论此诗,作听琵琶诗,后往往随例云云。故特论之,少为退之雪冤。李贺亦有《听颖师弹琴歌》。

② 一作妮妮,或作呢呢。

③ 《吴志·张纮传》:斩将搴旗,威震敌场。

④ 陶渊明《杂诗》:人生无根蒂。

⑤ 《木兰诗》:赏赐百千强。算家以有余为强。

⑥ 郭象注《庄子·人间世》:喜惧战于胸中,固已结冰炭于五藏矣。

白居易 十首

白居易字乐天,太原人。至(曾祖)温徙于下邽,今为下邽人焉。居易幼聪慧绝人,襟怀宏放。年十五六时,袖文一篇,投著作郎吴人顾况。况能文,而性浮薄,后进文章无可意者。览居易文,不觉迎门礼遇曰:吾谓斯文遂绝,复得吾子矣。贞元十四年,始以进士就试,擢升甲科。居易文辞富艳,尤精于诗笔。所著歌诗数十百篇,皆意存讽赋,箴时之病,补政之缺,而士君子多之,而往往流闻禁中。章武皇帝渴闻谠言,(元和)二年十一月,召入翰林为学士。三年五月,拜左拾遗。居易自以逢好文之主,非次拔擢,欲以生平所贮,仰酬恩造,拜命之日,献疏言事。居易与河南元稹相善,同年登制举。六年四月,丁母丧,退居下邽。九年冬,入朝,授太子左赞善大夫。十年,有素恶居易者,掎摭居易,言浮华无行,其母因看花堕井而死,而居易作《赏花》及《新井》诗,甚伤名教。执政方恶其言事,奏贬为江表刺史。追诏授江州司马。居易儒学之外,尤通释典,常以忘怀处顺为事,都不以迁谪介意。在浔城,立隐舍于庐山遗爱寺。时元稹在通州,篇咏赠答往来,不以数千里为远。尝与稹书,因论作文之大旨。十三年冬,量移忠州刺史。十四年三月,元稹会居易于峡口。其年冬,召还京师,拜司门员外郎。明年,转主客郎中、知制诰。时元稹亦征还为尚书郎、知制诰。长庆元年十月,转中书舍人。凡朝廷文字之职,无不首居其选，然多为排摈，不得用其才。（二年）七月，除杭州刺史。俄而元稹转浙东观察使。杭、越邻境，篇咏往来，不间旬浃。尝会于境上，数日而别。秩满，除太子左庶子，分司东都。宝历中，复出为苏州刺史。文宗即位，征拜秘书监。大和二年正月，转刑部侍郎，封晋阳县男。居易初对策高第，擢入翰林，蒙英主特达顾遇，颇欲奋厉效报，苟致身于讦谟之地，则兼济生灵。蓄意未果，望风为当路者所挤，流徙江湖。四五年间，几沦蛮瘴。自是宦情衰落，无意于出处，唯以逍遥自得，吟咏情性为事。大和已后，李宗闵、李德裕朋党事起，是非排陷，朝升暮黜，天子亦无如之何。杨颖士、杨虞卿与宗闵善，居易妻，颖士从父妹也。居易愈不自安，惧以党人见斥，乃求致身散地，冀于远害。凡所居官，未尝终秩，率以病免，固求分务，识者多之。初，居易罢杭州，归洛阳，于履道里得故散骑常侍杨凭宅，竹木池馆，有林泉之致。家妓樊素、蛮子者，能歌善舞。居易既以尹正罢归，每独酌赋咏于舟中。又效陶潜《五柳先生传》，作《醉吟先生传》以自况。文章旷达，皆此类也。大和末，李训构祸，衣冠涂地，士林伤感。居易愈无宦情。开成元年，除同州刺史，辞疾不拜。寻授太子少傅，进封冯翊县开国侯。四年冬，得风病，伏枕者累月，乃放诸妓女樊、蛮等，仍自为墓志，病中吟咏不辍。会昌中，请罢太子少傅，以刑部尚书致仕。与香山僧如满结香火社，每肩舆往来，白衣鸠杖，自称香山居士。大中元年卒，时年七十六。（节《旧唐书》卷一百六十六本传）有《白氏长庆集》二十卷、后集十七卷、别集一卷、补遗二卷。汪立名编有年谱。

缭绫[1]

缭绫缭绫何所似，不似罗绡与纨绮，应似天台山上月明前，四十五尺瀑布泉。中有文章又奇绝，地铺白烟花簇雪。织者何人衣者谁，越溪寒女汉宫姬。去年中使宣口敕，天上取样人间织。织为云外秋雁行，染作江南春水色。广裁衫袖长制裙，金斗熨波刀剪纹。异彩奇文相隐映，转侧看花花不定。昭阳舞人恩正深，春衣一对值千金。汗沾粉污不再著，曳土蹋泥无惜心。缭绫织成费功绩，莫比寻常缯与帛。丝细缲多女手疼，扎扎千声不盈尺。昭阳殿里歌舞人，若见织时应也惜。

长恨歌[2]

汉王重色思倾国，御宇多年求不得。杨家有女初长成[3]，养在深闺人未识。天生丽质难自弃，一朝选在君王侧[4]。回眸一笑百媚生，六宫粉黛无颜色。春寒赐浴华清池，温泉水滑洗

---

[1]《新乐府》，白居易元和四年为左拾遗时作。有总序云：凡九千二百五十二言，断为五十篇。篇无定句，句无定字，系于意，不系于文。首句标其目，卒章显其志，《诗》三百之义也。其辞质而径，欲见之者易谕也。其言直而切，欲闻之者诫也。其事覈而实，使采之者传信也。其体顺而肆，可以播于乐章歌曲也。总而言之，为君，为臣、为民、为物、为事而作，不为文而作也。……《缭绫》，念女工之劳也。《新唐书·李德裕传》：敬宗诏索盘绦绫千匹。（德裕）奏言：立鹅天马，盘绦掬豹。文彩怪丽，惟采舆当御。今广用千匹，臣所未谕。自注：越中所织，贞元中岁入贡。

[2] 元和元年，公为尉于盩厔，与陈鸿酌于王质夫家，偶话玄宗及杨妃事，因为歌《长恨歌》。歌既成，使陈鸿传焉。

[3] 杨贵妃为弘农杨玄琰女，小字玉环，本为寿王妃。

[4] 陈鸿《长恨歌传》：玄宗诏高力士潜搜外宫，得弘农杨玄琰女于寿邸。

凝脂。侍儿扶起娇无力①,始是新承恩泽时。云鬓花颜金步摇②,芙蓉帐暖度春宵。春宵苦短日高起,从此君王不早朝。承欢侍宴无闲暇,春从春游夜专夜。后宫佳丽三千人,三千宠爱在一身。金屋妆成娇侍夜,玉楼宴罢醉和春。姊妹弟兄皆列土,可怜光彩生门户。遂令天下父母心,不重生男重生女③。骊宫高处入青云,仙乐风飘处处闻。缓歌慢舞凝丝竹,尽日君王看不足④。渔阳鼙鼓动地来⑤,惊破霓裳羽衣曲⑥。九重城阙烟尘生,千乘万骑西南行。翠华摇摇行复止,西出都门百余里。六军不发无奈何,宛转蛾眉马前死⑦。花钿委地无人收,翠翘金雀玉搔头。君王掩面救不得,回看血泪相和流。黄埃散漫风萧索,云栈萦纡登剑阁。峨嵋山下少人行,旌旗无光日色薄。蜀江水碧蜀山青,圣主朝朝暮暮情。行宫见月伤心色,夜雨闻铃肠断声⑧。天旋日转回龙驭,到此踌躇不能去。马嵬坡下泥土中,不见玉颜空死处。君臣相顾尽沾衣,东望都门信马归。

① 《长恨歌传》:别疏汤泉,诏赐澡莹。既出水,体弱力微,若不胜罗绮。
② 《长恨歌传》:定情之夕,授金钗钿合以固之。又命戴金步摇,垂金铛。
③ 《长恨歌传》:当时谣咏有云:生女勿悲酸,生男勿喜欢。又曰:男不封侯女作妃,看女却为门上楣。
④ 看不足,或作听不足。
⑤ 安禄山以范阳节度使称兵渔阳,陷洛阳,逼长安。渔阳治今河北蓟县。
⑥ 《太真外传》:进见之日,奏《霓裳羽衣曲》。
⑦ 安禄山引兵向阙,以讨杨氏为辞。潼关不守,明皇奔蜀,道次马嵬亭,六军不进,请诛杨氏以谢天下。国忠死于道左,贵妃展转绝于尺组之下。
⑧ 《明皇杂录》:明皇既幸蜀,西南行,初入斜谷,霖雨涉旬,于栈道雨中闻铃音。上既悼念贵妃,采其声为《雨淋铃曲》以寄恨焉。

归来池苑皆依旧，太液芙蓉未央柳。芙蓉如面柳如眉，对此如何不泪垂。春风桃李花开日，秋雨梧桐叶落时。西宫南内多秋草，落叶满阶红不扫。梨园弟子白发新，椒房阿监青娥老。夕殿萤飞思悄然，孤灯挑尽未成眠。迟迟钟鼓初长夜，耿耿星河欲曙天。鸳鸯瓦冷霜华重，翡翠衾寒谁与共。悠悠生死别经年，魂魄不曾来入梦。临邛道士鸿都客，能以精诚致魂魄。为感君王展转思，遂教方士殷勤觅。排云驭气奔如电，升天入地求之遍。上穷碧落下黄泉，两处茫茫皆不见。忽闻海上有仙山，山在虚无缥缈间。楼阁玲珑五云起，其中绰约多仙子。中有一人字太真①，雪肤花貌参差是。金阙西厢叩玉扃，转教小玉报双成②。闻道汉家天子使，九华帐里梦魂惊。揽衣推枕起徘徊，珠箔银屏迤逦开。云鬓半偏新睡觉，花冠不整下堂来。风吹仙袂飘飘举，犹似霓裳羽衣舞。玉容寂寞泪阑干③，梨花一枝春带雨。含情凝睇谢君王，一别音容两渺茫。昭阳殿里恩爱绝，蓬莱宫中日月长。回头下望人寰处，不见长安见尘雾。唯将旧物表深情，钿合金钗寄将去。钗留一股合一扇，钗擘黄金合分钿。但教心似金钿坚，天上人间会相见。临别殷勤

① 太真一作玉真，又名玉妃。
② 董双成，神话中西王母之侍女。
③ 阑干，横斜貌。

重寄词,词中有誓两心知①。七月七日长生殿,夜半无人私语时。在天愿作比翼鸟,在地愿为连理枝。天长地久有时尽,此恨绵绵无尽期。

琵琶行

浔阳江头夜送客,枫叶荻花秋瑟瑟。主人下马客在船,举酒欲饮无管弦。醉不成欢惨将别,别时茫茫江浸月。忽闻水上琵琶声,主人忘归客不发。寻声暗问弹者谁,琵琶声停欲语迟。移船相近邀相见,添酒回灯重开宴。千呼万唤始出来,犹抱琵琶半遮面。转轴拨弦三两声,未成曲调先有情。弦弦掩抑声声思,似诉平生不得意。低眉信手续续弹,说尽心中无限事。轻拢慢撚抹复挑②,初为霓裳后六幺③。大弦嘈嘈如急雨,小弦切切如私语。嘈嘈切切错杂弹,大珠小珠落玉盘。间关莺语花底滑,幽咽泉流水下滩。水泉冷涩弦凝绝,凝绝不通声暂歇。别有幽愁暗恨生,此时无声胜有声。银瓶乍破水浆迸,铁骑突出刀枪鸣。曲终收拨当心画,四弦一声如裂帛。

① 《长恨歌传》,方士将行色有不足。玉妃固征其意,复前跪致词,请当时一事不为他人闻者,验于太上皇。玉妃茫然退立,若有所思,徐而言之曰:昔天宝十载,侍辇避暑骊山宫,秋七月牵牛织女相见之夕,夜殆半,独侍上。上凭肩而立。因仰天感牛女事,密相誓心,愿世世为夫妇。言毕,执手各呜咽。此独君王知之耳。

② 《乐府杂录·琵琶》:贞元中有王芬、曹保保,其子善才、其孙曹纲皆袭所艺,次有裴兴奴,与纲同时。曹纲善运拨,兴奴长于拢撚。时人谓曹纲有右手,兴奴有左手。

③ 《六幺》一作《绿腰》。《乐府杂录》:弹一曲新翻羽调《绿腰》。

东船西舫悄无言,唯见江心秋月白。沉吟放拨插弦中,整顿衣裳起敛容。自言本是京城女,家在虾蟆陵下住①。十三学得琵琶成,名属教坊第一部。曲罢曾教善才伏②,妆成每被秋娘妒。五陵年少争缠头,一曲红绡不知数。钿头银篦击节碎,血色罗裙翻酒污。今年欢笑复明年,秋月春风等闲度。弟走从军阿姨死,暮去朝来颜色故。门前冷落鞍马稀,老大嫁作商人妇。商人重利轻别离,前月浮梁买茶去③。去来江口守空船,绕船月明江水寒。夜深忽梦少年事,梦啼妆泪红阑干④。我闻琵琶已叹息,又闻此语重唧唧。同是天涯沦落人,相逢何必曾相识。我从去年辞帝京⑤,谪居卧病浔阳城。浔阳地僻无音乐,终岁不闻丝竹声。住近湓江地低湿⑥,黄芦苦竹绕宅生。其间旦暮闻何物,杜鹃啼血猿哀鸣。春江花朝秋月夜,往往取酒还独倾。岂无山歌与村笛,呕哑嘲哳难为听⑦,今夜闻君琵琶语,如听仙乐耳暂明。莫辞更坐弹一曲。为君翻作琵琶行。感我此言良久立,却坐促弦弦转急。凄凄不似向前声,满座重闻皆掩泣。座中泣下谁最多,江州司马青衫湿。

① 《长安志》:万年县:虾蟆陵在县南六里。韦述《两京记》:本董仲舒墓。
② 善才,唐曲师之称。
③ 饶州有浮梁县。
④ 梦啼句,一作啼妆泪落红阑干。
⑤ 白居易于元和十年贬为江州司马。
⑥ 湓江源出江西瑞昌山,东流经浔阳城下,名湓浦港,北入大江。
⑦ 潘岳《藉田赋》:箫管嘲哳以啾嘈兮。

此诗元和十一年作,时居易年四十五。

题灵岩寺[①]

娃宫屧廊寻已倾,砚池香径又欲平。二三月时但草绿,几百年来空月明。使君虽老颇多思,携觞领妓处处行。今愁古恨入丝竹,一曲凉州无限情。直自当时至今日,中间歌吹更无声。

夜归

半醉闲行湖岸东,马鞭敲镫响珑璁。万株松树青山上,十里沙堤明月中。楼角渐移当路影,潮头欲过满江风。归来未放笙歌散,画戟门开蜡烛红。

西湖晚归回望孤山寺赠诸客

柳湖松岛莲花寺,晚动归桡出道场。卢橘子低山雨重,棕榈叶战水风凉。烟波澹荡摇空碧,楼殿参差倚夕阳。到岸请君回首望,蓬莱宫在海中央。

江楼夕望招客

海天东望夕茫茫,山势川形阔复长。灯火万家城四畔,星河一道水中央。风吹古木晴天雨,月照平沙夏夜霜。能就江楼销暑否,比君茅舍校清凉。

[①] 寺即吴馆娃宫,鸣屧廊,砚池、采香径遗迹在焉。敬宗宝历元年三月,白居易除苏州刺史,年五十四。

与梦得沽酒闲饮且约后期

少时犹不忧生计,老后谁能惜酒钱?共把十千酤一斗,相看七十欠三年①。闲征雅令穷经史,醉听清吟胜管弦。更待菊黄家酝熟,共君一醉一陶然。

寄殷协律 多叙江南旧游

五载优游同过日,一朝消散似浮云。琴诗酒伴皆抛我,雪月花时最忆君。几度听鸡歌白日,亦曾骑马咏红裙。(予在杭州日有歌云:听唱黄鸡与白日。又有诗云:著红骑马是何人。)吴娘暮雨萧萧曲,自别江南更不闻。江南吴二娘曲词云:暮雨萧萧郎不归。

欲与元八卜邻先有是赠

平生心迹最相亲,欲隐墙东不为身。明月好同三径夜②,绿杨宜作两家春。每因暂出犹思伴,岂得安居不择邻?何独终身数相见?子孙长作隔墙人。

---

① 开成三年,白居易为太子少傅分司,年六十七。
② 汉蒋诩于舍前竹下开三径,惟羊仲、求仲从之游。

李商隐 十六首

李商隐字义山，怀州河内人。令狐楚帅河阳，奇其文，使与诸子游。楚徙天平、宣武，皆表署巡官，岁具资装，使随计。开成二年，高锴知贡举，令狐绹善锴，奖誉甚力，故擢进士第。调弘农尉。王茂元镇河阳，爱其才，表掌书记，以子妻之，得侍御史。茂元善李德裕，而牛、李党人蚩谪商隐，以为诡薄无行，共排笮之。茂元死，来游京师，久不调，更依桂管观察使郑亚府为判官。亚谪循州，商隐从之，凡三年乃归。亚亦德裕所善。绹以为忘家恩，放利偷合，谢不通。绹当国，商隐归穷自解。绹憾不置。（卢）弘止镇徐州，表为掌书记。久之，还朝，复干绹，乃补太学博士。柳仲郢节度剑南东川，辟判官，检校工部员外郎。府罢，客荥阳，卒。商隐初为文瑰迈奇古，及在令狐楚府，楚本工章奏，因授其学。商隐俪偶长短，而繁缛过之。时温庭筠、段成式俱用是相夸，号三十六体。（节《新唐书》卷二百三本传）商隐幼能为文。令狐楚镇河阳，以所业文干之，年才及弱冠。大中初，白敏中执政，令狐绹在内署，共排李德裕逐之。（郑）亚坐德裕党，亦贬循州刺史。大中末，（柳）仲郢坐专杀左迁，商隐废罢，还郑州，未几病卒。商隐能为古文，不喜偶对。从事令狐楚幕，楚能章奏，遂以其道授商隐，自是始为今体章奏。博学强记，下笔不能自休，尤善为诔奠之辞。（节《旧唐书》卷一百九十下本传）

锦瑟

锦瑟无端五十弦①,一弦一柱思华年。庄生晓梦迷蝴蝶,望帝春心托杜鹃②。沧海月明珠有泪③,蓝田日暖玉生烟④。此情可待成追忆,只是当时已惘然。

隋宫⑤

紫泉宫殿锁烟霞⑥,欲取芜城作帝家。玉玺不缘归日角⑦,锦帆应是到天涯⑧。于今腐草无萤火⑨,终古垂杨有暮鸦⑩。地下若逢

① 瑟绘文如锦。《史记·封禅书》:太帝使素女鼓五十弦瑟,悲,帝禁不止,故破其瑟为二十五弦。

② 《楚辞·招魂》:目极千里兮伤春心。

③ 庾信《思旧铭》:月死珠伤。鲛人能泣珠。

④ 《困学纪闻》:司空表圣云:戴容州叔伦谓诗家之景,如蓝田日暖,良玉生烟,可望而不可置于眉睫之前也。

焯云:自伤之词,宋翔凤云:自序之作。起二句,行年近五十。庄生句,悼王氏妇,庄有鼓盆之事。望帝云云,指悼亡后就柳仲郢来蜀之解。

⑤ 大业元年八月上御龙舟幸江都,江都隋宫甚多。

⑥ 司马相如《上林赋》:丹水更其南,紫渊径其北。胡震亨曰:唐人讳渊曰泉。

⑦ 《旧唐书·唐俭传》:高祖召访时事,俭曰:明公日角龙庭,李氏又在图牒,天下属望,指麾可取。日角,谓额骨中央隆起,形状如日。

⑧ 《开河记》:帝自洛阳迁驾大梁,诏江淮诸州造大船五百只。龙舟既成,泛江沿淮而下。自大梁至淮口,联绵不绝,锦帆过处,香闻百里。

⑨ 《隋书·炀帝纪》:帝于景华宫征求萤火,得数斛,夜出游山,放之,光遍岩谷。《礼记·月令》:腐草为萤。

⑩ 《开河记》:诏民间献柳,有柳一株,赏一缣,百姓争献之。又令亲种,帝自种一株,群臣次第种。栽毕,帝御笔写赐垂杨柳姓杨。

陈后主，岂宜重问后庭花①。

楚宫二首② 选一首

月姊曾逢下彩蟾，倾城消息隔重帘。已闻佩响知腰细，更辨弦声觉指纤。暮雨自归山峭峭，秋河不动夜厌厌。王昌且在墙东住③，未必金堂得免嫌。

春雨

怅卧新春白袷衣，白门寥落意多违④。红楼隔雨相望冷，珠箔飘灯独自归。远路应悲春晼晚⑤，残宵犹得梦依稀。玉珰缄札何由达，万里云罗一雁飞。

①《隋遗录》上：炀帝尝游吴公宅鸡台，恍忽间与陈后主相遇，尚唤帝为殿下。帝请（张）丽华舞《玉树后庭花》。后主问帝曰：龙舟之游乐乎？始谓殿下致治在尧、舜之上，今日复此逸游，大抵人生各图快乐，曩时何见罪之深邪？帝忽悟，叱之，恍然不见。

②《才调集》选此首，题作《水天闲话旧事》。

③上官仪诗：南闱自然胜掌上，东家复是忆王昌。韩偓《昼寝诗》：何必苦劳魂与梦，王昌只在此墙东。崔颢诗：十五嫁王昌。《襄阳耆旧传》谓：王昌字公伯，娶任城王曹子文女，贵戚，美姿容。

④《南史》：建康宣阳门，谓之白门。

⑤《楚辞·哀时命》：白日晼晚其将入兮。

安定城楼[①]

迢递高城百尺楼,绿杨枝外尽汀洲。贾生年少虚垂泪,王粲春来更远游。永忆江湖归白发,欲回天地入扁舟。不知腐鼠成滋味,猜意鹓雏竟未休[②]。

筹笔驿[③]

猿鸟犹疑畏简书[④],风云长为护储胥[⑤]。徒令上将挥神笔,终见降王走传车[⑥]。管乐有才真不忝[⑦],关张无命欲何如[⑧]。他年锦里经祠庙,梁父吟成恨有余[⑨]。

① 安定郡即泾州,今甘肃泾川县北。李商隐于开成二年登进士第,次年,试博学鸿词不中归。时王茂元为泾原节度使,李娶于王,见薄于令狐绹,故不入选,因有贾生之语。王荆公最赏五、六二句,以为老杜无以过之。

② 《庄子·秋水》:惠子相梁,庄子往见之。或谓惠子曰:庄子来,欲代子相。惠子恐,搜于国中三日三夜。庄子往见之,曰:南方有鸟曰鹓雏,发于南海,而飞于北海,非梧桐不止,非练实不食,非醴泉不饮。于是鸱得腐鼠,鹓雏过之,仰而视之曰:吓!今子欲以梁国而吓我耶?

③ 《清一统志》:四川保宁府:筹笔古驿在广元县北。相传诸葛亮出师,尝驻军筹画于此。

④ 《诗》:畏此简书。传曰:戒命也。

⑤ 扬雄《长杨赋》:木拥枪累,以为储胥。颜师古曰:胥,须也。言有储畜以待所须也。

⑥ 《汉书》注:传若今之驿。古者以车,谓之传车;后人单置马,谓之传驿。

⑦ 《蜀志·诸葛亮传》:每自比于管仲、乐毅,时人莫之许也。惟博陵崔州平、颍川徐庶元谓为信然。

⑧ 关羽斩于吴。张飞伐吴为部下所杀。

⑨ 末句自喻。一、二句见孔明风烈凛然。

无题四首 选二首

来是空言去绝踪,月斜楼上五更钟。梦为远别啼难唤,书被催成墨未浓。蜡照半笼金翡翠①,麝熏微度绣芙蓉。刘郎已恨蓬山远②,更隔蓬山一万重。

飒飒东风细雨来,芙蓉塘外有轻雷。金蟾啮锁烧香入③,玉虎牵丝汲井回④。贾氏窥帘韩掾少⑤,宓妃留枕魏王才⑥。春心莫共花争发,一寸相思一寸灰。

无题

相见时难别亦难,东风无力百花残。春蚕到死丝方尽,蜡炬成灰泪始干。晓镜但愁云鬓改,夜吟应觉月光寒。蓬山此去无多路⑦,青鸟殷勤为探看⑧。

① 金屏障翡翠。
② 刘郎,汉武也。
③ 道源曰:蟾善闭气,古人用以饰锁。
④ 《海录碎事》:玉虎,辘轳也。井栏之饰。
⑤ 贾充女于青琐中见韩寿,悦之,与私。充以女妻寿。
⑥ 李善《文选注》:记曰:魏东阿王求甄逸女,既不遂。太祖回与五官中郎将,植殊不平。黄初中入朝,帝示植甄后玉镂金带枕。植见之,不觉泣。时已为郭后谗死。帝意亦寻悟,因令太子留宴饮,仍以枕赉植。植还,将息洛水上,忽见女来,自云:我本托心君王,其心不遂。此枕是我在家时从嫁,前与五官中郎将。今与君王,遂用荐枕席。王悲喜不能胜,遂作《感甄赋》。后明帝见之,改为《洛神赋》。
⑦ 蓬山,相传海中神山名蓬莱。
⑧ 青鸟,西王母使者。

马嵬二首① 选一首

海外徒闻更九州,他生未卜此生休。空闻虎旅传宵柝,无复鸡人报晓筹。此日六军同驻马,当时七夕笑牵牛。如何四纪为天子,不及卢家有莫愁。

夜雨寄北

君问归期未有期,巴山夜雨涨秋池②。何当共剪西窗烛,却话巴山夜雨时。

寄令狐郎中

嵩云秦树久离居,双鲤迢迢一纸书。休问梁园旧宾客,茂陵秋雨病相如③。

汉宫词

青雀西飞竟未回,君王长在集灵台。侍臣最有相如渴,不赐金茎露一杯。

有感

非关宋玉有微辞,却是襄王梦觉迟。一自高唐赋成后,

---

① 本诗可与白居易《长恨歌》参读。
② 四川保宁府大巴岭在通江县东北五百里,与小巴岭相接,世传九十里巴山是也。
③ 《史记·司马相如传》:相如客游梁。梁孝王令与诸生同舍。(后)拜为牵文园令。病免,家居茂陵。

楚天云雨尽堪疑。

嫦娥

云母屏风烛影深，长河渐落晓星沉。嫦娥应悔偷灵药，碧海青天夜夜心。

旧将军

云台高议正纷纷，谁定当时荡寇勋。日暮灞陵原上猎，李将军是故将军。

杜牧 十四首

（杜）牧字牧之。善属文。第进士，复举贤良方正。沈传师表为江西团练府巡官，又为牛僧孺淮南节度府掌书记。擢监察御史，移疾分司东都，以弟𫖮病弃官。复为宣州团练判官，拜殿中侍御史内供奉。牧追咎长庆以来朝廷措置亡术，复失山东，巨封剧镇，所以系天下轻重，不能承袭轻授，皆国家大事，嫌不当位而言，实有罪，故作《罪言》。累迁左补阙、史馆修撰，改膳部员外郎。宰相李德裕素奇其才。历黄、池、睦三州刺史，入为司勋员外郎，常兼史职。改吏部，复乞为湖州刺史。逾年，以考功郎中知制诰，迁中书舍人。牧刚直有奇节，不为龊龊小谨，敢论列大事，指陈病利尤切至。少与李甘、李中敏、宋邠善。其通古今，善处成败，甘等不及也。牧亦以疏直，时无右援者。从兄悰更历将相，而牧闲踬不自振，颇怏怏不平。卒年五十。牧于诗，情致豪迈，人号为"小杜"，以别杜甫云。（节《新唐书》卷一百六十六附《杜佑传》）

街西长句①

碧池新涨浴娇鸦，分锁长安富贵家。游骑偶同人斗酒，名园相倚杏交花。银鞦騕褒嘶宛马②，绣鞅璁珑走钿车③。一曲将军何处笛④，连云芳草日初斜。

送国棋王逢

王子纹楸一路饶⑤，最宜檐雨竹萧萧。赢形暗去春泉长，拔势横来野火烧。守道还如周柱史，鏖兵不羡霍嫖姚。浮生七十更万日，与子期于局上销。

① 朱雀，《旧唐书·地理志》：皇城之南大街曰朱雀街。街东五十四坊，万年县领之，街西五十四坊，长安县领之。

② 《玉篇》：鞦，车鞦也。

③ 《左传》注：在腹曰鞅。

④ 《晋书·桓伊传》：王徽之泊舟青谿侧，伊于岸上过。徽之便令人谓伊曰：闻君善吹笛，试为我一奏。伊是时已贵显，素闻徽之名，便下车，踞胡床，为作三弄。

⑤ 《杜阳杂编》大中中，日本国王子来朝，善围棋，出楸玉局，冷暖玉棋子。楸玉，状类楸木。《北梦琐言》：滑能棋品甚高，少逢敌手。有一张小子，年可十四，来谒，觅棋，请饶一路。饶，益也。

润州二首

向吴亭东千里秋①,放歌曾作昔年游。青苔寺里无马迹,绿水桥边多酒楼。大抵南朝皆旷达,可怜东晋最风流。月明更想桓伊在,一笛闻吹出塞愁②。

谢朓诗中佳丽地③,夫差传里水犀军④。城高铁瓮横强弩(原注:润州城,孙权筑,号为铁瓮⑤),柳暗朱楼多梦云⑥。画角爱飘江北去,钓歌长向月中闻。扬州尘土试回首⑦,不惜千金借与君。

题宣州开元寺水阁阁下宛溪夹溪居人⑧

六朝文物草连空⑨,天澹云闲今古同。鸟去鸟来山色里,人歌人哭水声中⑩。深秋帘幕千家雨,落日楼台一笛风。惆怅无因见范蠡,参差烟树五湖东。

① 《一统志》:向吴亭在丹阳县治南。
② 《晋书·刘隗传》:子畴,曾避乱坞壁,贾胡百数欲害之。畴无惧色,援笳而吹之,为《出塞》、《入塞》之声,以动其游客之思。于是群胡皆垂泣而去之。
③ 谢朓诗:江南佳丽地,金陵帝王州。
④ 《国语》:今夫差衣水犀之甲者亿有三千。
⑤ 瓮城,指子城。
⑥ 梦云,用《高唐赋》语。
⑦ 《太平寰宇记》:润州,晋平吴,为毗陵、丹阳二郡地,兼置扬州。宋置南除州而扬州如故。齐、梁以后并因之,至陈,六代常以此地为重镇。
⑧ 宛溪,在宣城东。
⑨ 六朝:吴,东晋、宋、齐、梁、陈。
⑩ 《列子》:众人且歌,众人且哭。

九日齐山登高[1]

江涵秋影雁初飞,与客携壶上翠微。尘世难逢开口笑[2],菊花须插满头归[3]。但将酩酊酬佳节,不用登临叹落晖[4]。古往今来只如此,牛山何必泪沾衣。

过华清宫

长安回望绣成堆[5],山顶千门次第开。一骑红尘妃子笑,无人知是荔枝来[6]。

江南春[7]

千里莺啼绿映红,水村山郭酒旗风。南朝四百八十寺,多少楼台烟雨中。

---

[1]《太平寰宇记》:池州贵池县齐山,在县东南六里。

[2]《庄子》:上寿百岁,中寿八十,下寿六十。除病瘦死丧忧患,其中开口而笑者,一月之中,不过四五日而已矣。

[3]《续神仙传》:许碏插花满头,把花作舞,上酒家楼醉歌。

[4]《九辩》:登山临水兮送将归。

[5]《雍大记》:东绣岭在骊山右,西绣岭在骊山左。唐玄宗时,植林木花卉锦绣,故以为名。

[6]《程氏考古编》:长安回望绣成堆云云,说者非之,谓明皇以十月幸华清,涉春辄回,是荔枝熟时,未尝在骊山。然咸通中有袁郊作《甘泽谣》载许云封所得《荔枝香》笛曲曰:天宝十四载六月一日,贵妃诞辰,驾幸骊山。《开元遗事》:帝与妃每至七月七日夜在华清宫游宴。宫在骊山上。

[7] 江淹诗:二月江南春。

赤壁①

折戟沉沙铁未消,自将磨洗认前朝。东风不与周郎便②,铜雀春深锁二乔③。

泊秦淮

烟笼寒水月笼沙,夜泊秦淮近酒家。商女不知亡国恨,隔江犹唱后庭花④。

寄扬州韩绰判官⑤

青山隐隐水迢迢,秋尽江南草未凋。二十四桥明月夜⑥,玉人何处教吹箫。

七夕⑦

银烛秋光冷画屏,轻罗小扇扑流萤。瑶阶夜色凉如水,坐看牵牛织女星。

---

① 赤壁在湖北嘉鱼县东北江滨。
② 《吴志·周瑜传》:瑜时年二十四,吴中皆呼为周郎。
③ 《吴志·周瑜传》:时得桥公两女,皆国色也。(孙)策自纳大桥,瑜纳小桥。裴注引《江表传》曰:策从容戏瑜曰:桥公二女,虽流离,得吾二人作婿,亦足为欢。
④ 《旧唐书·音乐志》:陈将亡也,为《玉树后庭花》,所谓亡国之音也。
⑤ 唐时淮南节度使治扬州。
⑥ 二十四桥非一桥,并以城门坊市为名。
⑦ 冯集梧注本在外集,题作《秋夕》。

边上闻笳①

何处吹笳薄暮天，寒垣高鸟没狼烟。游人一听头堪白，苏武争禁十九年。

金谷园

繁华事散逐香尘，流水无情草自春。日暮东风怨啼鸟，落花犹似坠楼人。

---

① 冯集梧注本在别集，题作《边上闻胡笳三首》，此首为三首之一。